《国学经典藏书》丛书编委会

顾　问
　　许嘉璐

主　编
　　陈　虎

编委会成员

陆天华	李先耕	骈宇骞	曹书杰	郝润华	潘守皎
刘冬颖	李忠良	许　琰	赵晨昕	杜　羽	李勤合
金久红	原　昊	宋　娟	郑红翠	赵　薇	杨　栋
李如冰	王兴芬	李春燕	王红娟	王守青	房　伟
孙永娟	米晓燕	张　弓	赵玉敏	高　方	陈树千
邱　锋	周晶晶	何　洋	李振峰	薛冬梅	黄　益
何　昆	李　宝	付振华	刘　娜	张　婷	王东峰
余　康	安　静	刘晓萱	邵颖涛	张　安	朱　添
杨　刚	卜音安子				

国学经典藏书

文　选

李春燕　韩占刚　选注

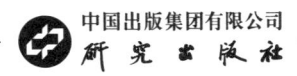

中国出版集团有限公司
研究出版社

图书在版编目（CIP）数据

文选 / 李春燕，韩占刚选注. —— 北京: 研究出版社，2024.1

（国学经典藏书）

ISBN 978-7-5199-1492-9

Ⅰ.①文… Ⅱ.①李…②韩… Ⅲ.①《文选》—译文②《文选》—注释 Ⅳ.①I212.01

中国国家版本馆 CIP 数据核字（2023）第 088773 号

出 品 人：赵卜慧
出版统筹：丁　波
责任编辑：谭晓龙

国学经典藏书：文选
GUOXUE JINGDIAN CANGSHU：WENXUAN
李春燕　韩占刚　选注
研究出版社 出版发行
（100006　北京市东城区灯市口大街 100 号华腾商务楼）
河北松源印刷有限公司　新华书店经销
2024 年 1 月第 1 版　2024 年 1 月第 1 次印刷
开本：880 毫米 × 1230 毫米　1/32　印张：10.25
字数：212 千字
ISBN 978-7-5199-1492-9　定价：40.00 元
电话：（010）64217619　64217652（发行部）

版权所有·侵权必究
凡购买本社图书，如有印制质量问题，我社负责调换。

编者的话

经典是人类知识体系的根基,是人类的精神家园,是我们走向未来的起点。莎士比亚说过:"生活里没有书籍,就好像没有阳光;智慧里没有书籍,就好像鸟儿没有翅膀。"21世纪中国国民的阅读生活中最迫切的事情是什么?我们的回答是阅读经典!

中国有数千年一脉相传、光辉灿烂的文化,并长期处于世界文化发展的前列,尤其是在近代以前,曾长期引领亚洲乃至世界文化的发展方向。长期超稳定的社会发展形态和以小农生产为基础的、悠闲的宗法农业社会,塑造了中华民族注重实际、偏重经验、重视历史的文化心理特征。从殷商时代的"古训是式"(《诗经·大雅·烝民》),到孔子的"述而不作,信而好古"(《论语·述而》),可以清楚地看出这种文化心理不断强化的轨迹。于是,历史就被赋予了神圣的光环,它既是人们获得知识的源泉,也是人们价值标准的出处。它不再是僵死的、过去的东西,而是生动活泼、富有生命力,并对现世仍有巨大指导作用的事实。因而就形成了这样一种固定的文化思维方式,也就是"以铜为鉴,可正衣冠;以古为鉴,可知兴替;以人为鉴,可明得失"(《新唐书·魏徵传》)。中国的文化人世代相承,均从历史中寻求真理,寻求"修身、齐家、治国、平天下"的崇高理想模式。这种对于历史所怀有的深沉强烈的认同感,正是历史典籍赖以发展、繁荣的文化心理基础。历史上最初给历史典籍的研究和整理工作涂上政治、道德和伦理色彩的是春秋时期的孔子。当时的孔子因感"周室微而礼乐废、《诗》《书》缺",于是删订了《诗》《书》《礼》《乐》《易》《春秋》等"六经"(见《史记·孔子世家》),寄托了自己在政治上"复礼"和道德上"归仁"的最高理想。孔子以后,历史典籍的编撰无不遵循着这一最高原则。所以《隋书·经籍志》总序中就说:"夫经籍也者,机神之妙旨,圣哲之能事。所以经天地,纬阴阳,正纲纪,弘道德,显仁足以利物,藏用足以独善……其王者之所以树风声,流显号,美教化,移风俗,何莫由乎斯道?……其教有适,其用无穷,实仁义之陶钧,诚道德之橐籥也。……夫仁义礼智,所以治国也;方技数术,所以治身也。诸子为经籍之鼓吹,文章乃政化之黼黻,皆为治国之具也。"(《隋书·经籍志一》)由此可见,历史典籍的编撰整理工作,已不仅仅是文化技术问题,更重要的是它还负有"正纲纪,弘道德"的政治和道德使命。于是,在两千多年的历史发展过程中,先人们为我们留下了汗牛充栋的文化典籍。这些宝贵的精神财富,不仅是我们中华民族的骄傲,也是全人类的骄傲,并已成为世界文化宝藏的重要组成部分。

中国的先哲们一向对古代典籍充满崇敬之情,他们认为,先王之道、历史经验、人伦道德以及治国安邦之术、读书治学之法等等,都蕴藏于典籍之中。文献典籍是先王之道、历史经验、人伦道德等赖以传递后世的重要手段。离开书籍,后人将无法从前朝吸取历史经验,无法传承先王之道。在日新月异的当代,如何对待这份优秀的文化遗产?毛泽东同志早就指出:"中国的长期封建社会中,创造了灿烂的古代文化。清理古代文化的发展过程,剔除其封建性的糟粕,吸取其民主性的精华,是发展民族新文化、提高民族自信心的必要条件。……中国现时的新文化也是从古代的旧文化发展而来,因此,我们必须尊重自己的历史,决不能割断历史。但是,这种尊重是给历史以一定的科学地位,是尊重历史的辩证法的发展,而不是颂古非今。"(毛泽东《新民主主义论》)古代典籍,不仅对中华民族的形成与发展历史地发挥了巨大的凝聚力作用,而且在当今中华民族伟大复兴中,依然会发挥无可替代的重要作用。

在科学技术迅猛发展的当代社会,人们的生活、观念正在发生着巨大而深刻的变革,面对蓬勃发展的现代科技和汹涌而至的各种思潮,人们依然能深切地感受到中华传统文化无所不在的巨大力量。人们渴望了解这种无形的力量源泉,于是绚丽多姿的中华典籍就成了人们首要的选择。它能够使我们在精神上成为坚强、忠诚和有理智的人,成为能够真正爱人类、尊重人类劳动、衷心地欣赏人类的伟大劳动所产生的美好果实的人。所以,在今天,我们要阅读经典;当数字化、网络化带来的"信息爆炸"占领人们的头脑、占用人们的时间时,我们要阅读经典;当中华民族迈向和平崛起和民族复兴的伟大征程时,我们更要阅读经典。因此,读经典,这个我们习以为常的平凡过程,实际上就成了人的心灵和上下古今一切民族的伟大智慧相结合的过程。但由于时代的变迁,这些经典对现代人来说已仿佛谜一样的存在。为继承这份优秀的文化遗产,帮助人们更好地利用这些经典,在全国学术界诸多专家学者的支持下,我们策划了这套"国学经典藏书"丛书。

丛书以弘扬传统、推陈出新、汇聚英华为宗旨,以具有中等以上文化程度的广大读者为对象,从我国古代经、史、子、集四个部类的典籍中精选50种,以全注全译或节选的形式结集出版。在书目的选择上,重点选取我国古代哲学、历史、地理、文学、科技、教育、生活等领域历经岁月洗礼、汇聚人类最重要的精神创造和知识积累的不朽之作。既注重选取历史上脍炙人口、深入人心的经典名著,又注重其适应现代社会的人文价值趋向。丛书不仅精校原文,而且从前言、题解,到注释、译文,均在吸收历代学者研究成果的基础上精心编撰。在注重学术性标准的基础上,尽量做到通俗易懂。我们相信,本丛书的出版,对提高人们的古代典籍认知水平,阅读和利用中华传统经典,传播中华优秀文化,提高人们的民族自信心和文化自豪感,进而为中华民族伟大复兴作贡献,均将起到应有的作用。高尔基说:"书籍是人类进步的阶梯。""要热爱读书,它会使你的生活轻松,它会友爱地帮助你了解纷繁复杂的思想、感情和事件;它会教导你尊重别人和你自己;它以热爱世界、热爱人类的情感,来鼓舞智慧和心灵。""当书本给我讲到闻所未闻、见所未见的人物、感情、思想和态度时,似乎是每一本书都在我面前打开一扇窗户,并让我看到一个不可思议的新世界。"(《高尔基论青年》,中国青年出版社,1956年版)。流传千年的文化经典,让我们受益匪浅,使我们懂得更多。正如德国著名作家歌德所说:"读一本好书,就是和一位品德高尚的人谈话。"的确,读一本好书,就像是结交了一位良师益友。我们真诚希望,这套经典丛书能够真正进入您的生活,成为人人应读、必读和常读的名著。

陈 虎
庚子岁孟秋

前　言

　　《文选》,又称《昭明文选》,由南朝梁昭明太子萧统主持编撰,是我国现存最早的诗文总集。

　　萧统(501—531),字德施,南兰陵(今江苏常州)人,梁武帝萧衍长子,梁简文帝萧纲、梁元帝萧绎长兄。梁武帝即位之初,由于群臣固请,天监元年(502)十一月,两岁的萧统便被立为皇太子。中大通三年(531)四月,年仅三十一岁的萧统还未继帝位便去世了,谥号"昭明",史称"昭明太子"。《梁书》《南史》均立有萧统传,据《梁书·昭明太子传》记载,萧统天资聪颖,喜爱读书,擅长文学,"三岁受《孝经》《论语》,五岁遍读五经,悉能讽诵","读书数行并下,过目皆忆。每游宴祖道,赋诗至十数韵。或命作剧韵赋之,皆属思便成",不用涂改。在性情与用人上,萧统宽和容众,"引纳才学之士,赏爱无倦",并常与之商榷古今,"闲则继以文章著述",使得当时东宫呈现出"书几三万卷,名才并集,文学之盛,晋、宋以来未之有也"的盛况,而《文选》便是在这样的背景下,由萧统主持,依靠当时俊彦集体之力编撰而成的。萧统有《昭明太子文集》二十卷,今存,但非原本,有残缺。此外,还有《正序》十卷、《古今诗苑英华》二十卷,可惜皆已亡佚。

《文选》凡三十卷,收录先秦至梁朝约八百年间,一百三十多位作者的七百余篇文学作品,内容丰富,体裁众多。在作品选取上,《文选》以"能文为本",重视文采,将"事出于沉思,义归乎翰藻"作为选文标准,不收儒家典籍、诸子篇章、士人纵横辞令、史家记事编年等作品。在内容编排上,《文选》注重文体辨析,总体按文章体裁分类,编为赋、诗、骚、七、诏、册、令、教、文(策文)、表、上书、启、弹事、笺、奏记、书、移、檄、对问、设论、辞、序、颂、赞、符命、史论、史述赞、论、连珠、箴、铭、诔、哀、碑文、墓志、行状、吊文、祭文,凡三十八种①;大体可概括为赋、诗、杂文三大类。其中又以赋、诗所占篇数为多,按照题材内容再进行二级分类,"赋"类依次分为京都、郊祀、耕藉、畋猎、纪行、游览、宫殿、江海、物色、鸟兽、志、哀伤、论文、音乐、情十五小类,收文五十七篇;"诗"类依次分为补亡、述德、劝励、献诗、公宴、祖饯、咏史、百一、游仙、招隐、反招隐、游览、咏怀、赠答、哀伤、行旅、军戎、乐府、郊庙、挽歌、杂歌、杂诗、杂拟二十三小类,收诗四百三十二首。其中,同类作品中又以时代先后为序排列。

《文选》无论是所收内容、文体分类、选文标准还是编次原则,都展现出萧统强烈的文学自觉,具有重要的文体学、文学史意义。《文选》也具有较高的历史文献与史料价值,诸如赋之《东征赋》《长门赋》,诗之《古诗十九首》《长歌行》《四愁诗四首》,杂文之《刘先生夫人墓志》等诸多作品,皆因被《文选》收录,而得以流传后世、造福学人。此外,由于注释、研究《文选》

---

① 据近人研究,《文选》各版本中均未见"移"这一文体,李善注等将之合于"书"类,故有三十七种文体之说。

的学人不断,《文选》本身还逐渐形成一门学问,称之为"选学"。唐代显庆中《文选》有李善注本,扩为六十卷;开元六年(718)又有吕延济、吕向、刘良、张铣、李周翰五人合力注之,称为五臣注本;南宋以后,两本合刻,而有六臣注本。目前流传最广的是清代胡克家重刻宋淳熙尤袤本的李善注本。

本书所选内容,按照"赋""诗""杂文"划分为三大部分,基本遵循萧统的编次体例与原则,在目录上标明文体大类、题材内容、篇名与作者信息,同类作品以时代先后为序,其中具体作品的筛选以脍炙人口的经典篇章为主;同时,一些在文学史上不太为大家所关注的作家作品也会适量选录,以展现当时的不同文体,以及同一文体不同题材的文学风貌。

本书体例由题解、原文、注释与译文四部分构成:题解主要包括两部分,一是对相应文体或题材,以及在通行的六十卷本《文选》全本中收录情况的简介,二是对具体篇目作者、内容、创作特质与艺术价值等内容的概括;注释与译文在撰写过程中参考和借鉴了诸家《文选》译注相关成果,如李培南、李学颖、高延年等整理标点的李善注《文选》(上海古籍出版社,2019年),张启成、徐达等译注《文选(全六册)》(中华书局,2019年)等,限于体例与篇幅,文中不能一一标注,谨在此表达诚挚谢意!

李春燕
2021年暮秋于杭州

目　录

文选序··萧　统　1

赋

京都
　　两都赋序··班　固　13
　　三都赋序··左　思　19
郊祀
　　甘泉赋并序（节选）··································扬　雄　23
畋猎
　　子虚赋（节选）······································司马相如　31
纪行
　　东征赋··班　昭　42
游览
　　登楼赋··王　粲　50
物色
　　秋兴赋并序（节选）··································潘　岳　54
鸟兽
　　鹦鹉赋并序··祢　衡　60

志
归田赋 ·················· 张 衡 *68*

哀伤
别赋（节选）··············· 江 淹 *72*

论文
文赋（节选）··············· 陆 机 *81*

情
登徒子好色赋并序 ············ 宋 玉 *91*
洛神赋并序 ··············· 曹 植 *96*

诗

咏史
咏史八首················· 左 思 *107*
  其二 郁郁涧底松············ *108*

百一
百一诗·················· 应 璩 *109*

游仙
游仙诗七首················ 郭 璞 *112*
  其一 京华游侠窟············ *112*

招隐
招隐诗·················· 陆 机 *114*

反招隐
反招隐诗················· 王康琚 *116*

游览
登池上楼················· 谢灵运 *118*

咏怀

咏怀十七首……………………阮　籍 *121*
　其一　夜中不能寐………………… *122*

赠答

赠从弟三首……………………刘　桢 *122*
　其二　亭亭山上松………………… *123*

哀伤

悼亡诗三首……………………潘　岳 *124*
　其一　荏苒冬春谢………………… *125*

行旅

登江中孤屿……………………谢灵运 *126*
晚登三山还望京邑……………谢　朓 *128*

军戎

从军诗五首……………………王　粲 *130*
　其三　从军征遐路………………… *131*

乐府

饮马长城窟行…………………佚　名 *132*
长歌行…………………………佚　名 *134*
短歌行…………………………曹　操 *135*
燕歌行…………………………曹　丕 *138*
白马篇…………………………曹　植 *140*

挽歌

挽歌诗…………………………陶渊明 *142*

杂歌

荆轲歌并序……………………荆　轲 *144*

汉高帝歌并序 ·· 刘　邦　*145*

杂诗

古诗十九首 ·· 佚　名　*147*
　　其一　行行重行行 ······································· *148*
　　其二　青青河畔草 ······································· *149*
　　其三　青青陵上柏 ······································· *151*
　　其六　涉江采芙蓉 ······································· *152*
　　其十　迢迢牵牛星 ······································· *153*
与苏武三首 ·· 李　陵　*155*
　　其三　携手上河梁 ······································· *155*
诗四首 ·· 苏　武　*156*
　　其三　结发为夫妻 ······································· *157*
四愁诗四首 ·· 张　衡　*158*
杂诗二首 ·· 陶渊明　*161*
　　其一　结庐在人境 ······································· *162*

杂拟

杂拟体诗三十首 ·· 江　淹　*163*
　　其一　古离别 ··· *164*

杂文

骚

离骚（节选）·· 屈　原　*165*

七

七发八首（节选）·· 枚　乘　*178*

诏
　　贤良诏 ………………………………… 刘　彻　*185*
表
　　出师表 ………………………………… 诸葛亮　*187*
上书
　　上书秦始皇 …………………………… 李　斯　*194*
奏记
　　诣蒋公 ………………………………… 阮　籍　*201*
书
　　报任少卿书 …………………………… 司马迁　*203*
檄
　　喻巴蜀檄 ……………………………… 司马相如　*223*
对问
　　对楚王问 ……………………………… 宋　玉　*229*
设论
　　答客难 ………………………………… 东方朔　*231*
辞
　　归去来并序 …………………………… 陶渊明　*240*
序
　　毛诗序 ………………………………… 卜　商　*245*
颂
　　酒德颂 ………………………………… 刘　伶　*251*
史述赞
　　史述赞三首 …………………………… 班　固　*254*

述高纪第一 …………………………………… 254
论
　　过秦论（节选） …………………………… 贾　谊 256
　　典论·论文 ………………………………… 曹　丕 266
箴
　　女史箴 ……………………………………… 张　华 273
铭
　　座右铭 ……………………………………… 崔　瑗 278
诔
　　阳给事诔并序 ……………………………… 颜延之 280
碑文
　　郭有道碑文并序 …………………………… 蔡　邕 288
墓志
　　刘先生夫人墓志 …………………………… 任　昉 294
哀
　　哀永逝文 …………………………………… 潘　岳 296
吊文
　　吊屈原文并序 ……………………………… 贾　谊 302
祭文
　　祭古冢文并序 ……………………………… 谢惠连 308

文选序

萧　统

[题解]

　　《文选序》是《文选》编排、遴选文章的总纲领,集中地展现了萧统的文学观。萧统首先从文学发展的内在规律讲起,认为其必然随时代推移经历由简单至繁复、由质朴到华丽的发展过程;其次,梳理了古代各种文体的发展源流,指出其虽源流间出,各有不同,但皆有赏心、悦目、怡情的审美功能;再次,注意辨析文体,将"事出于沉思,义归乎翰藻"作为区分文学与非文学的标准,以"能文为本",注重"翰藻",不收儒家典籍、诸子篇章、士人纵横辞令、史家记事编年等作品;最后,厘定编次原则,总体按文体分类,文体较多者再进行二级分类,同类作品中又以时代先后为序。

　　萧统简介见《前言》部分。

　　式观元始,眇觌玄风,冬穴夏巢之时,茹毛饮血之世,世质民淳,斯文未作。①逮乎伏羲氏之王天下也,始画八卦,造书契,以代结绳之政,由是文籍生焉。②《易》曰:"观乎天文,以察时变;观乎人文,以化成天下。"③文之时义,远矣哉!④若夫椎轮为大辂之始,大辂宁有椎轮之质?⑤增冰为积水所成,积水曾微增冰之凛,何哉?⑥盖踵其事而增华,变其本而加厉。⑦物既有之,文亦宜然。随时变改,难可详悉。⑧

[注释]

①式:句首语气词,无实义;一说"式"通"栻",古代占卜工具,活用作动词,指用栻占卜。元始:原始时代。眇(miǎo):远。觌(dí):见,相见。玄风:远古时代的风俗。玄,幽远。茹:食,吃。《礼记·礼运》:"昔者先王未有宫室,冬则居营窟,夏则居橧巢。未有火化,食草木之实、鸟兽之肉,饮其血,茹其毛。"

②逮:及,到。王(wàng):称王天下。书契:文字。结绳之政:《周易·系辞》:"上古结绳而治,后世圣人易之以书契。"传说燧人氏发明了结绳记事的方法,大事打大结,小事打小结,这种处理政事的方式被后来伏羲氏创立的文字所替代了。

③"观乎"句:语见《周易·贲(bì)卦·象传》。天文:指日月星辰。人文:指诗书礼乐。

④时义:时代的意义。

⑤椎轮:没有车辐,用椎形圆木作轮子,是极原始、简陋的车。大辂(lù):古时天子所乘之车。质:朴实。淳:淳厚。

⑥增冰:层冰。曾微:曾无,并没有。凛:寒冷。《荀子·劝学》:"冰,水为之而寒于水。"

⑦踵(zhǒng):追随,继承。华:文饰。踵其事而增华:即踵事增华,如椎轮发展至大辂,由形制简陋质朴到精致华美,喻指继承前人事业,使之趋于完美。变其本而加厉:即变本加厉,如水结成冰,不仅形状发生改变,还变得更加寒冷,喻指改变本来样貌,而更加发展。现今该用法多含贬

义,指变得更厉害或严重。

⑧详悉:详尽知道。

[译文]

　　追溯原始时期,遥见远古风俗,正是冬季居住于洞穴,夏季巢处于树枝,饮食生吞、连毛带血的时代,世风淳朴、民心敦厚,文章之事还未兴起。到了伏羲氏称王天下,开始通过画八卦、造文字,来代替以往结绳记事,由此文章之事也就逐渐产生了。《周易》说:"观察自然天文现象,可以明了时序变化;考察人类文化现象,可以施以教化,惠及天下。"文章的时代意义,十分深远啊!天子所乘的车是由原始的车发展而来的,难道它还会保持原始车子的简陋朴实吗?层冰由积水而生成,积水却没有层冰那样寒冷,为什么?是因为事物的发展越来越趋于完善,改变了原来的样貌而变得更加厉害。事物发展已然是这道理,文章之事也应该是这样。至于文章之事随时代不断发展而有怎样的变化,就难以详尽地说清楚了。

　　尝试论之曰:《诗序》云:"诗有六义焉:一曰风,二曰赋,三曰比,四曰兴,五曰雅,六曰颂。"①至于今之作者,异乎古昔。古诗之体,今则全取赋名。②荀、宋表之于前,贾、马继之于末。③自兹以降,源流实繁。述邑居则有"凭虚""亡是"之作,戒畋游则有《长杨》《羽猎》之制。④若其纪一事,咏一物,风云草木之兴,鱼虫禽兽之流,推而广之,不可胜载矣。

〔注释〕

①《诗序》：即毛苌传《诗》序。引文出自《毛诗》中《国风》首篇《关雎》题下的《诗大序》。六义：也称"六诗"，是《诗经》内容分类与表现手法的总称。孔疏曰："风、雅、颂者，诗篇之异体；赋、比、兴者，诗文之异辞耳。"

②"古诗之体"二句：古代赋为诗六义之一，今则赋成为独立文体，只用赋之名而不取其原义。《文选》刘良注："言今之述作者，诗赋殊体，不同古诗，随志立名者也。"

③荀、宋：指荀卿、宋玉。贾、马：指贾谊、司马相如。

④邑：城市，都邑。居：住。"凭虚""亡是"之作：张衡《西京赋》首句云"有凭虚公子者……"，司马相如《上林赋》首句云"亡是公听然而笑……"，其中"凭虚公子""亡是公"皆为虚拟、假托之人。畋（tián）游：打猎游乐。

〔译文〕

试着论述一番：《毛诗序》说："诗有六义：一叫风，二叫赋，三叫比，四叫兴，五叫雅，六叫颂。"至于现今撰写文章的人，与从前不同。从前赋是诗的一种表现手法，如今则变成一种独立的文体。荀卿、宋玉作赋标志于前，贾谊、司马相如相继于后。自此以后，源流纷繁。铺叙城市都邑繁华盛景者，有张衡《西京赋》、司马相如《上林赋》；劝诫狩猎游乐者，有扬雄《长杨赋》《羽猎赋》。像专门记叙一件事情、咏叹一件器物的作品，描写风云草木、鱼虫禽兽之类赋的出现与兴起，由此推展扩大开来，多得不能尽数记载。

又楚人屈原,含忠履洁,君匪从流,臣进逆耳,深思远虑,遂放湘南。^①耿介之意既伤,壹郁之怀靡诉。^②临渊有怀沙之志,吟泽有憔悴之容。^③骚人之文,自兹而作。^④

〔注释〕

①匪:通"非",不。
②耿介:刚正不阿,忠烈耿直。壹郁:忧思,沉郁不畅。靡:没有。
③临渊有怀沙之志:屈原在抱石自沉湘江前有绝命之作《怀沙》,为《楚辞·九章》之一。吟泽有憔悴之容:出自《楚辞·渔父》:"屈原既放,游于江潭,行吟泽畔;颜色憔悴,形容枯槁。"
④骚人之文:屈原因作《离骚》,而有骚人之称,后指诗人,也泛指失意文人。这里指代骚体赋这种文体。

〔译文〕

还有楚国人屈原,心怀忠诚,行为高洁,楚王不能从善如流,臣子进谏的忠言作逆耳听之,这样为国为民深谋远虑的人,被流放至湘水之南。屈原忠烈之心已然受到挫伤,沉郁不平的忧思无法得到申诉。临水将要抱石自沉殉国而作《怀沙》这篇赋文以明志,行吟泽畔,面色憔悴,形容枯槁。骚人的作品,由此开创为一种文体。

诗者,盖志之所之也,情动于中而形于言。^①《关雎》《麟趾》,正始之道著;桑间濮上,亡国之音表。^②故风雅之道,粲然可观。^③自炎汉中叶,厥途渐异:^④退傅有"在邹"之作,降将著"河梁"之篇;^⑤四言五言,区以别矣^⑥。

又少则三字,多则九言,各体互兴,分镳并驱。⑦颂者,所以游扬德业,褒赞成功。吉甫有"穆若"之谈,季子有"至矣"之叹。⑧舒布为诗,既言如彼;总成为颂,又亦若此。⑨次则箴兴于补阙,戒出于弼匡,论则析理精微,铭则序事清润,美终则诔发,图像则赞兴。⑩又诏诰教令之流,表奏笺记之列,书誓符檄之品,吊祭悲哀之作,答客指事之制,三言八字之文,篇辞引序,碑碣志状,众制锋起,源流间出。⑪譬陶匏异器,并为入耳之娱;黼黻不同,俱为悦目之玩。⑫作者之致,盖云备矣!

〔注释〕

①"诗者"一句:出自《毛诗序》:"诗者,志之所之也,在心为志,发言为诗。情动于中而形于言。"志,心意,即人之思想感情。形,表现出来,《文选》吕向注:"形,见也。"

②《关雎》《麟趾》:分别为《诗经·周南》的首、末篇,用以代表全部《周南》。《毛诗序》曰:"《周南》《召南》,正始之道,王化之基。"正始之道:正其初始的大道。著:彰显。桑间濮上,亡国之音表:《礼记·乐记》:"桑间濮上之音,亡国之音也。"郑玄注:"濮水之上,地有桑间者,亡国之音于此之水出也。昔殷纣使师延作靡靡之乐,已而自沉于濮水,后师涓过焉,夜闻而写之,为晋平公鼓之,是之谓也。"由此,"桑间濮上"成为靡靡之音的代称。

③风雅:指《诗经》中之《国风》《小雅》《大雅》。粲然:鲜明的样子。

④炎汉:古人以五行生克作为帝王朝代更替的象征,以汉为火德,而有炎汉之称。厥途:指诗歌发展的道路。厥,其。

⑤退傅有"在邹"之作:退傅,指韦孟。据《汉书·韦贤传》,韦孟曾任

楚元王、夷王、王戊祖孙三代之傅。因戊荒淫无道，韦孟曾作诗讽谏，后韦孟退职居邹，又作诗一篇，故言"退傅有'在邹'之作"。降将著"河梁"之篇：降将，指李陵，他在出兵匈奴时兵败投降。"河梁"之篇，相传李陵在河梁上送别苏武，作诗三首相赠，其中第三首有"携手上河梁，游子暮何之"之句，是五言诗体。

⑥四言五言，区以别矣：分别代指韦孟的讽谏诗、"在邹"诗与李陵的五言送别诗。按，《文心雕龙·明诗》曰："汉初四言，韦孟首唱。"又曰："至成帝品录，三百余篇。朝章国采，亦云周备。而辞人遗翰，莫见五言。所以李陵、班婕妤，见疑于后代也。"萧统不疑李诗为后人伪托，认为这是最早的五言诗。

⑦又少则三字，多则九言：《文选》吕向注："《文始》：三字起夏侯湛，九言出高贵乡公。"分镳(biāo)并驱：并驾齐驱，指不同诗体同时兴起。

⑧吉甫有"穆若"之谈：吉甫，指尹吉甫，周宣王时重臣。穆，和。穆若，即穆和，和美的样子。《诗经·大雅·烝民》为尹吉甫作，其中有"吉甫作颂，穆如清风"之句。季子有"至矣"之叹：季子，指春秋时吴公子季札。《左传·襄公二十九年》云：季札聘于鲁，观乐，为之歌《颂》，有"至矣哉……盛德之所同也"的赞叹。

⑨舒布为诗，既言如彼：舒布，展示铺陈。"舒""诗"双声，是从声音相同来解释"诗"，是为声训。如彼，上文言之《国风》《大雅》《小雅》，以及汉中叶以后的诗。总成为颂，又亦若此：总成为颂，"总""颂"叠韵，也是声训释意。若此，指《诗经》中之"颂"以及汉后之颂。

⑩箴(zhēn)：用以规劝告诫的一种文体。戒：用以警诫的一种文体。弼：辅佐。匡：纠正。论：用以分析事理的一种文体。铭：用以称述功德或申明警诫的一种文体。美终：赞美死去的人。诔(lěi)：用以记述、赞美死者生前功业的一种文体。赞：用以称颂人文德行功业的一种文体。吕延济注："若有德者，后世图画其形，为文以赞美也。"

⑪众制：言诏、诰、教、令、表、奏、笺、记等众多文体。锋起：即蜂起，言

文体纷繁。锋,通"蜂"。源流间(jiàn)出:各种文体的源与流交错出现。

⑫陶匏(páo):皆为乐器。陶,指埙,用土烧成。匏,指笙,用匏(葫芦)制成。黼(fǔ)黻(fú):古代礼服上绣饰的花纹,白与黑相间曰黼,黑与青相间曰黻。

[译文]

　　诗是人情志的表现,人的思想感情充盈于心中而表现为语言。《关雎》《麟趾》,正是端正初始大道的彰显;桑间濮上,是靡靡亡国之音的表现。所以《风》《雅》之道十分鲜明,值得鉴赏。从西汉中叶起,诗歌的发展逐渐发生变化:退职居邹的韦孟作有"在邹"之诗,投降匈奴的李陵写有"河梁"之篇;四言诗、五言诗区别开来。还有每句字数少则三字的三言诗,多则九字的九言诗,不同诗体同时兴起,各自发展。颂,是用来褒扬功德勋业、赞美成就的文体。尹吉甫有"穆如清风"那样的赞辞,季札有"至矣哉"那样的赞叹。抒发感情形成诗歌,正如上言之风雅与韦、李之诗;总结道德功业形成颂体,就像这里尹吉甫、季札所云。其次,箴的兴起是由于弥补缺陷过失的需要,戒的出现在于辅助君王、纠正过错,论要求剖析道理精当细微,铭需要叙述事情清楚温润,诔的出现是为了颂扬有功而逝世之人,赞的兴起则源于后人为有德之人画图而题辞赞美。又有诏诰教令之体裁,表奏笺记之文体,书誓符檄之篇,吊祭哀文之作,答客、七体等作品,三言、八言等文辞,还有篇辞引序、碑碣志状,众多文体作品兴起,源与流交错出现。就像土制的埙和匏制的笙,虽然是不同的乐器,但都能发出悦耳动听的乐曲,供人娱乐;黼和黻虽然色泽不同,但都可以成为悦目的珍品,供人赏玩。由于有如此众多的文体,作者所体现的各种情致意趣,可以说是完备了啊!

　　余监抚余闲,居多暇日①。历观文囿,泛览辞林,未尝不心游目想,移晷忘倦②。自姬汉以来,眇焉悠邈,时更七代,数逾千祀。③词人才子,则名溢于缥囊;飞文染翰,则卷盈乎缃帙④。自非略其芜秽,集其清英,盖欲兼功,太半难矣⑤!

〔注释〕

　　①监:指监国,谓皇帝外行,太子代摄朝政。抚:指抚军,谓太子随从皇帝外出巡行。《左传·闵公二年》:"故曰冢子,君行则守,有守则从。从曰抚军,守曰监国,古之制也。""冢子"即太子,萧统当时为太子,故有是言。
　　②文囿(yòu):文章的园囿。辞林:辞章之林。称"囿"称"林",皆言文章作品繁多。移晷(guǐ):移动变化的日影,指时间推移,经过一段时间。张衡《西京赋》:"相持既久,日晷渐移。"
　　③姬汉:周汉。姬,周姓。眇焉悠邈:年代久远。"眇""悠""邈",皆有久远之意。七代:指周、秦、汉、魏、晋、宋、齐。逾:过。祀:岁,年。
　　④缥(piǎo)囊:青白色丝帛制成的书袋。缃(xiāng)帙(zhì):浅黄色帛制成的书套。
　　⑤芜秽:糟粕,指不好的文章。清英:精华,指好的文章。太半难:非常困难。吕延济注:"芜秽,喻恶也。清英,喻善也。兼,倍也。言文章之多,若不去恶留善,虽欲倍加其功,太半亦不能遍览,安能进乎?"

〔译文〕

　　我在监国抚军之余,平日有许多闲暇时间。观看历代文坛作品，广泛浏览辞赋篇章，经常是眼在浏览，心在遐想，时光流逝而不知疲倦。自从周、汉以来，年代久远，历经七朝，时间超过千年。期间词人才子，不计其数，名声随著作传播远扬；才思敏捷，铺纸挥毫，诗赋辞章不断涌现，卷帙浩繁。如果不删除其中糟粕之作，采集精华作品，要想兼顾遍览，多半是很困难的。

若夫姬公之籍，孔父之书，与日月俱悬，鬼神争奥，孝敬之准式，人伦之师友，岂可重以芟夷，加之剪截？①老、庄之作，管、孟之流，盖以立意为宗，不以能文为本，今之所撰，又以略诸。若贤人之美辞，忠臣之抗直，谋夫之话，辨士之端，冰释泉涌，金相玉振。②所谓坐狙丘，议稷下，仲连之却秦军，食其之下齐国，留侯之发八难，曲逆之吐六奇，盖乃事美一时，语流千载，概见坟籍，旁出子史。③若斯之流，又亦繁博，虽传之简牍，而事异篇章，今之所集，亦所不取。④至于记事之史，系年之书，所以褒贬是非，纪别异同，方之篇翰，亦已不同。⑤若其赞论之综缉辞采，序述之错比文华，事出于深思，义归乎翰藻，故与夫篇什，杂而集之。⑥远自周室，迄于圣代，都为三十卷，名曰《文选》云耳。

〔注释〕

①"若夫"八句：姬公，指周公旦。姬公之籍、孔父之书，泛指儒家经典。芟(shān)夷，原指除草，这里指删节文章。

②辨士之端：辨，通"辩"。端，指舌端，这里指言论。《韩诗外传》："君

子避三端:避文士之笔端,避武士之锋端,避辩士之舌端。"冰释泉涌:冰融泉涌,形容言辞滔滔不绝。金相玉振:金质玉声,指文章的内容与形式都很美。相,质。振,发声。

③狙丘、稷:皆为齐国山名。《文选·与杨德祖书》李善注引《鲁连子》:"齐之辩者曰田巴,辩于狙丘而议于稷下,毁五帝,罪三王,一日而服千人。"仲连,指鲁仲连。《战国策·赵策三》载:鲁仲连游历赵国,恰逢秦围赵国,听闻魏王使者辛垣衍劝赵尊秦为帝,鲁仲连严斥辛垣衍,秦将闻此事,退军五十里。食(yì)其(jī):即郦食其。《史记·郦生陆贾列传》载:楚汉相争时,郦食其说服齐王田广归汉,下齐七十余城。留侯:指张良。《史记·留侯世家》载:汉高祖用郦食其之计,欲封六国之后以削弱楚权,张良连发八难拦阻,遂使作罢。曲逆:指曲逆侯陈平。《史记·陈丞相世家》载:陈平曾六出奇计,辅佐刘邦。

④简牍:书于竹上曰简,书于版上曰牍,这里泛指书籍。事异篇章:指上述之贤人、忠臣、谋士、辩士的言论。篇章:指文学作品。

⑤系年之书:为编年体书,代指史书。方:比。篇翰:指文学作品。

⑥赞论、序述:皆为史传中的一部分,前者是对某一史实进行评论、提出看法的文字;后者是对历史人物扼要叙述,并于叙述中寓含褒贬的文辞。综缉:综合连缀。错比:错杂比次,即组织。辞采、文华:皆言华丽的辞藻。事:指"赞论"中之史实。义:指"序述"中之道理。"出于深思,义归乎翰藻"两句,是萧统《文选》的作品选录标准,即"事"与"义"皆出于深思、归乎翰藻的作品才能入选。

[译文]

　　至于周公的典籍,孔子的论著,与日月同辉,同神灵争奥妙,是尊君孝亲的范式,敦厚人伦的师表,怎么能够重新删削编排,进而剪裁节录呢?老子、庄子的作品,管子、孟子等篇章,大抵是以阐释义理宗旨,不是以善于属文为根本,现在编选文集,也就

文选序 | 11

省略这些不录了。就像贤人的华美文辞，忠臣的直言抗争，谋士的言论，辩士的辞令，恰如冰融泉涌，言辞滔滔不绝，又如金质玉声，内容丰富，文采斐然。所谓辩于狙丘而议于稷下，鲁仲连以辞令退却秦军，郦食其劝说齐王归汉，张良连发八难拦阻六国立后，陈平六出奇计振兴汉室，这些事大略都是一时的美谈而流传千古，见录于文籍，别载于子史。像这些记载，又很繁复驳杂，虽然传见于书籍，但却不同于文学作品，现在辑录《文选》，也不收录。至于纪事系年的史书，是用来褒贬是非、记录异同的，与文学作品相比也有所不同。像那些赞论中综合连缀的优美词句，序述中组织排列的华丽文辞，因事实与文义都经过深刻的构思，体现为华美的文学辞藻，所以可以称之为文学作品，杂取并收集在一起。远自周代，近至本朝，共编选三十卷，取名为《文选》。

凡次文之体，各以汇聚①。诗赋体既不一，又以类分；类分之中，各以时代相次。

〔注释〕

①次：编排，编次。汇：即言类。《文选》将文体分为三十七类（亦有三十八类之说），按类编次。

〔译文〕

大致文章编排体例，按门类汇集在一起。诗赋二类文体既然不同，又按小类分别排列。每类之中，又以时代先后为次序。

赋

京　都

　　"京都"类赋作多体制宏大,内容广博、辞藻壮丽,是汉大赋的典型代表。萧统将其置于《文选》之首,可见其分量。《文选》卷一至六,共收录班固、张衡、左思三家九篇作品。限于篇幅,我们这里只选录了《两都赋序》与《三都赋序》,以略窥"京都"类赋作创作之缘由与宗旨。

两都赋序

班　固

〔题解〕

　　《两都赋》由《西都赋》与《东都赋》两篇构成。"两都"指西汉京都长安与东汉京都洛阳。东汉迁都洛阳后,当时旧臣耆老,心生怨思,安土重迁,流露出对洛阳的不满,希望能重建长安为都。由此,班固创作《两都赋》,通过对西都宫室、田猎等奢华场景的描述,与洛阳之重视礼法制度形成对比,借此讽喻朝臣,表明建都洛阳的合理性。《两都赋》在创作上采用问答的方式展开叙述,突破了此前写物赋的范式,将对话、人、物、叙事融于一体,对后续诸如《二京赋》《三都赋》等"京都"类赋作的撰写影响深远。限于篇幅,这里只选取了《两都赋序》。《两都赋序》中不仅对上述创作缘由与主旨作了阐述,还对赋体的创作起源、流变、作用等进行了梳理与理论思考,使得该序有了文体论层面的价值和意义,历来为人称颂。

班固(32—92),字孟坚,东汉扶风安陵(今陕西咸阳)人。班彪之子,班超之兄。幼年聪颖好学,九岁便能属文、诵诗赋,十六岁入太学。明帝时,因被人诬告"私改作国史",入狱,其弟为之申辩,出狱后乃除兰台令史,迁为郎,奉命继续修撰史书,历时二十余年而成《汉书》。章帝时,深得器重,迁官玄武司马,撰成《白虎通义》。和帝时,随大将军窦宪出征匈奴,为中护军。后窦宪失势,班固被牵连免官,死于狱中。班固一生,以才能享誉盛名,文学上与司马相如、扬雄、张衡合称"汉赋四大家",史学上则与司马迁齐肩,并称"班马"。《后汉书》卷四十有传。

或曰:"赋者,古诗之流也。"① 昔成康没而颂声寝,王泽竭而诗不作。② 大汉初定,日不暇给。③ 至于武宣之世,乃崇礼官,考文章,内设金马石渠之署,外兴乐府协律之事,以兴废继绝,润色鸿业。④ 是以众庶悦豫,福应尤盛。⑤ 白麟、赤雁、芝房、宝鼎之歌,荐于郊庙。⑥ 神雀、五凤、甘露、黄龙之瑞,以为年纪。⑦ 故言语侍从之臣,若司马相如、虞丘寿王、东方朔、枚皋、王褒、刘向之属,朝夕论思,日月献纳;而公卿大臣,御史大夫倪宽、太常孔臧、太中大夫董仲舒、宗正刘德、太子太傅萧望之等,时时间作。⑧ 或以抒下情而通讽谕,或以宣上德而尽忠孝,雍容揄扬,著于后嗣,抑亦《雅》《颂》之亚也。⑨故孝成之世,论而录之,盖奏御者千有余篇。⑩而后大汉之文章,炳焉与三代同风。⑪

〔注释〕

①流:流变。指变体。一说,流派。

②成康:指周成王、周康王,是周代的极盛时期。颂:《毛诗序》曰:"颂者,以其成功告于神明者也。"寝:停息。

③日不暇给(jǐ):意指汉初百废待兴,忙于恢复发展生产,来不及倡导礼乐文教。暇,闲。

④武宣之世:西汉鼎盛时期。武宣,指汉武帝刘彻与汉宣帝刘询。文章:指礼乐法度。金马:汉官署名,即金马门,为宫廷宦者与待诏士人所居场所。《后汉书·马援传》:"孝武皇帝时,善相马者东门京,铸作铜马法献之,有诏立马于鲁班门外,则更名鲁班门曰金马门。"石渠:即石渠阁,汉宫藏书秘阁。

⑤悦豫:喜悦,愉快。豫,快乐。福应:吉祥的征兆。

⑥白麟、赤雁、芝房、宝鼎:皆为武帝时出现之"福应"。

⑦神雀、五凤、甘露、黄龙:皆为宣帝时出现之"祥瑞"。年纪:年号。

⑧司马相如:字长卿,西汉辞赋家。有《子虚赋》《上林赋》等赋作。《史记》《汉书》皆有传。虞丘寿王:字子赣,赵人,有《吾丘寿王》十五篇,皆不传。东方朔:字曼倩,武帝时为郎。有《答客难》《非有先生论》等作,《史记》《汉书》皆有传。枚皋:字少孺,枚乘之子,武帝时为郎,善为辞赋,作品今多不传。《汉书》卷五一有传。王褒:字子渊,宣帝时待诏,有名篇《洞箫赋》,与扬雄并称"渊云"。《汉书》卷四六有传。刘向:字子政,西汉经学家,有作品《别录》,是我国最早的分类目录。另著有《新序》《说苑》《列女传》《洪范五行传论》等书。《汉书》卷三六有传。献纳:此指向上进

赋 | 15

献诗歌赋颂之事情。御史大夫：官名，与丞相（大司徒）、太尉（大司马）合称三公。倪宽：李善注引《汉书》曰："倪宽修《尚书》，以郡选，诣博士孔安国，射策为掌固，迁侍御史。"有《儿宽赋》二篇。太常：官名，为九卿之一，掌宗庙礼仪，兼掌选试博士。孔臧：李善注引《孔臧集》曰："臧，仲尼之后。少以才博知名。稍迁御史大夫，辞曰：'臣代以经学为家，乞为太常，专修家业。'武帝遂用之。"有《太常侯蓼孔臧赋》二十篇。太中大夫：官名，掌议论。董仲舒：西汉经学家，著有《春秋繁露》。宗正：官名，掌管王室亲族的事务。刘德：字路叔，西汉辞赋家。昭帝初为宗正。《汉书》卷三六有传。太子太傅：官名，主要负责辅佐太子。萧望之：字长倩，汉代经学家。

⑨下情：百姓之情。雍容：舒缓，从容。吕向注："雍，和；容，缓。"揄（yú）扬：宣传发扬。著：显著。

⑩"故孝成之世"三句：汉成帝刘骜，谥号孝成皇帝。该句指"成帝时，以书颇散亡，使谒者陈农求遗书于天下。诏光禄大夫刘向校经传、诸子、诗赋，步兵校尉任宏校兵书，太史令尹咸校数术，侍医李柱国校方技。每一书已，向辄条其篇目，撮其指意，录而奏之"（《汉书·艺文志》）之事。

⑪炳：光辉显耀。三代：指夏、商、周。风：教化。

[译文]

有人说："赋是古诗的一种变体。"过去周成王、康王去世后，颂扬之声随之消散；先王的恩泽枯竭，赞美的诗章也不再作。大汉初年天下刚趋平定，无暇顾及礼乐文化。直至武帝、宣帝鼎盛时期，才开始崇尚礼乐，考核经籍，朝内设置金马门、石渠阁，宫外设立乐府机关协理音乐律吕之事，以重振废弃之制度、延续礼乐教化，使得大汉的丰功伟业得以宣扬。于是广大百姓欢心愉悦，吉祥的征兆多次呈现。白麟、赤雁、芝房、宝鼎之福兆纷纷出现，颂作歌辞祭祀祖先；借出现之神雀、五凤、甘露、黄龙祥瑞，用作年号。由是凭借文学以侍从君王的臣子,如司马相如、虞丘寿王、东方朔、枚皋、王褒、刘向等,早晚议论构思创造,计日计月向朝廷进献作品;而公卿大臣,如御史大夫倪宽、太常孔臧、太中大夫董仲舒、宗正刘德、太子太傅萧望之等人,也时不时撰写文章进呈。这些辞赋有的抒发臣民衷情以传达讽喻之意,有的宣扬君主恩德以尽忠孝之情,舒缓从容地四处宣扬,昭示于后代,其大概与《雅》《颂》相去不远。所以汉成帝时,加以评论并收录的辞赋,进奏皇帝的有千余篇。从此大汉的辞赋文章,璀璨夺目可与夏、商、周三代之教化风俗比肩。

且夫道有夷隆,学有粗密,因时而建德者,不以远近易则。① 故皋陶歌虞,奚斯颂鲁,同见采于孔氏,列于《诗》《书》,其义一也。② 稽之上古则如彼,考之汉室又如此。③ 斯事虽细,然先臣之旧式,国家之遗美,不可阙也。④ 臣窃见海内清平,朝廷无事,京师修宫室,浚城隍,起苑囿,以备制度。⑤ 西土耆老,咸怀怨思,冀上之眷顾,而盛称长安旧制,有陋雒邑之议。⑥ 故臣作《两都赋》,以极众人之所眩曜,折以今之法度。⑦

〔注释〕

① 道:思想,学说。夷隆:夷,平坦。隆,凸起。这里指衰落与兴盛。远近:此指古今。则:指论文的原则。

② 皋陶(yáo)歌虞:皋陶,传为舜之臣,掌管刑狱。曾作歌颂扬虞舜。奚斯:名鱼,字奚斯,春秋时鲁国公子。传曾作《閟宫》歌颂鲁僖公,收于

《诗经·鲁颂》中。

③稽:考核。彼:指孔子采《皋陶谟》入《尚书》,《闷宫》入《诗经》之事。

④遗美:指前汉留下的美政。阙:同"缺"。

⑤浚(jùn):疏通。隍:护城河。有水曰池,无水曰隍。起:兴建。苑囿:苑,畜养禽兽的园林。囿,有围墙的园林。这里指帝王及贵族游猎之地。

⑥耆(qí)老:六十曰耆,七十曰老,指六七十岁的老人。咸:都。雒邑:即洛邑,今河南洛阳。

⑦极:终止,终了。眩曜:迷惑。折:使折服。

[译文]

再说,道术的发展有衰落有隆盛,学问有粗疏有精深,顺应时势而建功立德的人,不会以古今远近就改变法则。所以皋陶颂扬虞舜的歌辞,奚斯歌颂鲁僖公之诗,同样被孔子采纳编入《诗经》和《尚书》中,因为它们在建功立德上意义相等。考察上古既有皋陶歌舜、奚斯颂鲁,察看前汉赋作也是这样。创作辞赋虽然是细末之事,但是先代词臣留下之法则,流传之美政,不能缺少。我私见天下太平,朝廷安宁,东都洛阳正在兴修宫室,疏浚城池,扩建苑囿,以完善首都的设施。西都长安的故老,都心怀怨念,希望君王怀念原来的都城,而极力称赞长安旧有的体制,议论中流露出对洛阳的鄙薄。所以微臣才创作《两都赋》,来终止众人想要重建长安为都的糊涂想法,用东都洛阳现行的法度来使他们信服。

三都赋序

左　思

〔题解〕

　　《三都赋》由《三都赋序》《吴都赋》《魏都赋》《蜀都赋》构成,其创作历时十载,颇为时人称颂,一时洛阳为之纸贵。李善注引臧荣绪《晋书》曰:"左思,字太冲,齐国人。少博览文史,欲作《三都赋》,乃诣著作郎张载,访岷、邛之事。遂构思十稔,门庭藩溷,皆著纸笔,遇得一句,即疏之。征为秘书。赋成,张华见而咨嗟,都邑豪贵,竞相传写。三都者,刘备都益州,号蜀;孙权都建业,号吴;曹操都邺,号魏。思作赋时,吴、蜀已平,见前贤文之是非,故作斯赋以辨众惑。"

　　《三都赋序》集中阐发了左思对文学创作的见解,他赞同班固"赋者,古诗之流"的见解,认为是先王采之以观风俗,所以提出赋当"颂其所见","美物者贵依其本,赞事者宜本其实"的观点,对"假称珍怪,以为润色"之类的在文辞上过分夸饰,在文义上虚而无征的作品表示不满,并作《三都赋》以践行自己的创作主张。

　　左思(约250—305),字太冲,齐国临淄(今属山东)人,西晋文学家。晋武帝时,因妹左棻入宫,迁居洛阳,任秘书郎。曾依附权贵贾谧,为文人集团"鲁公二十四友"之一。贾谧被诛后,遂隐退,专心著述。左思出身寒微,其貌不扬,不善言辞,但博览文史,辞藻壮丽,有"左思风力"之赞誉。《三都赋》和《咏史八首》是左思的代表作,《文心雕龙·才略》曰:"左思奇才,业深覃思,尽锐于《三都》,拔萃于《咏史》。"左思原有文集三卷,宋时亡佚,近人丁福保辑有《左太冲集》。《晋书》卷九二有传。

　　盖《诗》有六义焉,其二曰赋。扬雄曰:"诗人之赋丽以则。"①班固曰:"赋者,古诗之流也。"②先王采焉,以观土风。③见"绿竹猗猗",则知卫地淇澳之产;见"在其版屋",则知秦野西戎之宅。④故能居然而辨八方。然相如赋《上林》,而引"卢橘夏熟";扬雄赋《甘泉》,而陈"玉树青葱";班固赋《西都》,而叹以出比目;张衡赋《西京》,而述以游海若⑤。假称珍怪,以为润色,若斯之类,匪啻于兹⑥。考之果木,则生非其壤;校之神物,则出非其所。于辞则易为藻饰,于义则虚而无征。⑦且夫玉卮无当,虽宝非用;侈言无验,虽丽非经。⑧而论者莫不诋讦其研精,作者大氐举为宪章。⑨积习生常,有自来矣。

〔注释〕

　　①诗人之赋丽以则:出自《法言·吾子》。丽,指语言华美。则,合乎《诗》的准则。

　　②赋者,古诗之流也:出自《两都赋序》。流,变体。

　　③土风:风土人情。

　　④"见'绿竹猗猗'"二句:出自《诗经·卫风·淇奥》:"瞻彼淇奥,绿竹猗猗。"猗猗,茂盛美好的样子。淇,淇水。奥,通"澳",水湾。"见'在其版屋'"二句:出自《诗经·秦风·小戎》:"在其板屋,乱我心曲。"版屋,四

周用土打墙盖房子。版,同"板",筑墙之法,两板相夹,置土其中,夯实后即成土墙。西戎,羌族。羌人多住版屋。

⑤海若:海神。

⑥匪啻(chì)于兹:不止于此。

⑦藻饰:用华丽辞藻装饰。无征:没有根据。征,证据。

⑧玉卮(zhī)无当:语出《韩非子·外储右上》。卮,酒杯。无当,无底。侈言:夸张的言辞。非经:不合常理。

⑨莫不诋(dǐ)讦(jié)其研精:姚鼐认为"不"字为衍文。高步瀛《文选李注义疏》案:"二句对文,疑本作'莫敢诋其研精'。'讦'字衍文。"诋,指摘、批评。宪章:典范。

〔译文〕

《诗经》有六义,第二义叫"赋"。扬雄说:"古代诗人所作之赋,辞藻华美富丽符合《诗经》的准则。"班固说:"赋,是古诗的变体。"古代君王采集地方歌谣,用来从中考察各地的风土人情。见了"绿竹猗猗"的诗句,就会知道卫国的淇水岸边盛产绿竹;看到"在其版屋"的诗句,就能了解秦国西部羌族人居住版屋的习俗。因此足不出户,通过读诗便能了解各地的不同风貌。然而司马相如《上林赋》,竟言"卢橘夏熟";扬雄《甘泉赋》,则述"玉树青葱";班固《西都赋》,却为宫妃钓出比目鱼而惊叹;张衡《西京赋》,竟描写与海神交游。作者假借珍怪,以修饰文采,这类描述,数不胜数。考察赋中所写果木,有的并不生长于该地;考校赋中所记神物,有的不曾出没于该处。从文辞而言,很容易用辞藻来修饰;从表意来说,则这些修饰所表达的内容是不真实的。没底的玉杯,虽然宝贵,却不实用;夸饰的言辞经不起验证,虽然华美,却不合常理。然而评论者不批评他们极力所追求的辞藻与夸饰,辞赋作者还大都将其作为创作的典范。习惯成自然,文坛上这种现象由来已久了。

余既思摹《二京》而赋《三都》,其山川城邑则稽之地图,其鸟兽草木则验之方志。①风谣歌舞,各附其俗;魁梧长者,莫非其旧。②何则?发言为诗者,咏其所志也;升高能赋者,颂其所见也。③美物者贵依其本,赞事者宜本其实。匪本匪实,览者奚信?且夫任土作贡,《虞书》所著;辨物居方,《周易》所慎。④聊举其一隅,摄其体统,归诸诂训焉。⑤

〔注释〕

①《二京》:即东汉张衡《二京赋》,包括《西京赋》与《东京赋》。二京,指西京长安与东京洛阳。稽:考核。验:验证。方志:地方志。

②风谣:民间歌谣。附:符合,相合。魁梧长者:指杰出的大人物。

③"发言为诗者"二句:《毛诗序》曰:"诗者志之所之也。在心为志,发言为诗。"志,志向。升高能赋:《毛诗传》有"升高能赋,可以为大夫"之言。

④"且夫任土作贡"二句:《尚书·禹贡序》:"禹别九州,随山浚川,任土作贡。"孔传:"任其土地所有定其贡赋之差。"按,《禹贡》系《尚书·夏书》中的一篇,而非《虞书》中的篇章。"辨物居方"二句:出自《周易·未济》:"君子以慎辨物居方。"

⑤摄:抓住。体统:纲要。诂(gǔ)训:也作训诂、故训,解释古语的意思。

〔译文〕

　　我想模仿《二京赋》而作《三都赋》，赋中所写的山川城市，都用地图来核对；赋中所述的鸟兽草木，都用地方志来验证；民谣歌舞，都与当地风俗相符；赋中所叙的杰出人物，无一不是当地名流。为什么要这样？因为诗是用来歌咏志向的；登高而赋，是颂扬他亲眼所见的事物。赞美万物，贵在从其本来面目出发；颂扬人事，应当符合实际情况。不合本来面目，脱离实际情况，读者谁会相信呢？况且随土地肥瘠与所产而定贡赋品种与数量，是《虞书》所载；据地方特点而辨别物类，是《周易》所重。姑且举个别赋作中不合实际的事例，抓住作赋纲领，以古代典籍中的记载为依据创作《三都赋》。

郊　祀

甘泉赋 并序（节选）

扬　雄

〔题解〕

　　"郊祀"指祭祀天地。李善注曰："祭天曰郊，郊者言神交接也。祭地曰祀，祀者敬祭神明也。"萧统《文选·赋丁》卷七将"郊祀"作为一种题材，仅收录扬雄《甘泉赋并序》一篇，这也是现存最早的描写郊祀的赋。

　　《甘泉赋》被誉为扬雄四大名赋之冠，也是汉代宫殿赋的代表作之一。此赋作于永始四年(前13)春,汉成帝郊祀甘泉泰畤之时。扬雄极尽铺陈夸张之能事,详细描述了郊祀全过程,并极力描摹甘泉宫的华丽,以展现汉代盛世、天子声威,同时贯穿以讽谏之意。作品整体气势恢宏,想象丰富,辞藻流丽。

扬雄(前53—18),一作杨雄,字子云,西汉蜀郡成都(今属四川)人。扬雄少好学,长于辞赋,四十余岁时才自蜀来游京师,受到汉成帝赏识,为侍从文人。成帝祭祀游猎时,扬雄作《甘泉》《河东》《长杨》《羽猎》四赋进献,名声益重。其辞赋创作,虽常"拟相如以为式",然而在文学观念上多有所突破。他提出的"劝"与"讽"孰重孰轻的问题,对"诗人之赋丽以则,辞人之赋丽以淫"的"诗人""辞人"异同的辨析等都对后世文学影响深远。明人郑朴辑有《杨子云集》。《汉书》卷八七有传。

孝成帝时,客有荐雄文似相如者。①上方郊祀甘泉泰畤、汾阴后土,以求继嗣,召雄待诏承明之庭。②正月,从上甘泉还,奏《甘泉赋》以风。③其辞曰:

〔注释〕

①孝成帝:即汉成帝刘骜。《汉书·惠帝纪》颜师古注曰:"孝子善述父之志,故汉家之谥,自惠帝已下皆称孝也。"客:指蜀人杨庄。李善注曰:"雄答刘歆书曰:雄作《成都城四隅铭》,蜀人有杨庄者,为郎,诵之于成帝,以为似相如,雄遂以此得见。"

②甘泉:宫名。秦始皇建甘泉前殿,汉武帝增扩之。在今陕西淳化县西北。泰畤(zhì):祭祀天神泰一的祠坛,在甘泉宫南。汾阴后土:《汉书·郊祀志》:"元鼎四年十一月甲子,始立后土于汾阴。"汾阴,地名,在汾

水之南。后土：对土地神的敬称。这里指当时天子祭地之处。继嗣：指皇子。待诏：等候皇帝诏命。在汉代，凡以才技被征召，而又尚无职任者，皆待诏于指定之所。承明之庭：指未央宫的承明殿。

③风：通"讽"，讽谏。以下对上，不敢直言，借事言之谓之讽。

〔译文〕

汉成帝之时，有位乡客因我的文章近似司马相如，而将我举荐给皇上。皇上将要去甘泉宫的泰畤祠与汾水南的后土祠祭祀天地，以求子嗣，于是诏我在未央宫的承明殿待命。永始四年正月，我侍从皇上前往甘泉宫助祭，返回之后，乃献《甘泉赋》一篇以为讽谏。赋的内容是：

惟汉十世，将郊上玄，定泰畤，雍神休，尊明号。①同符三皇，录功五帝。②恤胤锡羡，拓迹开统。③于是乃命群僚，历吉日，协灵辰，星陈而天行。④诏招摇与太阴兮，伏钩陈使当兵。⑤属堪舆以壁垒兮，捎夔魖而抶獝狂。⑥八神奔而警跸兮，振殷辚而军装。⑦蚩尤之伦，带干将而秉玉戚兮，飞蒙茸而走陆梁。⑧齐总总以撙撙，其相胶轕兮，猋骇云迅，奋以方攘。⑨骈罗列布，鳞以杂沓兮，柴虒参差，鱼颉而鸟䏐。⑩翕赫曶霍，雾集而蒙合兮，⑪半散昭烂，粲以成章。⑫

〔注释〕

①十世：汉成帝为西汉第十世皇帝。上玄：谓天。雍神休：使神灵保

佑其吉祥美善。雍,庇佑。休,美。

②同符三皇:符契同于三皇。符,合也。三皇,一说指伏羲、神农、黄帝。录:总括。五帝:具体所指,各有不同。《周易·系辞》谓伏羲、神农、黄帝、尧、舜。《大戴礼记》《史记》指颛顼、帝喾、黄帝、尧、舜。

③恤:忧虑。胤(yìn):子嗣。锡羡:赐予福祥。锡,同"赐",赐予。羡,丰饶。开统:展开统绪。

④历:选择。协:合。灵辰:善时。

⑤招摇、太阴、钩陈:皆为星名。伏:通"服",服从。当兵:领兵。

⑥属:托。堪舆:天地总名。壁垒:星名,因形似城墙壁垒,有守卫之义,故有此名。夔(kuí)魖(xū):鬼怪名。木石之怪曰夔,似龙有角,人面。魖,能使人财物虚耗的鬼。挟(chì):鞭打。獝(xù)狂:恶鬼。

⑦八神:八方之神。警:在帝王左右侍卫。跸(bì):为帝王车驾清道开路。振:奋进的样子。殷辚:众多的样子。

⑧蚩尤:古代黄帝之臣,以凶悍著名。此指武卫之士。伦:辈。干将:古时利剑名。秉:持。玉戚:以玉为饰柄的斧形武器。飞蒙茸而走陆梁:晋灼曰:"飞者蒙茸而乱,走者陆梁而跳。"蒙茸,紊乱。陆梁,跳跃的样子。形容猛士勇武矫健。

⑨撙(zǔn)撙:聚集的样子。胶轕(gé):纷然交错。焱(biāo)骇云迅:暴风大起,流云飞驰。奋:迅疾。方攘:奔离分散。该句形容人群聚合离散。

⑩骈罗:并列。鳞:鱼鳞相次。杂沓:纷杂的样子。柴(cī)虒(zhì):参差不齐。鱼颉(xié)而鸟䀪(háng):颉䀪,通"颉颃",指鱼或鸟上下游动,忽上忽下的样子。该句描写队伍的排列变化。

⑪翕(xī)赫:开合的样子。㫚(hū)霍:形容疾速。雾集而蒙合:如雾之集,如气之合。形容卫士聚集。

⑫半散:离散的样子。昭烂:昭明灿烂。章:彩。此与"雾集蒙合"相对,形容卫士分散。

〔译文〕

　　有汉第十世,将要祭祀上天,于是定郊祀在甘泉宫南的泰畤,祈求天神庇佑和顺吉祥,因而以自己的名号尊地祈祷。上天赐予的符契与三皇相同,汉主树立的功勋勤于五帝。成帝忧虑没有继嗣,希望上天赐予福祥,拓大基业,展开统绪。于是命令百官,择取吉日,合于善时,仪仗队伍如星之陈列和天体之运行。诏命招摇和太阴星宿啊,让钩陈星掌管领兵。嘱托天神地祇与壁垒星,消灭夔、魑恶鬼,鞭打猖狂妖精。八方之神奔驰而来在玉驾之前清道护卫啊,纷纷身披军装奋然前行。蚩尤般的勇武壮士,佩带利剑、手持玉斧啊,跳跃、奔跑勇猛矫健。队伍集聚,行列齐整,队形散开,错综交混啊,其势如风疾云迅,奋然前行。整队布阵,如鱼交错纷杂啊;参差不齐,又似鱼潜鸟升,上下游动。卫士队伍集合靠拢,如流雾浓缩,似地气凝合,布阵散开,盔甲弓箭,光彩夺目,绚丽异常。

　　于是大厦云谲波诡,摧嗺而成观。① 仰挢首以高视兮,目冥眴而亡见。② 正浏滥以弘恻兮,指东西之漫漫。③ 徒徊徊以徨徨兮,魂眇眇而昏乱。④ 据轸轩而周流兮,忽坱圠而亡垠。⑤ 翠玉树之青葱兮,璧马犀之瞵㻞。⑥ 金人仡仡其承钟虡兮,嵌岩岩其龙鳞。⑦ 扬光曜之燎烛兮,垂景炎之炘炘。⑧ 配帝居之县圃兮,象泰壹之威神。⑨ 洪台崛其独出兮,㮯北极之嶟嶟。⑩ 列宿乃施于上荣兮,日月才经于柍桭。⑪ 雷郁律于岩窔兮,电倏忽于墙藩。⑫ 鬼魅

赋　│　27

不能自逮兮,半长途而下颠。⑬历倒景而绝飞梁兮,浮蠛蠓而撇天。⑭

〔注释〕

①云谲(jué)波诡:谓大厦如云气、水波之变幻奇伟。谲、诡,变幻莫测。形容大厦结构奇巧多变。摧嶊(zuī):林木崇积的样子。成观:李善注曰:"言大厦之高,而成观阙也。"

②挢(jiǎo):举。冥眴(xuàn):昏乱的样子。该句形容宫殿高峻。

③浏滥:即浏览。弘敞(chǎng):即弘敞,言其高大宽阔。漫漫:无边无际。

④佪佪徨徨:忧思彷徨貌。魂眇(miǎo)眇:谓心灵惊惧、神志迷惑之状。形容大殿空廓。

⑤据:凭靠。轩:栏杆。周流:指周视流看。忽:隐隐忽忽。泱(yǎng)圠(yà):广大。

⑥璧马犀:用璧玉饰作的马和犀。瞵(lín)瑸(bīn):指玉的文采缤纷。

⑦仡(yì)仡:高耸的样子,形容金人高大勇健。钟虡(jù):悬钟的架子。嶔:开张的样子。岩岩:高大的样子。龙鳞:似龙之鳞。

⑧曜:照耀。景:大。炎,通"焰"。炘(xīn):李善注引《广雅》曰:"炘,热也。"颜师古注:"炘炘,光盛貌。"该句形容殿中的大烛闪着光亮,火焰升腾,光明灿烂。

⑨县圃:天地神所居之处,在昆仑山上。泰壹:也作"太一",即皇天大帝。

⑩洪台:高台。崛:特出。橇(zhì):《汉书》作"擥",至。嶟(zūn)嶟:高峻陡峭。

⑪宿(xiù):星宿。施(yì):延及。荣:屋檐两端上翘的部分,飞檐。柍(yāng)桭(chén):屋檐中部,半檐。

⑫郁律:雷声。窔(yào):幽深,阴暗处。墙藩:墙垣。

⑬逮:及。下颠:颠坠。该句形容庭内高深,即便是鬼怪也不能到其

尽头,只能于长途之半而颠坠。

⑭历:超越。倒景:倒影。绝:横渡。飞梁:浮道之桥。蠛(miè)蠓(měng):一种昆虫,比蚊子小。撇:拂。

[译文]

　　于是甘泉广厦,如云气水波变幻莫测,奇伟巍峨,以成奇观。抬头仰视高处啊,眼花缭乱,不见顶端。四周浏览之际感到恢宏宽阔,往东边或南边看去,都看不到边界。只是令人忧惧彷徨,心神恍惚而昏乱。凭栏向四周远眺,忽然广阔一片,茫茫无边。甘泉宫内翠色的玉树青葱碧绿啊,璧玉饰的马犀文采璀璨。高大勇健的金人身负洪钟吊架,犹如开张金光闪闪。膏烛燃烧,光芒照耀啊,火焰升腾光明灿烂。甘泉宫可与天神所居的县圃比美啊,其威严神明如同泰一。高台崛地而出啊,若山峰高峻耸立,直达北斗。众星延及它高高翘起的檐头啊,日月才横陈在其屋宇之际。雷声于宫殿深处轰鸣啊,闪电猝然在墙垣上闪过。鬼怪也不能到其尽头啊,行至中途就得坠落。穿过空中倒影而越过悬天飞梁啊,高浮于青霄尘气之中,直拂于九天苍穹。

　　乱曰:崇崇圜丘,隆隐天兮。①登降峛崺,单埢垣兮。②增宫嵾嵯,骈嵯峨兮。③岭嵯嶙峋,洞无厓兮。④上天之缔,杳旭卉兮。⑤圣皇穆穆,信厥对兮。⑥徕祇郊禋,神所依兮。⑦徘徊招摇,灵迉迡兮。⑧光辉眩耀,降厥福兮。⑨子子孙孙,长无极兮。⑩

〔注释〕

①乱:用在赋的结尾部分,以归纳全篇旨意。崇崇:高。圜(yuán)丘:即圆丘,祭天时的大坛。隐:遮蔽。

②登降:上下。岿(lǐ)崼(yǐ):迤逦,曲折连绵,这里指供上下行走的斜道。单(chán):李善注曰:"大貌。"埢(quán)垣(yuán):圆形。

③增:重。嵾(cēn)差(cī):不齐之状。嵾,同"参"。骈(pián):并列。嵯(cuó)峨:高峻。

④岭嶸(yíng):深幽。嶙峋(xún):山崖突兀的样子。

⑤缔(zài):事情。杳(yǎo):深远。旭卉:幽昧的样子。

⑥穆穆:庄重严肃。信:诚。对:配,言能与天地相配。

⑦徕:招来,使之来。祗(zhī):恭敬。郊禋(yīn):谓在郊外燃柴升烟以祭天。

⑧招摇:彷徨。迉(qī)迡(chí):即"栖迟"。游息。

⑨光辉:指郊禋火光。降厥福:祈降福祥。

⑩"子子孙孙"二句:何焯注曰:"有事甘泉,以求继嗣,故如此结。"

〔译文〕

总撮全赋大要说:高高的圆坛,隆突遮天蔽日啊。上下路径,盘盘旋旋啊。层层叠叠的宫殿,参差错落,并列耸峙啊。殿阁嶙峋,深邃无涯啊。上天之事,深远幽昧啊。圣明天子,庄重严肃,诚可与天相匹配。到此虔心祭祀,众神前来托依啊。徘徊彷徨,神灵栖息啊。光辉照耀,祈降福祥啊。子子孙孙,绵延不绝啊。

畋　猎

子虚赋(节选)

司马相如

〔题解〕

《子虚赋》为作者早年作品,文中虚设了子虚、乌有、亡是公三位人物。《史记·司马相如列传》:"相如以子虚,虚言也,为楚称。乌有先生者,乌有此事也,为齐难。无是公者,无是人也,明天子之义。故空藉此三人为辞,以推天子诸侯之苑囿,其卒章归之于节俭,因以风谏。""为楚称",指设为楚使称赞楚地富饶美丽的话;"为齐难",指设为齐人提出的诘难,后人称假设的、虚构的为"子虚"或"子虚乌有"便由此而来。该赋体制宏伟,想象丰富,极尽铺张夸饰之能事,以设问的形式,盛赞楚国风物之美,而又于结尾处借乌有先生批评子虚"今足下不称楚王之德厚,而盛推云梦以为高,奢言淫乐而显侈靡,窃为足下不取也"而讽谏之。是汉大赋的典型代表之一。

司马相如(？—前118),字长卿,小名犬子,西汉蜀郡成都(今属四川)人。少好读书,汉景帝时曾随梁孝王游而作《子虚赋》。梁孝王死后,司马相如回到家乡,至临邛,与卓王孙女卓文君相识,结为夫妻,成就一段佳话。汉武帝好辞赋,赏其才学,读《子虚赋》叹曰:"朕独不得与此人同时哉!"司马相如因此被召入京,任郎官。期间,司马相如又作《谕巴蜀檄》《难蜀父老》

《哀二世赋》《大人赋》等，颇得汉武帝赏识与信任。司马相如的辞赋创作，多体制恢宏，构思奇特，辞藻华丽，长于夸饰，而尤以气胜。刘熙载《艺概·赋概》评曰："相如一切文，皆善于架虚行危。其赋既会造出奇怪，又会撇入杳冥。所谓'似不从人间来者'此也。"但也有"多虚词滥说"（司马迁《史记》）、"假象过大"（挚虞《文章流别论》）之嫌。除了上述提到的作品外，司马相如尚有《上林赋》《长门赋》等佳作，多为后人模仿，对后世辞赋创作影响深远。《汉书·艺文志》著录司马相如辞赋共二十九篇。明人辑有《司马文园集》，清人严可均《全上古三代秦汉三国六朝文》亦辑其辞赋、散文十余篇。司马相如去世后，其妻上书言封禅之事，而有后世盛传的《封禅文》。《史记》卷一一七，《汉书》卷五七有传。

楚使子虚使于齐，王悉发车骑，与使者出畋。①畋罢，子虚过姹乌有先生，亡是公存焉。②坐定，乌有先生问曰："今日畋，乐乎？"子虚曰："乐。""获多乎？"曰："少。""然则何乐？"对曰："仆乐齐王之欲夸仆以车骑之众，而仆对以云梦之事也。"曰："可得闻乎？"

〔注释〕

①畋(tián)：打猎。
②过：过访。姹(chà)：夸耀。

〔译文〕

楚国派遣子虚出使齐国，齐王调动全部兵车人马与使节们外出打猎。打猎结束,子虚前去拜访乌有先生,并向他夸耀了一番打猎的盛况,亡是公也在场。子虚坐定后,乌有先生问道:"今日打猎快乐吗?"子虚回答说:"快乐。"又问:"打到的猎物多吗?"回答:"不多。""那有什么值得快乐的?"子虚回答道:"我感到好笑的是,齐王想拿车骑众多来向我炫耀,而我则以云梦之事应对他。"乌有先生说:"我可以听听吗?"

子虚曰:"可。王车驾千乘,选徒万骑,畋于海滨。列卒满泽,罘网弥山。①掩兔辚鹿,射麋脚麟。②骛于盐浦,割鲜染轮。③射中获多,矜而自功。④顾谓仆曰:'楚亦有平原广泽,游猎之地,饶乐若此者乎?⑤楚王之猎,孰与寡人乎?'仆下车对曰:'臣,楚国之鄙人也,幸得宿卫,十有余年。时从出游,游于后园,览于有无,然犹未能遍睹也,又焉足以言其外泽乎?'⑥齐王曰:'虽然,略以子之所闻见而言之。'

〔注释〕

①罘(fú):亦称为罝,捕兽的网。弥:遍及。
②掩兔辚鹿:用网捕兔,用车轮碾鹿。辚,车轮。麋(mí):兽名,似小鹿。脚麟:抓住麟脚。
③骛(wù):奔驰。盐浦:盐滩。割鲜染轮:指割取新鲜猎物的生肉,血染红了车轮,形容捕获猎物之多。鲜,生肉。
④矜(jīn):夸耀。
⑤饶乐:富有乐趣。
⑥览于有无:看看有什么。李善注曰:"谓或有所见,或复无也。"遍

睹:遍览,看完。

〔译文〕

　　子虚说:"可以。齐王动用上千辆兵车,精选万余骑士,到海滨围猎。士卒遍布泽地,网罗布满山谷。网罩野兔,车压鹿群,箭穿麋鹿,手抓麟脚。车骑奔驰在海滨盐场,割取猎物,鲜血染红了车轮。射中的猎物收获甚多,齐王很是得意,炫耀功绩。他回头对我说:'楚国也有这样的平原广泽、游猎场地,以及如此富有乐趣吗?我与楚王的出猎相比,谁更壮观呢?'我下车回答说:'微臣只是楚国的鄙陋之人,有幸得以在宫中宿卫执勤十多年。有时候也随楚王出游,但所到之处,也只是在宫内园亭,看看有什么,然而仍未能遍览,又怎能述说京城之外、大泽之中的游猎场面呢?'齐王说:'即便如此,请简单说说你的所见所闻。'

　　"仆对曰:'唯唯。'①臣闻楚有七泽,尝见其一,未睹其余也。臣之所见,盖特其小小者耳,名曰云梦。②云梦者,方九百里,其中有山焉。其山则盘纡弗郁,隆崇嵂崒。③岑崟参差,日月蔽亏。④交错纠纷,上干青云。⑤罢池陂陀,下属江河。⑥其土则丹青赭垩,雌黄白坿,锡碧金银,众色炫耀,照烂龙鳞。⑦其石则赤玉玫瑰,琳珉昆吾,瑊玏玄厉,碝石碔砆。⑧其东则有蕙圃:衡兰芷若,芎䓖菖蒲,茳蓠蘪芜,诸柘巴苴。⑨其南则有平原广泽,登降陁靡,案衍坛曼。⑩缘以大江,限以巫山。⑪其高燥则生葴薪苞荔,薛莎青薠。⑫其埤湿则生藏茛蒹葭,东蘠雕胡,莲藕觚卢,菴䕡轩于。⑬众物居之,不可胜图。⑭其西则有涌泉清池,激水推移。外发芙蓉菱华,内隐巨石白沙。其中则有神龟蛟鼍,玳瑁鳖鼋。⑮其北则有阴林,其树楩楠豫章,桂椒木兰,檗离朱杨,楂梨梬栗,橘柚芬芳。⑯其上则有鹓雏孔鸾,腾远射干。⑰其下则有白虎玄豹,蟃蜒貙豻。⑱

〔注释〕

①唯唯:应答恭谦之词。

②云梦:楚国著名的大泽。传为今湖北中部,横跨长江南北。北为云,南为梦,方圆八九百里,后堙为平地,今不复存。

③盘纡(yū):回旋盘曲。弗(fú)郁:形容山势险峻曲折。隆崇嵂(lǜ)崒(zú):山势高耸险峻。

④岑(cén)崟(yín)参差:山峦高峻起伏的样子。蔽亏:指因山势起伏,遮挡日月,有时全部遮住,有时可以看到半个。蔽,全隐。亏,半缺。

⑤干:犯。此是触及之意。

⑥罢(pí)池(tuó):山倾斜不平。陂(pō)陀(tuó):绵延不断的样子。

⑦丹青赭(zhě)垩(è):丹,朱砂。青,一种青色矿石。赭,赤土。垩,白土。雌黄:又名石黄,一种矿物。白附:白石英。碧:青石。照烂:光辉灿烂。

⑧玫瑰:火齐珠。琳珉(mín):琳,珠玉。珉,次于玉的石块。昆吾:山名,盛产美玉,以此代指美玉。瑊(jiān)玏(lè):《史记》作"琘珇",《索引》引司马彪注曰:"石之次玉者。"玄厉:黑石,可做磨刀石。碝(ruǎn)石:白中带赤之石。碱(wǔ)砆(fū):赤地白彩之石。

⑨蕙圃:种植花草的园子。蕙,蕙兰,代以指芳草。衡兰芷若:均为香

草名。衡,杜衡。芷,白芷。若,杜若。芎(xiōng)䓖(qióng):即川芎,生于山谷间,根茎可入药。菖蒲:多年生草本,生于水边,根茎可做香料。茳(jiāng)蓠(lí):生在浅水中,红藻的一种。蘪(mí)芜(wú):同"蘼芜",芎䓖的苗。诸柘(zhè):即诸蔗,一种甘蔗。巴苴(jū):草名,又名巴蕉。

⑩登降:犹言升降,或上下。陁(tuó)靡:山势倾斜貌。形容地势倾斜绵延的样子。案衍坛曼:平坦宽广的样子。

⑪巫山:又名阳台山,在云梦泽中。

⑫葴(zhēn)蓀(sī)苞荔:四种草名。葴,马蓝。蓀,似燕麦。苞,与茅相类,可织席、制鞋。荔,即马荔。形似蒲而小,根可制刷子。薛:即"赖蒿",蒿的一种。莎(suō):莎草。地下块茎称"香附子",可用药。青薠(fán):似莎而大。

⑬埤(bēi)湿:地湿的地方。藏(zāng)莨(làng):草名,俗称狼尾草。蒹葭:芦苇。东蘠(qiáng):草名,其子如葵子,可食用。雕胡:即菰米,俗名茭白,可食用。瓠(gū)卢:菰卢,即葫芦。一说,是菰茭和芦笋。菴(ān)闾(lǘ):蒿类植物。轩于:又名蔓于,水生,犹草。

⑭图:描绘。

⑮蛟鼍(tuó):水生动物。蛟,神话中的龙类。鼍,今天所说的扬子鳄。玳瑁:海产动物,形似龟,甲上有花纹,可作装饰物,也可入药。鳖(biē)鼋(yuán):二者相似,小者为鳖,大者为鼋,也称甲鱼。

⑯楩(pián)楠:黄楩木与楠木。豫章:樟木。桂椒:肉桂与山椒,高级香料。木兰:又名杜兰,状似楠树,皮辛香似桂,可食。檗(bò)离:黄檗与山梨。朱杨:郭璞曰:"赤茎柳也。"樝梨:似梨而甘。梬(yǐng)栗:枣的一种,似柿而小。

⑰鹓(yuān)雏(chú):传说中与鸾凤同类的鸟。孔鸾(luán):孔雀和鸾鸟。腾远:似猿猴类动物。射(yè)干:形似狐而小,能攀树木。

⑱蟃蜒貙(chū)犴(àn):皆猛兽。蟃蜒、貙,大兽,似狸。犴,野狗。

〔译文〕

"我回答说:'遵命!'微臣听说楚国有七个大泽,曾经见过其中一个,其余都没有见过。我所见到的,大概是其中特别小的一个而已,叫作云梦。云梦泽,方圆九百里,其中有山。它的山回旋盘曲,高耸险峻。山峦高峻起伏参差不齐,经天日月,或为山全遮,或为半缺。高峰交错纷列,直冲云霄。山麓倾斜绵延,远接江河。云梦之土,包含朱红、青石、赤泥、白土、石黄、白石英、锡、玉、金、银,色彩缤纷,如龙鳞般耀眼灿烂。云梦之石,有赤玉、火齐珠、琳、珉、昆吾、瑊玏、玄厉、碝石、碔砆等玉石。云梦之东,有香草丛生的花园:有杜衡、兰草、白芷、杜若、川芎、菖蒲、江蓠、蘼芜、诸蔗、巴蕉等草木。云梦之南,是一片平原大泽,地势高低倾斜,绵延不断,地形平坦广袤,一望无垠。以长江为边缘,以巫山为边界。那些干燥的高处,生长着马蓝、薪、苞茅、马荔、赖蒿、莎草、青薠。那些潮湿的低处,则有藏莨、芦苇、东蔷、茭白、莲藕、菰卢、菴闾、轩于等。众多植物生长于此,不能够尽数描绘。云梦之西,则有涌泉清池,水波荡漾。水面上盛开着芙蓉菱花,水底下隐隐可见巨石白沙。水中,则有神龟、蛟、鼍、玳瑁、鳖、鼋。云梦之北,则有大片森林,树有黄楩、楠木、樟木、肉桂、山椒、木兰、黄檗、山梨、赤茎柳、楂梨、樗栗等,橘子、柚子芳香四季。树上栖息有鹓雏、孔雀、鸾鸟,腾跳的猿猴,攀枝的射干。树林里则有白虎、黑豹、蝘蜓、貙、犴等猛兽。

"于是乎乃使剸诸之伦,手格此兽。①楚王乃驾驯驳之驷,乘雕玉之舆。②靡鱼须之桡旃,曳明月之珠旗。③建干将之雄戟,左乌号之雕弓,右夏服之劲箭。④阳子骖乘,孅阿为御。⑤案节未舒,即陵狡兽。⑥蹴蛩蛩,辚距虚。⑦轶野马,辖陶駼。⑧乘遗风,射游骐。⑨倏眒倩浰,雷动猋至,星流霆击。⑩弓不虚发,中必决眦。⑪洞胸达掖,绝乎心系。⑫获若雨兽,掩草蔽地。⑬于是楚王乃弭节徘徊,翱翔容与。⑭览乎阴林,观壮士之暴怒,与猛兽之恐惧。徼郄受诎,殚睹众物之变态。⑮

〔注释〕

①剸(zhuān)诸:《史记》作"专诸"。春秋时吴国勇士,曾为吴公子光刺杀吴王僚。手格:空手击之。

②驯驳之驷:驯,驯服。驳,毛色不纯的马。驷,四马共驾一车称驷。

③靡鱼须之桡(náo)旃(zhān):靡,通"麾",挥动。桡旃,弯曲的旗柄。曳(yè):摇动。明月:即明月之珠,旗上之饰。

④干将:传春秋时吴人,与其妻莫邪善铸剑,曾锻造干将、莫邪等利剑。戟(jǐ):古兵器,合戈矛为一体,可刺可击。乌号:用乌号木制成的名弓。夏服:相传为夏后氏装良矢之箭袋。

⑤阳子:即孙阳,字伯乐。秦穆公臣,以善相马著称。骖(cān)乘:陪乘。孅(xiān)阿:古代善于御车的人。

⑥案节:指马按节拍行走。未舒:谓马足尚未尽力驱驰。这里指行走迟缓。陵:通"凌",威逼。

⑦蹴(cù):踢踩。蛩(qióng)蛩:青兽,状如马。辚(lín):碾压。言车马迅疾,虽至捷之兽,亦能蹴践之也。距虚:兽名,似骡而小。

⑧轶:通"迭"。突袭。辖(wèi):车轴头,这里指碾压、撞击。陶駼(tú):兽名,其状如马。陶,《汉书》《史记》皆作"騊"。

⑨遗风:千里马名。游骐:奔驰的青黑色纹理的马。

⑩倏眒(shēn)倩浰(lì):形容迅疾。雷动:形容车马之声。猋(biāo):疾风。形容车骑奔驰之速。

⑪决眦(zì):形容箭术高超,决于目眦。眦,眼眶。

⑫洞:作动词,洞穿。掖:同"腋",这里指野兽腋下。绝:作动词,击断。心系:系于心脏的血管经络。

⑬雨兽:形容获取野兽之多,如雨下。

⑭弭(mǐ)节:按辔徐行。弭,按。翱翔容与:自在从容的样子。

⑮徼(yāo)剹(jù)受诎:言拦截那些极度疲倦的困兽。徼,拦截。剹,疲倦。受,收拾。诎,通"屈",尽。殚:尽。

〔译文〕

"于是楚王派遣像专诸一样的勇士,徒手与猛兽搏斗。楚王乘坐着驯养过的杂色马拉着的雕玉所饰的车子,挥舞着鱼须装饰的曲柄旗,摇动用明月珠装点的旗帜,手握干将锻造的长戟,左边佩戴乌号良弓,右边携带夏后氏所用箭筒与利箭。伯乐陪乘,孅阿驾车,按辔徐行,尚未驰驱,即已能够踩到野兽。脚踏蛩蛩,轮碾距虚。突袭野马,轴头撞击驹骎。乘坐千里马,射猎奔驰的青黑色纹理马。车马奔驰疾速,动如迅雷,快如疾风,又似流星划过,雷霆电击。箭出弓而不落空,中箭之处在眼眶。洞穿胸脯,贯穿腋下,断绝心脏经脉。猎物收获众多如若雨下,遮盖原野。于是楚王按辔徐行,自在从容。纵览于郁郁葱葱的深林,观看暴怒的壮士,观察惊恐的猛兽。巡查拦截那些极度疲倦的困兽,看尽鸟兽挣扎的各种姿态。"

乌有先生曰:"是何言之过也!足下不远千里,来贶齐国,王悉发境内之士,备车骑之众,与使者出畋,乃欲戮力致获,以娱左右,何名为夸哉?①问楚地之有无者,愿闻大国之风烈,先生之余论也。②今足下不称楚王之德厚,而盛推云梦以为高,奢言淫乐而显侈靡,窃为足下不取也。③必若所言,固非楚国之美也。无而言之,是害足下之信也。彰君恶,伤私义,二者无一可,而先生行之,必且轻于齐而累于楚矣。且齐东陼巨海,南有琅邪。④观乎成山,射乎之罘。⑤浮渤澥,游孟诸。⑥邪与肃慎为邻,右以汤谷为界。⑦秋田乎青丘,徬徨乎海外。⑧吞若云梦者八九,于其胸中曾不蒂芥。⑨若乃俶傥瑰玮,异方殊类,⑩珍怪鸟兽,万端鳞崒,⑪充牣其中,不可胜记。⑫禹不能名,卨不能计。⑬然在诸侯之位,不敢言游戏之乐,苑囿之大。先生又见客,是以王辞不复,何为无以应哉?"

〔注释〕

①贶(kuàng):赐教。畋:打猎。戮(lù)力:协力。
②风烈:指美好的风范业绩。
③高:高谈阔论。奢言:侈谈。淫乐:荒淫纵乐。
④陼(zhǔ):同"渚"。此指东边巨海。琅邪(yá):琅琊,山名。在今山东诸城东南海滨。
⑤成山:山名。在今山东荣成县东。之罘(fú):山名。在今山东烟台。今称"芝罘"。
⑥渤澥(xiè):渤海的古称。孟诸:古代湖泊名。在今河南商丘一带。

⑦邪:通"斜",指东与北相接之地。肃慎:古国名。在今辽、吉、黑三省一带。右以汤(yáng)谷:汤谷,即旸谷,传说中太阳升起的地方。古以西为右,东为左。故李善注曰:"言为东界,则右当为左字之误。"
⑧青丘:国名,当指辽东一带。
⑨吞:犹言容纳。蒂芥:指微小之物。
⑩俶(tì)傥(tǎng):同"倜傥",卓异不凡。瑰玮:珍奇。
⑪鳞崒(cuì):如鳞之聚集。崒,同"萃",汇集。
⑫充牣(rèn):充满。
⑬禹不能名,卨(xiè)不能计:李善注引张揖曰:"禹为尧司空,辨九州名山,别草木。卨为尧司徒,敷五教,率万事。"计,计数。

〔译文〕

　　乌有先生听后说:"此话为什么说得如此过分!足下不远千里来到齐国赐教,齐王调动全国士卒,出动众多车骑,与各国使节一同游猎,是想合力猎取丰盛的猎物,让您从中得到欢娱,怎么能把这说成是向您炫耀呢?齐王问楚国有没有这样壮观的狩猎场面,是想听听大国的风俗教化与辉煌业绩,以及先生的高论。可是您却不称赞楚王的厚德高义,却极力盛赞云梦泽,侈言其淫乐,张扬其奢靡,我以为您的做法实在不可取。假若真如您所说的那样,这算不上是楚国的美妙之处。如果不似您说得那样,这就损害了您的信誉啊。宣扬楚王的过失,损害个人的德义,两者无一可取,您却这样做了,势必受到齐人的轻蔑,而使楚国的声誉受到连累,产生不良的影响。况且齐国东临大海,南据琅琊,可以在成山游览,去之罘狩猎;可以泛舟于渤海,可以游猎于孟诸之泽。北面与肃慎国相邻,西面以汤谷为界。秋天可以在青丘行猎,悠然漫游于海外。如此辽阔的齐国,吞纳八九个云梦,也不会有梗阻之感。至于那些不凡的奇观,异域的特有物种,珍怪鸟兽,数以万计,像鱼鳞一般汇聚在一起,充满齐国境内,数不胜数。即使是聪明博识的夏禹,也不能尽呼其名;就是擅长会计的高,也不能尽计其数。可是,由于齐王身处诸侯之位,不便畅谈游猎的快乐、范围的博大。先生您作为贵客,所以不想在言辞上回应于您,这怎么能说是'无言以对'呢?"

纪　行

东征赋

班　昭

〔题解〕

"纪行",是记叙旅途所见而抒发自己感慨的文体,以纪行见志为其突出的特点。该类题材源于刘歆《遂初赋》,其写作往往以纪行为线索,兼有写景叙事与抒怀,是两汉赋作家在抒情言志上的一种新尝试,开后代游记文学的先河。《文选》赋类以"纪行"为题材,共收录潘岳《西征赋》、班彪《北征赋》、班昭《东征赋》三篇。

汉安帝永初七年(113),班昭跟随儿子曹成到陈留郡出任长垣(今属河南)县长,故作《东征赋》。该赋通过叙述其从洛阳至长垣的经历,怀古思今,一写离京之悲伤,二写跋涉之劳苦,三写思慕之先贤,皆以寄心志,勉励其子。晚年,班昭为教导班家诸女又作《女诫》七章,成为封建时代妇女的行动准则。《东征赋》和《女诫》等对后世皆有较大影响。

班昭(约49—120),一名姬,字惠班,扶风安陵(今陕西省咸阳市)人,东汉史学家班彪之女,班固、班超之妹,十四岁嫁给曹世叔为妻。班昭博学高才,汉和帝数召入宫,令皇后、贵人师事之,号"曹大家(gū)";班固著《汉书》未竟而卒,班昭乃续之。《后汉书》卷八四有传。

惟永初之有七兮,余随子乎东征。①时孟春之吉日兮,撰良辰而将行。②乃举趾而升舆兮,夕予宿乎偃师。③遂去故而就新兮,志怆悢而怀悲!④

〔注释〕

①永初:汉安帝年号(107—113)。有(yòu):通"又"。子:班昭之子曹成,字子毂。曹成到陈留郡出任长垣长,在京城东,班昭随子至官,故曰"东征"。

②撰:李善注:"犹择也。"良辰:美好的日子。

③举趾:起步。升舆:登车。偃师:县名,今属河南。

④怆(chuàng)悢(liàng):凄怆,悲伤。

〔译文〕

永初七年正月啊,我随儿子东行赴任。正赶上初春的好时节啊,选择良辰吉日即将起程。早晨从洛阳登上马车,夜晚在偃师住宿。由于离开故土前往新地啊,心中充满不舍与悲伤。

明发曙而不寐兮,心迟迟而有违。①酌樽酒以弛念兮,喟抑情而自非。②谅不登樔而啄蠡兮,得不陈力而相追。③且从众而就列兮,听天命之所归。遵通衢之大道兮,求捷径欲从谁?④乃遂往而徂逝兮,聊游目而遨魂!⑤

[注释]

　　①明发曙而不寐:《诗经·小雅·小宛》:"明发不寐。"发曙:天亮的时候。心迟迟而有违:语出《诗经·邶风·谷风》:"行道迟迟,中心有违。"迟迟,缓慢行走的样子,含有犹豫之意。违,违背,不称意。
　　②樽:古代盛酒的器具。弛念:丢开思念。喟(kuì):叹息。
　　③谅:诚然,委实。登樔(cháo)而啄(zhuó)蠡(luó):《礼记·礼运》:"昔者先王未有宫室,冬则居营窟,夏则居橧巢。"登樔,指攀树巢栖。樔,同"巢"。啄蠡,敲开螺壳(食肉)。蠡,即螺。陈力:施展才力。
　　④遵:沿着。通衢(qú):四通八达的大道。捷径:小路。
　　⑤徂(cú)逝:往前去。游目:目光流动。遨魂:使精神得到畅游。遨,遨游。

[译文]

　　天发出曙光仍不能入眠啊,心有迟疑留恋不忍离去,而不得已违背心意。借酒消愁以排遣忧思啊,感叹压抑的情绪无法抒发。实在不是去过巢居螺食的原始生活,不能够施展才力而相追赶。姑且跟上队伍随众前行,听凭命运的安排与归宿。沿着四通八达的大道行走啊,寻求崎岖小路是想追随谁呢?于是向着长垣而前行啊,暂且放眼浏览而神游。

历七邑而观览兮,遭巩县之多艰。①望河洛之交流兮,看成皋之旋门。②既免脱于峻崄兮,历荥阳而过卷。③食原武之息足,宿阳武之桑间。④涉封丘而践路兮,慕京师而窃叹。⑤小人性之怀土兮,自书传而有焉。⑥

〔注释〕

　　①历:经过。七邑:七个县城,即下文所举之巩县、成皋、荥阳、卷县、原武、阳武、封丘。巩县:县名。今河南巩义。
　　②河洛之交流:河洛,黄河与洛水。指洛水东至河南巩义汇入黄河。成皋:县名,春秋时名虎牢,今河南荥阳西。旋门:关隘名,即洛阳东的旋门坂,又称旋门关。
　　③免脱:离开,脱离。峻崄(xiǎn):指旋门坂山高路险。荥阳:县名。在成皋东,今河南荥阳东北。卷(quān):县名。今河南原阳西。
　　④原武:县名。在荥阳东,今河南原阳。息足:歇脚。阳武:县名。在原武东,今河南原阳东南。桑间:地名。《礼记·乐记》:"桑间濮上之音,亡国之音也。"郑玄注:"濮水之上,地有桑间者。"
　　⑤涉:经过。封丘:县名。今河南封丘西南。窃叹:暗自叹息。
　　⑥小人性之怀土:语出《论语·里仁》:"君子怀德,小人怀土。"小人,作者谦称。怀土,怀念故土。书传(zhuàn):古籍经传,此指《论语》。

〔译文〕

　　沿途历经七县纵情游览啊,巩县道路最艰险。远眺黄河与洛水交汇而流啊,见识了成皋的旋门关。既然已经脱离了险峻啊,过了荥阳过卷县。在原武县里吃饭歇脚,到阳武县投宿桑间。车过了封丘继续赶路,思念京都而暗自感叹。小人物有怀恋故土的通性啊,这话早在典籍中就已写明。

遂进道而少前兮,得平丘之北边。入匡郭而追远兮,念夫子之厄勤。①彼衰乱之无道兮,乃困畏乎圣人。②怅容与而久驻兮,忘日夕而将昏。③到长垣之境界,察农野之居民。睹蒲城之丘墟兮,生荆棘之榛榛。④惕觉寤而顾问兮,想子路之威神。⑤卫人嘉其勇义兮,讫于今而称云。⑥蘧氏在城之东南兮,民亦尚其丘坟。⑦唯令德为不朽兮,身既没而名存。⑧

〔注释〕

①匡:地名,今河南长垣西南。郭:外城。追远:《论语·学而》:"慎终追远。"这里指作者到了匡邑的城郭之下,怀想起孔子。夫子之厄勤:指孔子曾在匡遭受五日之困厄。《史记·孔子世家》:"孔子将适陈,过匡……匡人闻之,以为鲁之阳虎。阳虎尝暴匡人,匡人于是遂止孔子。孔子状类阳虎,拘焉五日。"厄勤:艰困劳苦。

②困畏:围困拘囚。

③怅:惆怅。容与:徘徊犹豫,踌躇不前的样子。

④蒲城:地名,乃长垣县的边境小邑。丘墟:废墟。榛(zhēn)榛:《广雅·释木》:"木藂生曰榛。"指草木丛生的样子。

⑤惕觉寤:突然醒悟。惕,疾速。寤,通"悟"。顾问:回头问。子路:孔子弟子,名仲由,好勇力,曾为蒲邑大夫。

⑥卫人嘉其勇义:指太子蒯聩作乱,子路前去劝阻,结缨而死,卫人称赞其勇义之事。

⑦蘧(qú)氏:即蘧瑗家。蘧瑗,卫大夫,字伯玉,孔子在卫时曾住其家。尚:尊崇。令德:美德。

⑧不朽:古人有立德、立功、立言"三不朽"之说。没(mò):同"殁",死亡。

〔译文〕

沿路前进没有走多远啊,就到了平丘县的北边。进入匡城而追思远古,想到了孔夫子当年遭受围困的事情。那是衰乱无道的时代啊,竟然围困囚拘圣人。惆怅踟蹰而久久地站在匡城啊,忘记了已是傍晚而天将要暗下来了。到了长垣县的地界,顺路察访居住在郊外的农民。目睹了蒲城县的古迹废墟,那里已是荆棘丛生,一片荒凉。我突然醒悟而转头问身边的人,想象着子路当年在蒲邑的威武神情。卫国人赞美他勇敢的义举,到如今还在称颂。蒲城东南是蘧瑗的家乡,那里的老百姓至今还瞻仰其坟茔。人世间只有美德永垂不朽啊,身体虽早已消亡,而名望长存。

惟经典之所美兮,贵道德与仁贤。①吴札称多君子兮,其言信而有征。②后衰微而遭患兮,遂陵迟而不兴。③知性命之在天,由力行而近仁。④勉仰高而蹈景兮,尽忠恕而与人。⑤好正直而不回兮,精诚通于明神。⑥庶灵祇之鉴照兮,佑贞良而辅信。⑦

〔注释〕

①仁贤:谓德才兼美的人。
②吴札:吴公子季札。称多君子:《春秋左传·襄公二十九年》:"(季札)适卫,说蘧瑗、史狗、史鰌、公子荆、公叔发、公子朝,曰:'卫多君子,未

有患也。'"

③陵迟:衰败。

④力行而近仁:谓勉力行善,故近乎仁。《礼记·中庸》:"子曰:'好学近乎知,力行近乎仁,知耻近乎勇。'"

⑤仰高而蹈景:《诗经·小雅·车辖》:"高山仰止,景行行止。"蹈景,走大路。忠恕:忠诚宽容。《论语·里仁》:"曾子曰:'夫子之道,忠恕而已矣。'"

⑥不回:不行邪僻,正直。《诗经·小雅·鼓钟》:"淑人君子,其德不回。"《毛传》:"回,邪也。"

⑦庶:希望。灵祇(qí):神祇。《释文》:"天曰神,地曰祇。"鉴照:犹言明察。佑:保佑。

〔译文〕

在经典中所被赞美的啊,都是看重其美德和仁贤。吴公子季札称道卫国多君子而无患,他的话很切实且得到了验证。后来卫国衰败式微而屡遭变乱,于是国势日衰,再也没有兴盛。我深知上天主宰着人的命运,但可以通过身体力行来接近仁贤。勉励自己实行高尚的言行而走光明大道,尽量以忠恕之道对待别人。一心爱好正直而不行邪僻之事,真心诚意可以感动神明。

乱曰:君子之思,必成文兮①。盍各言志,慕古人兮。先君行止,则有作兮。②虽其不敏,敢不法兮。③贵贱贫富,不可求兮。正身履道,以俟时兮。④修短之运,愚智同兮。⑤靖恭委命,唯吉凶兮。⑥敬慎无怠,思嗛约兮。⑦

清静少欲,师公绰兮。⑧

﹝注释﹞

①乱:用在结尾部分,以归纳全篇旨意。
②"先君"二句:班昭之父班彪避难凉州之际,从长安出发,至安定,曾作《北征赋》。先君,子女称已故的父亲。行止,行动。这里指远行。
③敏:聪慧。敢不法:不敢不效法。
④"正身"二句:《荀子·宥坐》:"君子博学深谋,修身端行,以俟其时。"履道,遵循、行走正道。俟(sì),等待。
⑤修短:长短。指寿命。运:命运。
⑥靖恭:谦恭。委命:顺应天命。
⑦敬慎:恭敬谨慎。嗛(qiān):通"谦",谦恭。约:节俭。
⑧公绰:孟公绰,春秋时鲁国大夫。《论语·宪问》:"子路问成人。子曰:'若臧武仲之知,公绰之不欲。'"

﹝译文﹞

总之:君子有了情思,必然形诸文字。何不谈谈各自的志向,追思古人言行啊?先父避难凉州,曾作《北征赋》。虽然我不聪慧,但不敢不效仿之。人生贵贱贫富,不能强求啊。可以端正自身,遵行正道,以待时机。人之寿命长短各有其命数,愚者智者并无不同。唯有恭敬地对待天命,极力趋吉避凶。敬慎执事不要懈怠,谦恭勤俭时时谨记。清心平静少贪欲,当以孟公绰为师。

游　览

登楼赋

王　粲

〔题解〕

《文选》共收录"游览"类赋作三篇,分别为王粲《登楼赋》、孙绰《游天台山赋》、鲍照《芜城赋》。

《登楼赋》是一篇抒情小赋。东汉末年,长安局势纷乱,王粲去荆州投靠刘表,不得重用,心中抑郁不平。建安十一年(206)秋,王粲登当阳县城楼,于是作《登楼赋》,将辗转飘零、思念故乡、世道艰难、壮志难酬等胸中块垒一抒而尽,同时也表达了对国家统一、局势平定,以及建功立业的期望。该赋情景交融,感情真挚,格调慷慨悲凉,而语言又自然流畅,不事雕琢,具有很高的艺术价值。

王粲(177—217),字仲宣,山阳高平(今山东邹城)人,早年不得志,后为曹操重用,魏国建立后官拜侍中。在文学上成就颇高,为"建安七子"之一,刘勰更称其为"七子之冠冕",其《登楼赋》最为人称道。明人辑有《王侍中文集》。《三国志·魏书》有传。

　　登兹楼以四望兮,聊暇日以销忧。①览斯宇之所处兮,实显敞而寡仇。②挟清漳之通浦兮,倚曲沮之长洲。③

背坟衍之广陆兮,临皋隰之沃流。④北弥陶牧,西接昭丘。⑤华实蔽野,黍稷盈畴。⑥虽信美而非吾土兮,曾何足以少留?⑦

〔注释〕

①聊:姑且。暇:闲暇。一说通"假"。销:通"消"。
②仇:匹,比。
③漳:漳水。通浦:河流注入江海或另一条河流之出口处。沮:沮水。长洲:水中长形的陆地。
④坟衍:地势高而平。皋:水边高地。隰(xí):低湿之地。沃:灌溉。
⑤弥:尽。陶牧:指陶朱公范蠡墓地所在的郊野。牧,郊野。昭丘:楚昭王墓。
⑥华实:花木果实。黍(shǔ)稷(jì):黍和稷,泛指农作物。畴:田地。
⑦信美:确实美好。曾:语气助词,无实义。

〔译文〕

　　登上这高楼向四周眺望啊,姑且用闲暇的时光来消解忧愁。浏览这座楼所处的位置啊,实在是宽阔敞亮而很少有可以与之匹敌的。携带着清清漳水的出口处啊,依傍着曲折沮水边的沙洲。背后是高而平的广阔陆地啊,面临着低洼湿地处可供灌溉的河流。北面尽头是陶朱公的墓地,西面紧接着楚昭王的坟丘。鲜花和果实遮蔽了原野,黍和稷等农作物长满了田畴。虽然确实美好,然而却并非我的故乡啊,怎么值得我作短期的停留?

　　遭纷浊而迁逝兮,漫逾纪以迄今。①情眷眷而怀归兮,孰忧思之可任?②凭轩槛以遥望兮,向北风而开襟。平原远而极目兮,蔽荆山之高岑。③路逶迤而修迥兮,川既漾而济深。④悲旧乡之壅隔兮,涕横坠而弗禁。⑤昔尼父之在陈兮,有"归欤"之叹音。⑥钟仪幽而楚奏兮,庄舄显而越吟。⑦人情同于怀土兮,岂穷达而异心?

〔注释〕

①纷浊:指社会纷乱污浊。迁逝:迁徙流离,指自己避乱于荆州。纪:十二年为一纪。

②眷眷:留恋。任:承受。

③荆山:山名,在今湖北南漳。岑(cén):小而高的山。

④逶(wēi)迤(yí):蜿蜒曲折。迥(jiǒng):远。漾:形容水势盛大。济:渡。

⑤壅隔:阻隔。

⑥"昔尼父"二句:孔子周游列国,在陈被困,曾发出"归欤!归欤!"的叹息声。此王粲以孔子处境自喻。

⑦钟仪幽而楚奏兮:钟仪,楚国乐官,曾被郑国俘虏献给晋国。晋景公请他弹琴,他仍弹奏楚国乐曲,以示危难中不忘故国。庄舄(xì)显而越吟:庄舄,战国时越人,虽在楚国做了高官,但病中仍吟唱越国歌曲,以示富贵中不忘故国。

〔译文〕

遭遇乱世而迁徙流亡啊,迄今已经超过十二年。恋恋不舍的感情是依旧怀念故乡啊,谁能承受得起这深沉忧思?凭着栏杆举目远望啊,迎着北风敞开我的衣裳。平原辽阔而放眼远眺啊,却被荆山的高峰阻挡视线。道路曲折而且漫长啊,江河浩荡深广而难以渡航。故乡被山川阻隔令人悲伤啊,涕泗横流不能自已。过去孔子在陈国,曾发出"归欤"的感叹。钟仪被囚在晋国而弹奏楚曲啊,庄舄为官于楚仍把越歌吟唱。怀恋故乡是人们共同的心情啊,怎会因境遇穷困或显达而改变衷肠?

惟日月之逾迈兮,俟河清其未极。^①冀王道之一平兮,假高衢而骋力。^②惧匏瓜之徒悬兮,畏井渫之莫食。^③步栖迟以徙倚兮,白日忽其将匿。^④风萧瑟而并兴兮,天惨惨而无色。^⑤兽狂顾以求群兮,鸟相鸣而举翼。^⑥原野阒其无人兮,征夫行而未息。^⑦心凄怆以感发兮,意忉怛而憯恻。^⑧循阶除而下降兮,气交愤于胸臆。^⑨夜参半而不寐兮,怅盘桓以反侧。^⑩

〔注释〕

①惟:想到。逾迈:消逝。河清:黄河水清。古人以此喻指政治清明,时局太平。

②一平:统一稳定。高衢:大道。喻太平盛世。骋力:尽力驰骋。指发挥才能,成就一番事业。

③惧匏(páo)瓜之徒悬:语出《论语·阳货》:"吾岂匏瓜也哉?焉能系而不食?"这里借用孔子之言,表达自己惧怕像匏瓜那样白白地悬着,不能施展才能。匏瓜,葫芦的一种。畏井渫(xiè)之莫食:语出《周易·井》:"井渫不食,为我心恻。"意谓井水经过浚疏,变得清洁流畅,却无人饮用,使人遗憾。渫,除去污秽,使畅通。比喻害怕自己洁身自好,却不能为世所用。

④栖迟:游息。徙倚:徘徊。

赋 | 53

⑤惨:通"黪",暗色。
⑥狂顾:慌乱地张望。
⑦阒(qù):寂静。
⑧忉(dāo)怛(dá):忧愁悲伤。憯(cǎn)恻:凄惨悲痛。
⑨阶除:台阶。交:交加。李善注引杜预《左氏传》注:"交,俱也。"膺:胸部。
⑩参:及。盘桓:徘徊。此指想来想去。

〔译文〕

想到时光正在不停地流逝啊,等候太平盛世却总不见来临。希望朝政统一平定啊,好在大道上奔驰前进,施展才能。我担心像匏瓜一样徒然高悬啊,惧怕那井水清澈了却无人取饮。我游息漫步徘徊不定啊,明亮的太阳将要西沉。风声萧瑟四面吹起啊,天色暗淡没有光亮。野兽仓皇张望以寻找同伴啊,飞鸟鸣叫着振翅飞回。原野上寂静无声没有人迹啊,只有远行的人还奔走不停。内心凄凉百感交集啊,情绪忧愁悲伤。沿着台阶慢慢走下来啊,闷气郁结胸膛。直到夜半还无法入眠啊,无限惆怅而辗转反侧。

物　色

秋兴赋 并序(节选)

潘　岳

〔题解〕

《文选·赋庚》卷一三共收录赋体"物色"类作品四篇,分别为宋玉《风赋》、潘岳《秋兴赋并序》、谢惠连《雪赋》、谢庄《逸月赋》。所谓"物色",李善注曰:"四时所观之物色而为之赋。"又补充道:"有物有文曰色,风虽无正色,然亦有声。"萧统《文选》中的"物色"指的是一年四季,人所观察到的自然景物的声色。其中潘岳的《秋兴赋》作于晋武帝咸宁四年(278)秋,是潘岳有感于官场疲累,在观察秋天变化、草木盛衰的过程中,随"物色之动,心亦摇焉"而悲秋以咏怀的名篇。

潘岳(247—300),字安仁,西晋荥阳中牟(今属河南)人。少有奇童之名,以才冠世,为"二十四友"之首,然性轻躁,趋世利,终不得志。诗赋创作与陆机齐名,《诗品》列为上品,有"潘才如江"的赞誉。潘岳赋多名篇,诸如《闲居赋》《秋兴赋》;善写哀情,以《悼亡诗》三首最为人称道。明人张溥辑有《潘黄门集》。《晋书》卷五五有传。

晋十有四年,余春秋三十有二,始见二毛。①以太尉掾兼虎贲中郎将,寓直于散骑之省。②高阁连云,阳景罕曜,珥蝉冕而袭纨绮之士,此焉游处。③仆野人也,偃息不过茅屋茂林之下,谈话不过农夫田父之客,摄官承乏,猥厕朝列,夙兴晏寝,匪遑底宁。④譬犹池鱼笼鸟,有江湖山薮之思,于是染翰操纸,慨然而赋。⑤于时秋也,故以秋兴命篇。其辞曰:

〔注释〕

①春秋:指年龄。二毛:指头发斑白。

赋 | 55

②太尉掾(yuàn)：太尉的属员。虎贲中郎将：官名，掌领近卫兵之职。寓直：值班当差的地方。散骑：官名，即散骑常侍。省：官署名。

③阳景：阳光。珥(ěr)蝉冕：插有金蝉装饰的冠冕。珥，插。袭纨绮：穿着丝绢织成的华美衣服。袭，穿衣。

④野人：乡野之人。偃息：躺卧休息。田父：农夫。摄官：代理官职。承乏：谦辞，表示所任职位一时无适当人选，暂由自己充数。猥厕：指能力不足而混杂其中，谦辞。猥，辱。厕，杂置，参加。夙兴晏寝：早起晚睡。夙，早。晏，晚。匪遑底宁：无暇安宁。遑，闲暇。底，致，得以。

⑤薮(sǒu)：草木茂盛的湖泽。染翰：蘸墨写字。翰，笔毫。

[译文]

　　西晋建立第十四年，我三十二岁，头上开始出现白发。以太尉属官的身份兼任虎贲中郎将，寄寓在散骑常侍的衙门里当差。官署的楼阁连绵相接，高入云霄，阳光很少能照得进去。在这里交游相处的都是一些衣冠华美的达官显贵。我是乡野之人，躺卧休息的不过是在林下的茅草屋，往来交谈的不过是田家农夫等人，由于缺乏人选，所以在此任职充数，跻身朝官之列，早起晚睡，无暇安宁。好像池中鱼、笼中鸟，总想着回到江湖山泽中去。于是铺纸蘸笔，感慨作赋。时值秋季，所以用"秋兴"为题。赋辞是：

　　四时忽其代序兮，万物纷以回薄。①览花莳之时育兮，察盛衰之所托。②感冬索而春敷兮，嗟夏茂而秋落。③虽末士之荣悴兮，伊人情之美恶。④善乎宋玉之言曰："悲哉秋之为气也！萧瑟兮草木摇落而变衰。憀栗兮若在远行,登山临水送将归。"⑤夫送归怀慕徒之恋兮,远行有羁旅之愤。⑥临川感流以叹逝兮,登山怀远而悼近。⑦彼四戚之疚心兮,遭一涂而难忍。⑧嗟秋日之可哀兮,谅无愁而不尽。⑨

〔注释〕

①代序:依次更替。代,更代。序,次序,指时序。回薄:循环变化。回,反。薄,迫。
②莳(shì):栽种。时育:时节所育。《周易·无妄》:"先王以茂对,时育万物。"
③索:尽,指凋落。敷:施布,指生长。
④末士:这里为"末事",即微末之事。荣悴:繁荣与憔悴,指盛衰。伊:发语词。
⑤"宋玉之言"四句:出自《九辩》。憭(liáo)栗:凄怆的样子。
⑥慕:思慕。徒:同类之人。此指志趣相投的友人。羁旅:寄居他乡。
⑦临川感流:语出《论语·子罕》:"子在川上曰:'逝者如斯夫,不舍昼夜。'"叹逝:叹息时光流逝。怀远悼近:李善注引《晏子春秋》曰:"景公游于牛山,临其国,乃流涕而叹曰:'奈何去此堂堂之国而死乎?使古而无死,不亦乐乎?'左右皆泣,晏子独笑曰:'夫盛之有衰,生之有死,天之数也。物有必至,事有当然,曷为悲老而哀死:古无死,古之乐也,君何有焉?'"怀远悼近,齐景公之谓也。悼近,指哀伤自身不能长久。
⑧四戚:指登山、临水、送归、远行所引发的四类忧愁。疚:病。遭一涂:指遭遇四戚中的一戚。
⑨谅:确实。无愁而不尽:指引起无尽忧思。

〔译文〕

四季依次匆匆更替,万物纷杂兴衰循环。看那花卉栽种随时令培育,便知四季是草木盛衰的寄托。感慨冬天草木枯索而春天万物新生,叹息夏季的繁茂而秋季的凋零。草木荣枯虽是微末小事,却也影响人之情感好恶。宋玉的话说得好:"悲凉啊,秋天的气象!秋风萧瑟,草木凋落而万物衰败。心情忧惧啊,好像远行在外,又如登山临水,送人离别。"送别故人而怀着思慕不舍之情,外出远行而怀有孤零漂泊的忧伤。临水感叹时光的流逝啊,登山怀想天地久远而伤悼人生无常。这四种忧愁使人内心忧伤啊,遭遇其一就会有难以忍受的悲痛。秋天啊,的确令人哀伤,实在能牵动人们的无限愁肠。

闻至人之休风兮,齐天地于一指。① 彼知安而忘危兮,故出生而入死。② 行投趾于容迹兮,殆不践而获底。③ 阙侧足以及泉兮,虽猴猿而不履。④ 龟祀骨于宗祧兮,思反身于绿水。⑤

〔注释〕

①至人:道德修养达到最高境界的人。休风:美好风范。齐天地于一指:语出《庄子·齐物论》:"天地一指也,万物一马也。"意谓天地万物都有其共同性。

②出生而入死:语出《老子》第五十章。《韩非子·解老》:"人始于生,而卒于死,始谓之出,卒谓之入,故曰出生入死。"

③投趾:落脚。容迹:容下脚印之处,指安身之地。获底:获得安身。

④阙:通"掘",挖掘。侧足:插足。泉:黄泉。履:走路。李善注:"言人之行,投趾在乎容迹之地,近不践而获安。若以足外为无用,欲掘之及泉,虽则捷若猴猿,亦不能履也。"

⑤宗祧(tiāo):宗庙。该句出自《庄子·秋水》:"'吾闻楚有神龟,死已三千岁矣。王巾笥而藏之庙堂之上。此龟者,宁其死为留骨而贵乎?宁其生而曳尾于涂中乎?'二大夫曰:'宁生而曳尾涂中。'庄子曰:'往矣!吾将曳尾于涂中。'"

〔译文〕

听说有美好风范达到最高精神境界的人,能看到天地万物之间的同一性。那些利禄之徒只顾安乐而忘记危险啊,所以逃不出始于生而终于死亡的定律。行路落足仅需能容脚之地啊,大概不需要踏足其他处便能获安生。如果掘空立足之地直至黄泉啊,虽是猿猴也难以涉足。又如神龟与其将尸骨祭祀宗庙啊,不如返身回到泥水之中以求生命久长。

且敛衽以归来兮,忽投绂以高厉。①耕东皋之沃壤兮,输黍稷之余税。②泉涌湍于石间兮,菊扬芳于崖澨。③澡秋水之涓涓兮,玩游儵之潎潎。④逍遥乎山川之阿,放旷乎人间之世。⑤优哉游哉!聊以卒岁。

〔注释〕

①敛衽(rèn):提起衣襟夹于带间,表示恭敬。投绂(fú):丢下官印。绂,系官印的丝带,代指官印。高厉:向高处疾飞,指远离官场。
②东皋:李善注:"水田曰皋,东者取其春意。"输:交纳。税:田租。
③澨(shì):崖岸,水边。
④游儵(tiáo):游鱼。儵,一种小白鱼。潎(pì)潎:游动的样子。
⑤阿(ē):山的曲折转弯处。放旷:旷达自由。

〔译文〕

还是收拾官服衣襟归隐吧,赶快丢掉官印远走高飞。春天在肥沃的田野上耕作啊,秋天交纳一年庄稼的税粮。清泉喷涌于山间啊,菊花在崖前水边散发芬芳。在缓慢流淌的秋水中洗澡啊,观赏自由游动的鱼儿。悠游快活于隐蔽的山水间啊,无拘无束地生活在这世间。多么悠闲自在啊,且以此来度过余生的时光。

鸟 兽

鹦鹉赋并序

祢 衡

〔题解〕

《文选》以"鸟兽"名篇,分上下,共收录贾谊《鵩鸟赋并序》、祢衡《鹦鹉赋并序》、张华《鹪鹩赋并序》、颜延年《赭白马赋并序》、鲍照《舞鹤赋》五篇,多自广、自喻与自寄之作,或托物抒情,或观物赋德,历史文化与艺术价值兼具。

祢衡(173—198),字正平,平原般(今山东临邑)人,东汉末年名士、辞赋家。祢衡有才名,然个性"尚气刚傲,好矫时慢物"。孔融与之交好,曾作《荐祢衡表》向曹操举荐,曹欲见之,祢衡却称病不肯前去,于是曹操命他为鼓吏,以示羞辱,却反被祢衡裸身击鼓嘲弄,如今梨园《击鼓骂曹》一出戏唱的正是此事。此后,曹操因其才名,不欲杀之,将其送荆州牧刘表处,不久祢衡因冒犯刘表又被送去江夏太守黄祖处。黄祖及其子黄射均重其才名,与之友善,《鹦鹉赋》便是应黄射邀请而作。然而,好景不长,祢衡终因与黄祖发生言语冲突而被杀,时年二十六岁,令人唏嘘。原有文集,已佚。《后汉书》有传。

  时黄祖太子射,宾客大会,有献鹦鹉者,举酒于衡前曰:"祢处士,今日无用娱宾,窃以此鸟自远而至,明慧聪善,羽族之可贵,愿先生为之赋,使四坐咸共荣观,不亦可乎?"① 衡因为赋,笔不停缀,文不加点。② 其辞曰:

〔注释〕

  ①黄祖:刘表部将,出任江夏太守,为当时地方割据势力之一。太子:封建帝王时代初期,皇帝外,诸侯王之子,亦称太子。然黄祖并非诸侯王,祢衡称其子为太子,是对黄祖专横跋扈、割据一方含有讽意。射(yì):黄射,黄祖长子,曾任章陵太守,与祢衡友善。处士:没有官职的文人。无用:犹言没有什么。用,以。

  ②缀:停止。文不加点:指写作流畅,不用修改。

〔译文〕

  当时黄祖的长子黄射大宴宾客,有人献上一只鹦鹉,黄射举杯来到祢衡面前说:"祢处士,今天没有什么可以娱乐宾客的,我私自认为此鸟自远方而来,聪明灵慧,是珍贵的禽鸟,希望先生可为它作一篇赋,使四座宾客都能有幸欣赏,不是很好吗?"

祢衡因此为鹦鹉作赋,他手不停笔,行文流畅,一气呵成。他的赋辞为:

惟西域之灵鸟兮,挺自然之奇姿。①体金精之妙质兮,合火德之明辉。②性辩慧而能言兮,才聪明以识机。③故其嬉游高峻,栖跱幽深。④飞不妄集,翔必择林。⑤绀趾丹嘴,绿衣翠衿。⑥采采丽容,咬咬好音。⑦虽同族于羽毛,固殊智而异心。配鸾皇而等美,焉比德于众禽。⑧

〔注释〕

①惟:发语词。西域:鹦鹉来自陇山,在中国西部,故称"西域",与今天所指的"西域"不尽相同。挺:超出。

②体金精之妙质兮:古代以五行分属五方五色,鹦鹉来自西方,西方为金,金为白色,鹦鹉毛有白色,故称呼金精。妙质,美好的素质。火德:鹦鹉的嘴是红的,赤色属五行中的火,故言合于火德。

③辩慧:好辩聪慧。识机:有预见的智慧。

④跱(zhì):站立。

⑤妄集:随意聚集。

⑥绀(gàn):青里带红的颜色。衿:衣领。

⑦采采:形容美艳的盛装。咬(jiāo)咬:鸟鸣声。

⑧鸾皇:鸾鸟和凤凰。

〔译文〕

西域来的这只灵鸟啊,超群脱俗,展现出大自然赋予它奇特美丽的身姿。呈现出天生金精的绝妙体质啊,闪耀出火德的光辉。它本性聪慧又能说话啊,才智机敏而有预见时机的能力。它游戏在高峻的峰峦啊,栖息在幽深的山谷。飞行中不随意集群,翱翔时必定选择佳林。深清透红的脚趾,红红的嘴,碧绿的羽毛配上青翠的衣襟。外表美丽,鸣叫发出咬咬的妙音。虽然同样属于鸟类,却有着独特的智慧与不同的心性。它可以与鸾鸟、凤凰比美,一般飞禽怎么赶得上它的德行!

于是羡芳声之远畅,伟灵表之可嘉。①命虞人于陇坻,诏伯益于流沙。②跨昆仑而播弋,冠云霓而张罗。③虽纲维之备设,终一目之所加。④且其容止闲暇,守植安停。⑤逼之不惧,抚之不惊。宁顺从以远害,不违迕以丧生。故献全者受赏,而伤肌者被刑。

〔注释〕

①芳声:美好的声誉。远畅:传播到远处。灵表:灵秀的外表。

②虞人:古代管理山泽禽兽的官。陇坻:陇山,位于今宁夏、甘肃、陕西三省交界处。伯益:传言唐尧时代负责开发山林川泽的人。流沙:地名,指当时极西的边境。

③播:此指发射。弋:一种射鸟的器具。冠云霓:高出云层。

④纲维:罗网上的粗绳。备设:普遍设置。一目:指罗网上的一个网眼。

⑤容止闲暇:仪容举止从容。守植:守志,怀抱志向。安停:稳定。

〔译文〕

于是令人羡慕美名远扬,壮伟灵性的外表受到人们的嘉奖。

命令陇底的虞人,诏告在流沙大漠的伯益。登上昆仑山而放射弋箭,高出云霓张开罗网。罗网设备齐全,最终有一个网眼捉住珍禽。鹦鹉的仪态举止从容悠闲,它的心志也很坚定。逼迫它不害怕,抚摸它不惊慌。宁可顺从以远离伤害,不愿抗拒而丧失生命。所以进献完好的鹦鹉的人受到赏赐,伤害鹦鹉躯体的人得受处分。

尔乃归穷委命,离群丧侣。①闭以雕笼,剪其翅羽。流飘万里,崎岖重阻。逾岷越障,载罹寒暑。②女辞家而适人,臣出身而事主。③彼贤哲之逢患,犹栖迟以羁旅。④矧禽鸟之微物,能驯扰以安处。⑤眷西路而长怀,望故乡而延伫。⑥忖陋体之腥臊,亦何劳于鼎俎。⑦

〔注释〕

①尔乃:于是。归穷委命:穷途末路而只能听天由命。这里形容鹦鹉被捕后的心情。

②岷:岷山。在今四川境内。障:障山。在今甘肃西部。载:发语词。罹:遭受,遭遇。

③适人:嫁人。

④栖迟:停留。

⑤矧(shěn):何况。驯扰:驯服。

⑥延伫:引颈而望,久立。

⑦忖(cǔn):思量,忖度。鼎俎(zǔ):古代祭祀、燕飨时的礼器。这里指烹调器具。俎,砧板。

〔译文〕

　　于是归于穷途困境而只能听天由命,离开族群,失去伴侣。被关在雕花的笼子里,剪短了翅膀和羽毛。漂泊万里之远,历经崎岖坎坷。越过岷山翻过障山,历经寒冬与酷暑。如女子离家嫁人,臣子出仕侍奉君主。那些贤人遭受磨难,也只能漂泊异乡附人门庭。何况是禽鸟这样卑微的生物,怎能不顺从驯服,以获得安身呢! 眷恋着西归之路而长怀叹息,遥望故乡而只能长久站立。忖度自己躯体腥臊,大概不至于被烹煮吧。

　　嗟禄命之衰薄,奚遭时之险巇?①岂言语以阶乱? 将不密以致危?②痛母子之永隔,哀伉俪之生离。匪余年之足惜,愍众雏之无知。③背蛮夷之下国,侍君子之光仪。④惧名实之不副,耻才能之无奇。羡西都之沃壤,识苦乐之异宜。⑤怀代越之悠思,故每言而称斯。⑥

〔注释〕

　　①险巇(xī):危险艰难。
　　②阶乱:祸端。将:与"或"同义。
　　③愍(mǐn):通"悯",怜悯。雏:幼鸟。
　　④下国:相对天子之国而言。光仪:光彩的仪容。
　　⑤西都:指长安。识苦乐之异宜:一般鸟群以长安富饶而视之为乐土,而鹦鹉远离故乡,漂泊于此,故有不同的看法,因而生出此感叹。
　　⑥代越:代郡与越国。古诗言"代马依北风,越鸟巢南枝",这里以此表达自己对故乡的思念。斯:此,指鹦鹉的故乡西域。

〔译文〕

　　哀叹命运衰败微薄,怎么会遭遇如此的险境?难道是因为言语而招致的祸患?或者是因考虑不周导致的危险?痛心母子永远分隔,哀叹夫妻生生别离。我的余生不值得怜惜,只是可怜众雏鸟尚不通晓世事而难以生存。离开了边远的蛮夷之国,来侍奉仪表堂堂的君子。担心自己名不副实,为自己没有奇特的才能而感到惭愧。一般鸟群都羡慕长安这富饶之乡,我却了解到了不同的苦乐感受。如代马、越鸟一般,永远心怀对故乡的悠远思念,所以每次一开口倾诉就是对故乡的怀念。

　　若乃少昊司辰,蓐收整辔。①严霜初降,凉风萧瑟。长吟远慕,哀鸣感类。②音声凄以激扬,容貌惨以憔悴。闻之者悲伤,见之者陨泪。③放臣为之屡叹,弃妻为之歔欷。④

〔注释〕

　　①少昊(hào):传说中古代部落的首领,为黄帝之子,死后为主宰秋季的神。司辰:管理时令。蓐(rù)收:传说中西方主宰秋季的神。整辔(pèi):整理缰绳,指驾车。
　　②远慕:遥远地思念。慕,思慕。
　　③陨(yǔn)泪:落泪。
　　④歔(xū)欷(xī):叹息,哽咽。

〔译文〕

　　等到少昊主宰秋季的时令到来,司秋的蓐收天神也驾车来临。寒霜刚刚降临大地,萧瑟的凉风吹起。鹦鹉长吟,远远思慕故乡,哀鸣声声感动同类。声音凄惨而又激昂,愁容满面而又憔悴不堪。听见的人为之悲伤,看见的人不禁掉泪。被放逐的臣子为此叹息,被遗弃的妇人为此哽咽悲伤。

感平生之游处,若埙篪之相须。①何今日之两绝,若胡、越之异区?②顺笼槛以俯仰,窥户牖以踟蹰。③想昆山之高岳,思邓林之扶疏。④顾六翮之残毁,虽奋迅其焉如?⑤心怀归而弗果,徒怨毒于一隅。⑥苟竭心于所事,敢背惠而忘初?托轻鄙之微命,委陋贱之薄躯。期守死以报德,甘尽辞以效愚。恃隆恩于既往,庶弥久而不渝。⑦

〔注释〕

①游处:相游共处的知交。埙(xūn):陶土烧制的乐器。篪(chí):竹制的乐器。相须:互相配合。

②胡越:胡在北,越在南。一北一南,形容相隔遥远。

③槛(jiàn):关鸟兽的栅栏。牖(yǒu):窗户。踟(chí)蹰(chú):徘徊犹豫。

④邓林:神话中的树林名。《山海经·海外北经》:"夸父与日逐走,……未至,道渴而死。弃其杖,化为邓林。"扶疏:枝叶繁茂分披貌。

⑤六翮(hé):许多羽毛。六,泛指多。翮,羽毛。焉如:往何处去。

⑥弗果:不成。

⑦庶:或许。弥:更加。渝:变。

〔译文〕

感叹平生同游的知己,如同埙和篪一样奏音和谐。为什么到今天却两相断绝,就像胡、越般远离?顺着笼子的栏杆上下看,对着门窗徘徊沉吟。思念昆仑山的峰峦高耸,怀念邓林里的枝叶扶疏。回头看已经残毁的羽翼,即便是奋力疾飞又能到哪里去?心里想着回归却无法实现,只能徒然地躲在笼中的角落里怨恨。只有尽心竭力做好现在的事,不敢违背和忘记当初的恩情。交心托付我这卑微的生命,贡献出我这微薄之身。将要穷尽一生以报答恩德,甘愿一片愚诚,言无不尽以效忠。仰仗一直以来的隆恩,我的忠心历时越久越不变。

志

归田赋

张　衡

〔题解〕

"志"是汉魏六朝辞赋创作中重要的一种文体。《文选·赋辛》卷十四至十六,共收录赋体"志"类作品四篇,分别为班固《幽通赋》、张衡《思玄赋》《归田赋》以及潘岳《闲居赋》。所谓"志",用以抒发作者情志。萧统这里的"志",从其所选作品来看,多描述仕宦的不遂之志。

《归田赋》创作于汉顺帝永和三年(138),时正值宦官专权,政治昏暗,张衡屡有归隐之意,故有感而发。李善注曰:"张衡仕不得志,欲归于田,因作此赋。"该赋全文语言平易生动,风格清新淡雅,情感质朴真挚,寥寥数字便勾勒出一幅明媚的春日盛景图,表达了对时局黑暗的厌弃,对田园生活乐趣的向往。《归田赋》是汉魏六朝抒情小赋的佳作,王粲《登楼赋》、祢衡《鹦鹉赋》等与之一脉相承,自成一格,它的问世,标志着辞赋体制已由铺陈排比的大赋逐渐向抒情言志的小赋转变,意义深远。

张衡(78—139),字平子,东汉南阳西鄂(今河南南阳)人,官至尚书。张衡勤敏好学,博识多能,在天文、历法、阴阳等研究领域多有成就,其研制的浑天仪、候风地动仪,在人类科技文明史留下了浓墨重彩的一笔。《后汉书》卷五九有传。

游都邑以永久,无明略以佐时。① 徒临川以羡鱼,俟河清乎未期。② 感蔡子之慷慨,从唐生以决疑。③ 谅天道之微昧,追渔父以同嬉。④ 超埃尘以遐逝,与世事乎长辞。

〔注释〕

①都邑:指东汉京都洛阳。永久:李善注:"永,长也。久,滞也。言久淹滞于京。"安帝时,张衡曾被召至京师,历任郎中令、太史令、公车司马令等职,不受重用。明略:明智的谋略。佐时:辅佐时君。

②徒:空,徒然。临川以羡鱼:《淮南子·说林训》:"临河而羡鱼,不如归家织网。"羡,愿。用此典以表明自己空有辅佐时君的愿望而无法实现。俟(sì):等待。河清:黄河水清。古人以此喻指政治清明。

③蔡子:指蔡泽,战国时燕人。慷慨:士人不得志时产生的不平之气。唐生:指唐举,又称唐莒,战国时梁人,善相面。蔡泽游学诸侯,不得志,曾请唐举看相,后入秦,秦昭王举为相。

④谅:确实,委实。微昧:幽隐未知。渔父:指《楚辞·渔父》中之渔

赋 | 69

父,为乱世之隐居者。《楚辞·渔父》王逸注:"屈原放逐,在江湘之间,忧愁叹吟,仪容变易。而渔父避世隐身,钓鱼江滨,欣然自乐。"嬉:乐。

〔译文〕

　　我长久地在京都洛阳游历,没有高明的谋略可以辅佐君王。空有理想抱负却无法实现,等到政治清明时还不知是哪年。想到蔡泽壮志难酬,请唐举相面来消除疑虑与不平之气。天道委实幽隐难料,还是跟随渔夫同乐于山水间吧。丢开这污浊尘世远游他方,与这世间纷扰永远分离。

　　于是仲春令月,时和气清。原隰郁茂,百草滋荣。① 王雎鼓翼,鸧鹒哀鸣。交颈颉颃,关关嘤嘤。② 于焉逍遥,聊以娱情。③

〔注释〕

　　①令月:美好的时节。令,善。原:宽阔平坦之地。隰(xí):低湿之地。郁茂:草木繁盛的样子。
　　②王雎:即雎鸠。鸧(cāng)鹒(gēng):即黄莺。颉(xié)颃(háng):鸟上下翻飞的样子。上飞曰颉,下飞曰颃。关关嘤嘤:指雎鸠和黄莺的和鸣声。
　　③于焉:于是乎。逍遥:悠闲自在的样子。

〔译文〕

　　正值仲春美好的时节,气候温和,天朗气清。高原与低地上树木繁茂,百草丰盈,郁郁葱葱。在这良辰美景中悠闲自在,姑且以娱悦心情。

　　尔乃龙吟方泽,虎啸山丘。①仰飞纤缴,俯钓长流。②触矢而毙,贪饵吞钩。落云间之逸禽,悬渊沉之鲨鲻。③

〔注释〕

　　①"尔乃"二句:李善注:"言己从容吟啸,类乎龙、虎。"尔乃,于是,用于段与段之间的连接。方泽,大泽。
　　②纤缴(zhuó):一种细的系在箭尾的生丝绳。用以弋射鸟类。
　　③逸禽:云间高飞的鸟。一说指鸿雁。悬:指鱼被钓出水中。鲨(shā)鲻(liú):皆为小鱼名。

〔译文〕

　　于是我如蛟龙长吟在大泽,如猛虎咆哮在山丘。时而于云间仰身飞射,时而于河流俯身垂钓。鸟因触箭而丧命,鱼因贪吃而上钩。射落云间的飞鸟,钓起深渊中的小鱼。

　　于时曜灵俄景,系以望舒。①极般游之至乐,虽日夕而忘劬。②感老氏之遗诫,将回驾乎蓬庐。③弹五弦之妙指,咏周、孔之图书。④挥翰墨以奋藻,陈三皇之轨模。⑤苟纵心于物外,安知荣辱之所如。⑥

〔注释〕

　　①曜灵:太阳。俄:斜。景:同"影"。系:继。望舒:传说中为月亮驾车的仙人,也代指月亮。

赋 | 71

②般(pán):乐。劬(qú):劳苦。

③老氏之遗诫:指《老子》第十二章中"驰骋畋猎,令人心发狂"语。

④五弦:指五弦琴。指:通"旨",意趣。《礼记·乐记》:"昔者舜作五弦之琴以歌南风。"此句言弹琴以抒怀,读书以自娱。

⑤挥翰墨以奋藻:言挥翰以遣情。翰,笔。奋,发。藻,辞藻。三皇:传说中的三个远古圣皇。或谓天皇、地皇、人皇,或谓燧人、伏羲、神农,或谓伏羲、神农、女娲,说法不一。轨模:法则。

⑥苟:且。所如:归宿。如,往,到。

〔译文〕

　　不多时日影西斜,继以皓月升空。尽情游玩已至极乐,虽然日暮而不知疲倦。想到老子的告诫,应该驾车返回草庐。弹奏五弦琴抒发妙趣,诵读周公、孔子的典籍,咏叹不尽。挥笔作文,发挥文采,述说三皇法则教范。只要我置此心于物外,哪管它荣耀与耻辱所在?

哀　伤

别赋(节选)

江　淹

〔题解〕

　　《文选·赋辛》卷十六共收"哀伤"类作品五家七篇,分别为司马相如《长门赋》、向秀《思旧赋》、陆机《叹逝赋》、潘岳《怀旧赋》与《寡妇赋》，以及江淹《恨赋》和《别赋》。其中除《长门赋》作于西汉外，皆为魏晋南北朝时期的作品。从赋作的内容来看，其"哀伤"主要是对"生离"之悲与"死别"之痛的情感的描述。在这里我们可以明显看到传统儒家所提倡的"哀而不伤"，已经变成"哀而可伤"了，侧面反映了汉魏六朝时期个体生命意识的普遍觉醒与对人伦亲情的重视。

《别赋》是江淹的代表作。江淹长于拟古，文章辞赋清丽遒劲，情调哀怨，在当时崇尚绮丽之风的文坛，别具一格。而《别赋》并非常见之对具体人、事之哀伤，而是通过对该时期离别的观察与体悟，对这种情感做了总体的概括与理论提升。

江淹(444—505)，字文通，济阳考城(今河南兰考)人，政治家、文学家。少孤贫好学，沉静少交游，以文章著名，历仕宋、齐、梁三朝。早年仕途不畅，至梁朝官至金紫光禄大夫。晚年沉于安逸，思想保守，文学才情似有所衰减，而有"江郎才尽"之说。原有集，已佚，后人辑有《江文通集》。《梁书》卷一四、《南史》卷五九有传。

黯然销魂者，唯别而已矣！①况秦吴兮绝国，复燕宋兮千里。②或春苔兮始生，乍秋风兮暂起。③是以行子肠断，百感凄恻。风萧萧而异响，云漫漫而奇色。舟凝滞于水滨，车逶迟于山侧。④棹容与而讵前，马寒鸣而不息。⑤掩金觞而谁御，横玉柱而沾轼。⑥居人愁卧，怳若有亡。日下壁而沉彩，月上轩而飞光。见红兰之受露，望青楸之离霜。⑦巡曾楹而空掩，抚锦幕而虚凉。⑧知离梦之踯躅,意别魂之飞扬。⑨

〔注释〕

①黯然:心神沮丧、容色凄惨的样子。销魂:灵魂失守,形容极度悲伤。

②秦:今陕西一带。吴:今江浙一带。绝国:距离遥远之国。燕:今河北北部一带。宋:今河南东部一带。两国相隔千里。

③乍:忽然。

④凝滞:停止不动。逶(wēi)迟:徘徊不前。

⑤棹(zhào):船桨。此指船。容与:徘徊不进的样子。讵(jù):岂。息:停止。

⑥金觞:金杯。御:用,进。玉柱:用玉做的琴瑟一类的弦柱。代指琴。轼:车前横木。

⑦楸(qiū):树名。离:通"罹",遭受。

⑧巡:边走边看。曾楹(yíng):一层连一层的高大房子。曾,一作"层",高。楹,屋柱,指高大的房子。锦幕:用锦做的帷帐。虚凉:徒然地悲凉。

⑨踯(zhí)躅(zhú):停步不前。意:料想。飞扬:飘扬。

〔译文〕

使人黯然伤神的,只有别离而已!何况秦国离吴国啊极其遥远,燕国与宋国啊相隔千里。或见春天的青苔啊刚刚生发,而萧瑟的秋风啊又忽然吹起。因而行人肠断,百感交集哀痛不已。风声萧萧发出凄惨异常的声音,阴云弥漫颜色异常黯淡。船停滞在水旁不动,车徘徊在山边不前。舟迟回岂能前进,马儿嘶鸣声不断。遮住金杯啊谁能饮酒,横放着玉琴啊泪水沾湿了车前横木。居家之人愁卧屋舍,惆怅恍惚,若有所失。太阳落下墙壁消隐光彩,月儿攀上栏杆银光飞散。看到泛红的兰叶沾满露水,望见青色的楸树披上白霜。巡回于一层层高楼大厦空自流泪,抚摸着锦绣帷幕徒然悲伤。知道远行之人在梦中一定会徘徊不前,料想他的灵魂也将要飘回故乡。

故别虽一绪,事乃万族。①至若龙马银鞍,朱轩绣轴。②帐饮东都,送客金谷。③琴羽张兮箫鼓陈,燕赵歌兮伤美人。④珠与玉兮艳暮秋,罗与绮兮娇上春。⑤惊驷马之仰秣,耸渊鱼之赤鳞。⑥造分手而衔涕,感寂漠而伤神。⑦

〔注释〕

①一绪:一种。族:类,种。

②龙马:八尺以上的马。朱轩:红漆的华车。绣轴:有花纹的车辆。

③帐饮东都:据《汉书·疏广传》:"广为太子太傅,公子受为少傅,甚见器重,朝廷为荣。广谓受曰:'吾闻知足不辱,知止不殆。功遂身退,天之道也。'"于是满朝公卿大夫于长安东都门外,设帐饯行。东都,长安东门。送客金谷:石崇在河内县金谷涧中有别墅。晋惠帝元康六年(296)征西将军王诩将还长安,石崇在金谷别墅设宴,为之饯行。

④羽:古代五声之一,音调最高,慷慨激昂。张:演奏。陈:合奏。燕赵歌兮伤美人:《古诗十九首》:"燕赵多佳人,美者颜如玉。"后称美人常言燕赵。

⑤"珠与玉兮"二句:言无论春与秋,歌女们都很美艳。珠、玉、罗、绮,皆指歌女华服。上春,初春。

赋 | 75

⑥"惊骊马"二句：形容音乐动听优美。《韩诗外传》："昔者瓠巴鼓瑟而潜鱼出听，伯牙鼓琴而六马仰秣。"仰秣，仰头吃草料。

⑦造：到。衔涕：含泪。漠，通"寞"。

[译文]

所以别离虽给人同一种情绪，但不同的离别情况何止万千。恰如高头骏马配着镶银的雕鞍，红漆的车驾饰有华丽的花纹。或在东都门外搭起帐幕饯行，或在金谷园中送别故旧。琴弦发出羽声啊箫鼓齐鸣，燕赵的悲歌啊令美人伤情。明珠和美玉啊艳丽于暮秋，绫罗绮裙啊娇媚于初春。凄美动听的离歌让马儿惊骇地仰头咀嚼，哀惋的别曲使深渊的鱼也跃出水面倾听。到分别之时眼含泪水，深感寂寞而黯然伤神。

乃有剑客惭恩，少年报士。①韩国赵厕，吴宫燕市。②割慈忍爱，离邦去里。③沥泣共诀，扶血相视。④驱征马而不顾，见行尘之时起。方衔感于一剑，非买价于泉里。⑤金石震而色变，骨肉悲而心死。⑥

[注释]

①剑客：擅长击剑的侠客。惭恩：因受恩未报而惭愧。报士：报答君主以国士待己之恩。

②韩国：指战国时聂政替严仲子报仇，在韩国都城刺杀宰相侠累一事。赵厕：指战国初期，豫让替主人智氏报仇，乃变姓名为刑人，潜伏于宫中厕内谋刺赵襄子一事。吴宫：春秋时专诸藏匕首于鱼腹，在宴席间替吴国公子光（即阖闾）刺杀吴王僚一事。燕市：指荆轲在燕国市集与好友高

渐离饮酒高歌,因感燕太子丹恩遇,替其谋刺秦王,不成被杀,以及高渐离为替荆轲报仇,再次谋刺秦王之事。

③邦:故乡。里:乡里。

④沥泣:洒泪。诀:诀别。抆(wěn):擦。血:指泪。

⑤衔感:衔恩感遇。一剑:以一剑替知己报仇。买价:沽取声价。泉里:九泉之下,指死。

⑥金石震而色变:指秦武阳事。荆轲与秦武阳至秦,秦王接见时使卫士在殿下持戟护卫,鼓钟发声,群臣皆呼万岁。武阳大恐,面如死灰。金石,指钟磬类乐器。骨肉悲而心死:指聂政的姐姐。聂政替严仲子报仇,刺杀韩国国相侠累,事后,为不连累姐姐,自毁面容,剜眼剖腹,惨烈死去。韩人暴政尸于市,千金悬赏能识其人者。久无人知。聂政姐姐聂荣说:"何爱妾之身而不扬吾弟之名于天下哉!"乃之韩市,抱尸而哭曰:"此妾弟轵邑深井里聂政也。"于是自杀于尸旁。心死,指悲哀到了极点。

〔译文〕

还有那自惭未报主人恩遇的剑客,志在报答恩遇的少年。如聂政刺杀韩相侠累、豫让藏宫厕欲刺赵襄子、专诸杀吴王、荆轲刺秦王。他们割舍了家人的慈爱与温情,离开故国与乡里。悲壮洒泪与亲人诀别,擦拭泪眼相互凝视。跨上了远行的骏马就不再回头,只见路上的尘土不断扬起。这正是怀着知遇之恩以一剑相报,绝非为换取声名而在黄泉里走一遭。钟磬震响使人脸色陡变,骨肉之亲悲痛哀伤至死。

或乃边郡未和,负羽从军。①辽水无极,雁山参云。②闺中风暖,陌上草薰。③日出天而耀景,露下地而腾文。④镜朱尘之照烂,袭青气之烟煴。⑤攀桃李兮不忍别,送爱

子兮沾罗裙。⑥

〔注释〕

①羽:指箭。
②辽水:辽河,在今辽宁省内。极:尽。雁山:即雁门山,在今山西省北部。参云:高入云际。
③薰:香。
④耀景:发光。景,日光。文:文彩。腾文:指露珠附着在草木上,在阳光下发出的光彩。
⑤镜:照。朱尘:王逸曰:"朱画承尘也。"一说,红尘。照烂:明亮灿烂。袭:入。青气:春天之气。烟(yīn)煴(yūn):同"氤氲",气盛的样子。
⑥沾罗裙:指泪湿罗裙。

〔译文〕

有时当边境发生了战争,挟带羽箭从军远征。辽河水一望无际,雁门山高耸入云。出征之时闺房中暖风袭袭,田间小路花草芬芳。太阳东升天际灿烂光明,露珠落在大地,在阳光下闪耀光彩。日光照耀着红尘灿烂辉煌,一股春日的气息袭来,云烟迷蒙。手攀着桃李枝条啊不忍诀别,为心爱的人儿送行啊泪湿衣裙。

至如一赴绝国,讵相见期?视乔木兮故里,决北梁兮永辞。①左右兮魂动,亲宾兮泪滋。②可班荆兮赠恨,唯樽酒兮叙悲。③值秋雁兮飞日,当白露兮下时。怨复怨兮远山曲,去复去兮长河湄。④

〔注释〕

①乔木:高树。王充《论衡》:"睹乔木,知旧都。"决:通"诀"。北梁:北桥,常用指送别之地。

②左右:指近侍的仆从。亲宾:亲戚朋友。滋:多。

③班荆:折荆条铺地而坐。班,铺放。赠恨:倾诉离愁。樽:盛酒器。苏武《别诗》:"我有一樽酒,欲以赠远人。愿子留斟酌,叙此平生亲。"

④山曲:山坳。湄:岸边。

〔译文〕

至于一旦到达非常遥远的国度,哪里还有再相见的日期!望高大的树木啊无限依恋故乡,在北梁上诀别啊永不回还。送行的左右仆从啊神动心伤,亲戚宾客啊泪水涟涟。折荆条铺地而坐啊把怨情倾诉,举杯饯行啊叙述心中悲伤。正是秋雁南飞的季节,恰在白露下降的时光。哀怨又惆怅啊远山曲折,越走越远啊沿着长河岸边。

下有芍药之诗,佳人之歌。①桑中卫女,上宫陈娥。②春草碧色,春水绿波。送君南浦,伤如之何!③至乃秋露如珠,秋月如珪。④明月白露,光阴往来。与子之别,思心徘徊。

〔注释〕

①下有:此外还有。芍药之诗:指《诗经·郑风·溱洧》:"维士与女,伊其相谑,赠之以芍药。"佳人之歌:指《汉书·孝武李夫人传》:"北方有佳

赋 | 79

人,绝世而独立。一顾倾人城,再顾倾人国。宁不知倾城与倾国,佳人难再得。"二诗皆用来比喻恋人之爱。

②桑中、上宫:皆为青年男女约会的地方。《诗经·鄘风·桑中》:"期我乎桑中,要我乎上宫。"卫女、陈娥:泛指美女。

③南浦:指送别之处。《楚辞·九歌·河伯》:"子交手兮东行,送美人兮南浦。"浦,水边。

④珪(guī):同"圭",玉器,上圆下方。

〔译文〕

此外还有吟唱爱情的"芍药"情诗,"佳人"情歌。卫国桑中的多情少女,陈国上宫的美貌娇娥。春草染成青翠的颜色,春水泛起碧绿的微波。此时与郎君在南浦话别,感伤难过不知如何!等到秋天的霜露亮如珠玑,秋夜的月儿明如美玉。在明月和白露中,时光匆匆逝去。与君分别,使我心绪起伏,难以安宁。

是以别方不定,别理千名。①有别必怨,有怨必盈。使人意夺神骇,心折骨惊。②虽渊、云之墨妙,严、乐之笔精,金闺之诸彦,兰台之群英,赋有凌云之称,辩有雕龙之声,谁能摹暂离之状,写永诀之情者乎?③

〔注释〕

①方:方式,情况。理:道理。千名:言多。
②意夺:丧魂失意的样子。心折骨惊:即骨折心惊,指感伤至极。
③渊:指王褒,字子渊。云:指扬雄,字子云。严、乐:指西汉严安、徐

乐。金闺:指金马门。汉武帝使文学之士待诏金马门,以备顾问。彦:古代对士的美称。兰台:汉代宫廷中珍藏典籍及讨论学术著作之处。凌云:汉武帝读司马相如《大人赋》,赞其:"飘飘有凌云之气,似游天地之间意。"雕龙:比喻善修辞。《史记·孟子荀卿列传》:"驺衍之术迂大而闳辩;奭也,文具难施。……齐人颂曰:'谈天衍,雕龙奭。'"裴骃《集解》引刘向《别录》:"驺奭修衍之文,饰若雕镂龙文。故曰'雕龙'。"摹:描写。

〔译文〕

所以别离的情况没有一定,别离的情绪有多种类型。有分别必然有哀怨,有哀怨必然充盈于内心。这使人意志消沉神魂滞沮,精神与身体上都受到巨大的震惊与创伤。即使有王褒、扬雄的绝妙辞赋,严安、徐乐的精心撰述,长安金马门前大批俊彦,汉宫兰台中的诸多文苑精英,辞赋如司马相如有"凌云之气"的称誉,文章像驺奭有"雕镂龙文"的美声,然而有谁能描摹出分离时瞬间的状况,抒写出永别时的难舍心情呢!

论 文

文赋(节选)

陆 机

〔题解〕

《文赋》是中国第一篇赋体文论,也是中国第一篇系统的文学理论作品。吴国灭亡十余年后,陆机与其弟由吴入洛,《文赋》便作于他们入洛前后。陆机在这篇《文赋》当中细致地论述了作家创作的全过程,对于物、意、文的转化,以及想象、构思、灵感等一系列重要的问题,都作了非常精彩的论述。《文赋》首开系统的论文之风,对此后的文论巨著《文心雕龙》也有很大的影响。

陆机(261—303),字士衡,西晋吴郡(今江苏苏州)人。孙吴丞相陆逊之孙、大司马陆抗之子,曾任牙门将,吴亡后出仕西晋,为"鲁公二十四友"之一。成都王司马颖用为平原内史,晋改平原为国,而有平原相之称。陆机"少有奇才,文章冠世",与其弟陆云合称"二陆",入选《诗品》上品,有"陆才如海"之誉。《晋书》卷五四有传。

余每观才士之所作,窃有以得其用心。夫放言遣辞,良多变矣,妍蚩好恶,可得而言。①每自属文,尤见其情。②恒患意不称物,文不逮意,盖非知之难,能之难也。③故作《文赋》以述先士之盛藻,因论作文之利害所由,他日殆可谓曲尽其妙。④至于操斧伐柯,虽取则不远,若夫随手之变,良难以辞逮。⑤盖所能言者,具于此云。

〔注释〕

①放言遣辞:犹遣词造句。妍蚩好恶:指文章的好坏。
②属文:写作。属,连缀。

③意不称物：主观认识不能正确反映客观事物。文不逮意：语言不能表达对事物的主观认识。逮：达。钱锺书《管锥编》曰："'文不逮意'，即得心而不应手也。"

④盛藻：美文。利害：即上文所谓"妍蚩好恶"。他日殆可谓曲尽其妙：是说他日之作殆可谓曲尽其妙。即前人的成功之作，把为文的奥妙委婉曲折地体现了出来。

⑤操斧伐柯：《诗经·豳风·伐柯》："伐柯伐柯，其则不远。"柯，斧柄也。"操斧伐柯"，即比着手里的斧头去砍一个斧柄。

〔译文〕

我每次阅读前贤的文章，私下里都有体会到他们写作的用心。虽然遣字造句变化无穷，但文章的优劣总还是能够分辨出来，并加以评论的。每当自己写作时，这种体会便尤其深切。作者经常感到苦恼的是，自己的主观认识不能准确反映客观事物，自己的语言不能完全表达自己的主观认识。大概这个问题不是理解之难，而是践行之难。因此写作这篇《文赋》，借前人的优秀作品，论述文章写作好坏的缘由。前人的优秀作品，已经把为文的奥妙委婉曲折地体现了出来。这就好比拿着斧头去砍一个斧柄，虽然说标准近在手边，然而"得心应手"的道理，却是语言难以表述的。能用语言表述清楚的，全都写在了这篇赋里。

伫中区以玄览，颐情志于典坟。①遵四时以叹逝，瞻万物而思纷。②悲落叶于劲秋，喜柔条于芳春。心懔懔以怀霜，志眇眇而临云。③咏世德之骏烈，诵先人之清芬。④游文章之林府,嘉丽藻之彬彬。⑤慨投篇而援笔,聊宣之乎斯文。⑥

〔注释〕

①中区:人世间,天地之中。玄览:远观。玄,远。颐(yí):养,犹言陶冶。典坟:三坟五典,此泛指典籍。
②遵:循。思纷:思绪纷纷。
③懔(lǐn)懔:同"凛凛",寒冷。
④骏:大。
⑤彬彬:《论语·雍也》:"文质彬彬,然后君子。"孔安国注曰:"彬彬,文质见半之貌。"
⑥投篇:放下书。援笔:拿起笔。聊:姑且。

〔译文〕

久立于天地之间,深入观察自然万物。博览古代典籍,以此陶冶性情。随着四季的交替感叹光阴易逝,目睹万物的盛衰而思绪纷纷。秋天因草木凋零而伤悲,春天因杨柳依依而欣喜。心意肃然如怀霜雪,情志高远似上青云。咏叹前贤的丰功伟业,赞颂先人的美言善行。在书林府库中漫游,赞赏文质彬彬的佳作。慨然放下书篇,提笔写作,姑且撰写此文。

其始也,皆收视反听,耽思傍讯,精骛八极,心游万仞。①其致也,情瞳昽而弥鲜,物昭晢而互进,倾群言之沥液,漱六艺之芳润,浮天渊以安流,濯下泉而潜浸。②于是沉辞怫悦,若游鱼衔钩而出重渊之深;浮藻联翩,若翰鸟缨缴而坠曾云之峻。③收百世之阙文,采千载之遗韵。谢朝华于已披,启夕秀于未振。④观古今于须臾,抚四海于一瞬。

〔注释〕

①收视反听:不看不听,指进入虚静状态。《庄子·在宥》:"无视无听,抱神以静。"刘勰《文心雕龙·神思》:"陶钧文思,贵在虚静,疏瀹五藏,澡雪精神。"耽思傍讯:深思博采。傍,同"旁",广博,普遍。李善注:"耽思傍讯,静思而求之也。"精骛八极,心游万仞:形容想象高远,无所不至。精、心,皆指想象力。

②"情瞳(tóng)昽(lóng)而弥鲜,物昭晣(zhé)而互进":谓文思逐渐清晰,物象纷至沓来。瞳昽,由暗而明。昭晣,彰明清晰。沥液、芳润:喻精华。

③怫(fú)悦:难出貌,形容吐词艰涩。浮藻联翩:形容文思不断,出语轻快。联翩,鸟飞的样子。翰鸟:高飞之鸟。缨缴(zhuó):系于箭端的丝绳,此指鸟中箭。曾云:高处之云。曾,通"层"。

④已披:已开放。披,开。振:怒放。

〔译文〕

刚开始写作的时候,要闭目塞听,进入虚静的状态,深思博采,心神遨游至无穷高远。文思到来的时候,情感逐渐清晰明朗,各种物象也纷至沓来,诸家文章的精华奔注如倾,六艺当中的精妙辞采荟萃笔锋。这时的想象纵横驰骋,上下翻腾,忽而漂流在天池之上,忽而深潜在地泉之中。于是乎,之前无法畅言的深奥文辞,就像游鱼上了钩一般,一下子跃出深渊;之前捉摸不定的轻快高妙之辞,就好比高空之中的飞鸟中箭一样坠落云霄。

广泛采集百代遗文,收取千载遗韵。前人用过的文辞,就像早晨已经开过了的花,当谢而去之。新词丽句,则好比傍晚含苞待放的花蕾,当启而开之。在文思泉涌之时,观览古今仿佛只在须臾之间,抚慰四海也像是在眨眼之间。

然后选义按部,考辞就班。①抱暑者咸叩,怀响者毕弹。②或因枝以振叶,或沿波而讨源。或本隐以之显,或求易而得难。或虎变而兽扰,或龙见而鸟澜。或妥帖而易施,或岨峿而不安。③罄澄心以凝思,眇众虑而为言。④笼天地于形内,挫万物于笔端。始踯躅于燥吻,终流离于濡翰。⑤理扶质以立干,文垂条而结繁。信情貌之不差,故每变而在颜。思涉乐其必笑,方言哀而已叹。或操觚以率尔,或含毫而邈然。⑥

〔注释〕

①选义按部,考辞就班:即按部就班地选义考辞。选义,确定文章的主题。考辞,考虑斟酌具体的词句。

②"抱暑"二句:吕延济注曰:"谓物有抱光景者,必以思叩触之而求文理。物有怀音响者,必以思弹击之以发文意。"指天地间有色有声者皆可资以为文,使应尽之意无所遗漏。

③"或妥帖"二句:言选义考辞有时比较容易,有时比较艰难。岨(jǔ)峿(yǔ),抵触,不合。

④"罄澄心"二句:指排除杂念,专心致志组织、构思。罄,空。

⑤踯躅:徘徊不进的样子。流离:淋漓。濡翰:饱蘸墨汁的笔。

⑥觚(gū):木简,书写工具。率尔:不假思索,形容文思敏捷。邈然:

思而不得的样子。

〔译文〕

　　构思完成之后,开始按部就班地选定文意,斟酌用词。要充分发挥各种辞意的作用,使其各尽所能。文章的布局谋篇,或由本逐末,先树要领;或沿波讨源,最后明义;或层层阐发,由隐至显;或步步深入,从易到难。有时纲举目张,如猛虎在山而百兽驯伏;有时妙言偶出,似蛟龙出水使海鸟惊散。有时信手拈来,辞意甚为妥帖;有时煞费苦心,但却辞意不合。这时候,要排除杂念,专心思索,整理好纷乱的思绪,然后再将之诉诸语言。将天地万物构思为头脑中的意象,然后再将这些意象融汇于笔端。开始好像话在嘴边,但却口干舌燥难以说出口,最后酣畅淋漓,泻于饱蘸墨汁的笔端。确立文章的主旨,犹如树木立起了主干,裁夺好了文辞,就像树木有了枝条花繁叶茂。文章的情感起伏与作者情绪波动是一致的,所以,文章的情感变化,会体现在作者的脸上。写到高兴之处,作者必定会不自觉地微笑,说到悲哀的事情,作者便不自觉地叹息。内心喜悦面露笑容,说到感伤不禁长叹。有时拿起木简,文思敏捷,有时咬着笔杆,心里面始终一片茫然。

　　伊兹事之可乐,固圣贤之所钦。①课虚无以责有,叩寂寞而求音。函绵邈于尺素,吐滂沛乎寸心。②言恢之而弥广,思按之而逾深。③播芳蕤之馥馥,发青条之森森。④粲风飞而飙竖,郁云起乎翰林。⑤

[注释]

①伊(yī):虚词,无意义。兹事:此事,指写文章之事。钦:敬。
②滂(pāng)沛(pèi):指充沛的感情。
③按:考查,研求。逾:通"愈",更加。
④蕤(ruí):草木花下垂的样子。馥(fù)馥:香气浓郁。
⑤飙:疾风。

[译文]

　　写作是一大乐事,所以一向为圣贤所推重。从无形之中搜求形象,在无声之中寻觅佳音。有限的篇幅可以容纳无限的事理,充沛的感情倾吐自小小的方寸之心。言中之意越扩越广,所含意韵越挖越深。文章写作的快乐,好比播撒花草的芳香,好似生发枝条使之郁郁成荫。而写文章的过程,就像和风吹,疾风起,最终风吹云卷,文起翰林。

　　体有万殊,物无一量。①纷纭挥霍,形难为状。②辞程才以效伎,意司契而为匠。③在有无而僶俛,当浅深而不让。④虽离方而遁员,期穷形而尽相。⑤故夫夸目者尚奢,惬心者贵当。⑥言穷者无隘,论达者唯旷。诗缘情而绮靡,赋体物而浏亮,碑披文以相质,诔缠绵而凄怆,铭博约而温润,箴顿挫而清壮,颂优游以彬蔚,论精微而朗畅,奏平彻以闲雅,说炜晔而谲诳。⑦虽区分之在兹,亦禁邪而制放。要辞达而理举,故无取乎冗长。⑧

〔注释〕

①体:指文体。量:尺度,标准。

②纷纭:繁多。挥霍:指变化迅疾。

③程:衡量,考核。效伎:献出技艺。伎,通"技"。

④俛(mǐn)俛(miǎn):同"黾勉",勉力,努力。此指努力斟酌。不让:不谦让。《论语·卫灵公》:"当仁不让于师。"

⑤离方而遁员:违反写作常规。员,同"圆"。穷形而尽相:指把事物的形象描绘得淋漓尽致。

⑥当:指言辞恰当贴切。

⑦缘情:抒发感情。绮靡:华丽。体物:铺陈描绘事物的形象。浏亮:明朗清晰。碑披文以相质:指以文助质,文质兼顾。披文,指施以文采。披,加。相,助。诔:古代一种哀悼死者的文章。铭:古代一种记述事迹和德行的文字。箴:古代一种规劝告诫的文体。颂:古代颂扬功德勋业的一种文体。彬蔚:华盛。论:古代说明、分析事理的一种文体。朗畅:明朗通畅。奏:古代向帝王陈述事由的一种文体。闲雅:美好而雅正。说(shuì):古时用于说服别人的一种文体。炜(wěi)晔(yè):明亮而有光彩。谲(jué)诳:指语言奇诡而有诱惑力。

⑧理举:文意确立,言之有物。

〔译文〕

文章的体裁多种多样,就好似事物有万千一般,没有办法去统一衡量。况且事物还在迅速发展变化,描绘它们的形状实在是困难。辞采如同争献技艺的能工,文意好比掌握设计蓝图的巧匠。要仔细斟酌用词恰不恰当,文意或深或浅分毫不让。即使出离写作的常规,也要把事物的形象描绘得淋漓尽致。因此喜欢悦人耳目的作家，崇尚华辞丽藻，但想要惬心快意就得言辞恰当贴切。乐于达理的人，重视语言切当。言辞若过于简约，文章就会显得有些拘谨，而想要论述充分畅达，文章就得气势宏伟旷达。诗重在抒发感情，所以要语言精妙，感情细腻。赋重在铺陈事物，所以要条清缕晰，语言明朗。碑是用来刻记功德的，所以务必要文质兼顾。诔是用以哀悼死者的，所以情调应该缠绵凄怆。铭是用来记载功业的，所以要言简意赅，温和顺畅。箴是用以规劝告诫的，所以要抑扬顿挫，清越庄严。颂是用以歌功颂德的，所以要从容舒缓，文辞华盛。论是用以评析功过是非的，所以要精辟缜密，语言流畅。奏是对上陈情叙事的，所以要平和透彻，得体适当。说是用来说服别人的，所以要文辞靓丽，奇诡动人。以上十种文体，尽管有如此的区分，但它们的共同点则是要杜绝荒诞不经的歪理邪说。要做到辞意畅达说理全面，但一定不要拖沓散漫。

情

《文选·赋癸》卷一九，收"情"类作品四篇，分别为宋玉《高唐赋并序》《神女赋并序》《登徒子好色赋并序》，以及曹植《洛神赋并序》。这四篇赋皆叙写男女之情，但后世对其撰写宗旨颇多争议。大致有三种说法：其一，主讽谏，这里的"情"，指儒家礼教之"发乎情，止乎礼义"；其二，主寄寓，指作者自托身世之情；其三，主男女之情。其中第一种说法为较多人认同。

登徒子好色赋 并序

宋 玉

[题解]

《登徒子好色赋》是一篇诙谐有趣的小赋,以问答形式揭示发乎情,止于礼,尚德而不好色的主旨。李善注曰:"此赋假以为辞,讽于淫也。"刘勰《文心雕龙》评曰:"宋玉赋《好色》,意在微讽。"全篇文辞犀利,杂以嘲讽,酣畅淋漓。宋玉以美女为自己辩解十分有力,而以登徒子钟爱丑妻且生五子来反证其好色,以现在的观念来看,这位虚构的"登徒子"当为忠贞不渝的好丈夫,而非后世"好色之徒"的代名词。不过,这也正体现出古今对于"好色"的不同理解。

宋玉,宋国公族后裔,战国后期楚国鄢(今湖北宜城)人,著名辞赋家,与屈原并称"屈宋"。《史记·屈原贾生列传》称其"好辞而以赋见称"。其作品多亡佚,尚存者主要见于王逸《楚辞章句》和萧统《文选》。

大夫登徒子侍于楚王,短宋玉曰:"玉为人,体貌闲丽,口多微辞,又性好色。愿王勿与出入后宫。"①王以登徒子之言问宋玉。玉曰:"体貌闲丽,所受于天也;口多微辞,所学于师也;至于好色,臣无有也。"②王曰:"子不好色,亦有说乎?有说则止,无说则退。"③玉曰:"天下之佳人莫若楚国,楚国之丽者莫若臣里,臣里之美者莫若臣东家之子。④东家之子,增之一分则太长,减之一分则太短,著粉则太白,施朱则太赤。眉如翠羽,肌如白雪,腰如束素,齿如含贝。⑤嫣然一笑,惑阳城,迷下蔡。⑥然此女登墙窥臣三年,至今未许也。登徒子则不然。其妻蓬头挛耳,龋唇历齿,⑦旁行踽偻,又疥且痔。⑧登徒子悦之,使有五子。王孰察之,谁为好色者矣。⑨"

〔注释〕

①大夫:官名。登徒:姓氏。子:古代男子的通称。短:说人坏话。
②闲:娴雅。微辞:委婉之辞。
③说:这里指辩说之辞。
④东家:东邻。
⑤束素:一束白绢。形容腰细。
⑥阳城、下蔡:皆县名,为楚国贵族封邑。此借指楚国的贵族、公子。
⑦挛:卷曲。龋(yàn)唇:嘴唇豁缺,不能掩齿。历齿:牙齿稀疏。
⑧旁:偏,歪斜。踽(jǔ)偻(lǚ):伛偻,弯腰驼背。疥:疥癣。痔:痔疮。
⑨孰:同"熟",仔细周详。

〔译文〕

大夫登徒子侍奉在楚王身边,对楚王说宋玉的坏话:"宋玉这人,容貌俊美,身量娴雅,言辞委婉讽喻,且生性好色,希望大王不要让他出入后宫。"楚王拿登徒子的话去质问宋玉。宋玉说:"我身量娴雅、容貌俊美,这是天生的;能言善辩、语辞婉转,那是从老师那儿学来的;至于说我好色,完全没有那样的事。"楚王说:"你不好色,有辩解之词吗? 有理由澄清就留下,没有就退下去。"宋玉辩解道:"天下的美人,没有谁赶得上楚国女子;楚国的丽人,没有谁能比得上我家乡的美人;而我家乡的美人,最美的还得数我家东邻的女子。东邻那位女子,论身高,若增加一分则太高,减掉一分则太矮;论肤色,涂上脂粉则太白,抹上胭脂又太红。她的眉毛似翠鸟的羽毛,肌肤宛如白雪;腰身纤细恰如一束白色的细绢,牙齿整齐洁白有如一串海贝。她莞尔一笑,使阳城公子神魂颠倒,使下蔡公子乱了方寸。然而,这般姿色的美女,趴在墙头偷窥了我三年,而我至今仍未应许她呢。登徒子却不是这样。他的妻子蓬头垢面,耳朵卷曲。唇不掩齿,门牙稀疏。走路时歪歪扭扭,驼背弯腰,还患有疥癣,外加痔疮。登徒子却非常喜爱她,和她生养了五个孩子。请大王细加明察,谁是好色之徒呢。"

是时,秦章华大夫在侧,因进而称曰:"今夫宋玉盛称邻之女,以为美色,愚乱之邪!①臣自以为守德,谓不如彼矣。且夫南楚穷巷之妾,焉足为大王言乎?若臣之陋,目所曾睹者,未敢云也。"王曰:"试为寡人说之。"大夫曰:"唯唯"。

〔注释〕

①章华大夫:李善注:"章华,楚地名。大夫,楚人入仕于秦,时使襄王。一云,食邑章华,因以为号。"愚乱:愚钝昏乱。

〔译文〕

此时,秦国的章华大夫正在楚王身边,就上前称道:"刚刚宋玉极力称赞东邻家的女子,视之为绝色,容易使人愚钝迷乱而生出邪念。我自认为自己是谨守德行的人,这么看来,却不及他宋玉啊。再说楚国南部穷乡陋巷的女子,哪值得对大王一提呢?像下臣这种见识浅薄之人,所看到过的美女,就不敢对大王说了。"楚王说:"那就试着为寡人说说看。"章华大夫说:"好,好。"

"臣少曾远游,周览九土,足历五都。①出咸阳,熙邯郸,②从容郑、卫、溱、洧之间。③是时,向春之末,迎夏之阳。鸧鹒喈喈,群女出桑。④此郊之姝,华色含光。⑤体美容冶,不待饰装。⑥臣观其丽者,因称诗曰:'遵大路兮揽子祛,赠以芳华辞甚妙。'⑦于是处子恍若有望而不来,忽若有来而不见,意密体疏,俯仰异观,含喜微笑,窃视流眄。⑧复称诗曰:'寤春风兮发鲜荣,洁斋俟兮惠音声,赠我如此兮不如无生。'⑨因迁延而辞避,盖徒以微辞相感动,精神相依凭,目欲其颜,心顾其义,扬诗守礼,终不过差,故足称也。⑩"

〔注释〕

①九土:九州,指全国。五都:五方都邑。

②咸阳:秦国首都。邯郸:赵国首都。熙:通"嬉",游玩。

③郑、卫:郑国与卫国,分别在今河南与河北。溱(zhēn)、洧(wěi):河名,在郑国境内。

④鸧(cāng)鹒(gēng):黄鹂。喈(jiē)喈:鸟鸣声。

⑤姝(shū):美女。华色含光:美貌如花,光彩照人。花容般的美色透着光洁。

⑥冶:美艳。

⑦遵大路兮揽子祛(qū):语出《诗经·郑风·遵大路》:"遵大路兮!掺执子之祛兮。"遵,沿着。祛,衣袖。

⑧处子:未婚女子。恍若:好像,仿佛。流眄(miǎn):指目光流动传情而不直视。眄,斜视。

⑨寤春风:被春风唤醒。寤,醒。鲜荣:鲜花。洁斋:纯洁庄重。不如无生:《毛诗》曰:"知我如此,不如无生。"郑玄曰:"则已之生,不如不生。无生,恨之辞也。"

⑩迁延:引退。

〔译文〕

"臣年轻之时曾出门远游,遍览九州各地,足经五方都市。出入于咸阳城,在邯郸游玩。逗留于郑国、卫国,溱水与洧水之间。那时暮春将尽,将要迎来夏天的暖阳。黄鹂鸟嗜嗜鸣叫,众女子外出采桑叶。郑、卫郊外的美女,美貌如花,光彩照人。体态柔美,姿容艳丽,而用不着修饰与打扮。我看到其中一位美人,因而颂诗道:'沿着大路一同漫步,让我牵着你的衣袖,献上芳香的鲜花,说出动听的话。'于是乎那位美人好像在相望而又未曾前来,似乎想要过来却又不敢接近,含情脉脉而又身姿疏远,一举一动与众不同,又娇羞含笑,脸露欢喜,眼波流转,暗送秋波。于是美人答复诗道:'春风吹醒万物啊,鲜花又峥嵘,我端庄整洁地恭候你的佳音,而你却赠我这样轻佻的大路诗,真不如不赠。'于是她婉言辞谢,引身而去。我们彼此只能依靠言辞互通衷情,仅以精神相互寄托,我多么想端视她的面容啊,而心

赋 | 95

中却顾念着礼义,发乎《诗》情,而止于礼,终究没有过失之举,因此值得称道。"

于是楚王称善,宋玉遂不退。

〔译文〕

于是楚王应声道好,宋玉才没有被逐退。

洛神赋并序

曹　植

〔题解〕

《洛神赋》是曹植的名篇。全赋生动地叙述了作者与洛神的真挚爱情和离愁别绪,虽对宋玉《神女赋》等赋作多有借鉴,但无论是结构安排、写作技巧还是语言铺叙、形象塑造,都别开生面。其中对洛神"翩若惊鸿,婉若游龙""陵波微步,罗袜生尘"等形象、姿态的描绘与想象尤其令人赞叹。而关于该赋的创作主题,历来见仁见智,说法不一,主要有以美人香草象征君臣关系的怀恋君王说,和爱慕甄后而不得,待甄后被郭后谮死后,而感泣怀念之说。如何焯《义门读书记》云:"植既不得于君,因济洛川作为此赋,托辞宓妃以寄心文帝,其亦屈子之志也。"

曹植(192—232),字子建,谯(今安徽亳州)人。曹操第三子,曹丕弟,封陈王,谥思,世称陈思王。少有文采,颇得曹操宠爱,后因在政治上备受猜忌与迫害,郁郁而终。曹植与曹操、曹丕合称"三曹",是建安时期文学的集大成者,诗、赋、文兼善,多用比兴手法,以笔力雄健、词采华茂见长。在两晋南北朝时期,被推尊至文章典范的地位。钟嵘《诗品》评曰:"骨气奇高,词采华茂,情兼雅怨,体被文质,粲溢今古,卓尔不群。"谢灵运更是有"天下才有一石,曹子建独占八斗"的盛赞。现存诗八十余首,辞赋、散文四十余篇。宋人辑有《曹子建集》十卷。《三国志·魏书》有传。

黄初三年,余朝京师,还济洛川。①古人有言,斯水之神,名曰宓妃。②感宋玉对楚王神女之事,遂作斯赋,其辞曰:

〔注释〕

①黄初三年:公元222年。黄初,魏文帝曹丕年号。京师:指京都洛阳。洛川:洛水。源出陕西洛南西北部,流经洛阳,汇入黄河。
②宓(fú)妃:传为伏羲氏之女,淹死于洛水,为洛神。宋玉:战国时楚国的文学家,善辞赋,其《高唐赋》《神女赋》中记楚王与神女相遇之事。

〔译文〕

黄初三年,我去京都朝见皇帝,回来时渡过洛水。古人说,洛水之神叫宓妃。我有感于宋玉对楚襄王所说巫山神女之事,于是作了这篇赋,其辞为:

余从京域言归东藩。①背伊阙,越镮辕。②经通谷,陵景山。③日既西倾,车殆马烦。④尔乃税驾乎蘅皋,秣驷乎芝田。⑤容与乎阳林,流眄乎洛川。⑥于是精移神骇,忽焉思散。俯则未察,仰以殊观。睹一丽人,于岩之畔。乃援御者而告之曰:"尔有觌于彼者乎?彼何人斯?若此之艳也!"⑦御者对曰:"臣闻河洛之神,名曰宓妃。然则君王所见,无乃是乎?其状若何?臣愿闻之。"

〔注释〕

①京域:指京都洛阳。言:语气助词,无义。东藩:东方藩国,这里指曹植位于洛阳之东的封地鄄(juàn)城。

②伊阙、镮(huán)辕:皆为河南境内山名。

③景山、通谷:地名。陵:登。

④殆、烦:皆言疲乏。

⑤尔乃:于是。税(tuō)驾:解马卸车。税,通"脱"。蘅(héng)皋(gāo):生有香草的水边高地。蘅,杜衡,香草。秣驷:喂马。芝田:长满灵芝之处,言野地幽美。

⑥容与:安闲悠然。阳林:地名。因多生杨树,一作杨林。流眄(miǎn):纵横眺望。

⑦援:手拉。觌(dí):看见。

〔译文〕

我从京都洛阳启程将回东方封国。离开伊阙,越过镮辕。经过通谷,登上景山。太阳已经西下,实在车困马乏。于是在长着杜衡的河边解马驻车,让马儿在种着芝草的田间吃草。我在阳林悠闲漫步,浏览那洛川。不觉情移神动,忽然思绪涣散。俯望河面没有看到什么,仰视出现奇异的景象:看见一个美人,立在山崖旁边。于是拉着车夫询问他:"你看见那个人了吗?她是什么人?怎么会这样美艳?"车夫答道:"我听说洛水之神,名叫宓妃。这么说来,君王所见的美人,莫非就是她?她的形态怎样?我愿意听听!"

余告之曰:其形也,翩若惊鸿,婉若游龙。① 荣曜秋菊,华茂春松。② 仿佛兮若轻云之蔽月,飘摇兮若流风之回雪。③ 远而望之,皎若太阳升朝霞;迫而察之,灼若芙蕖出渌波。④ 秾纤得衷,修短合度。⑤ 肩若削成,腰如约素。⑥ 延颈秀项,皓质呈露。⑦ 芳泽无加,铅华弗御。⑧ 云髻峨峨,修眉联娟。⑨ 丹唇外朗,皓齿内鲜。明眸善睐,靥辅承权。⑩ 瑰姿艳逸,仪静体闲。柔情绰态,媚于语言。⑪ 奇服旷世,骨像应图。⑫ 披罗衣之璀粲兮,珥瑶碧之华琚。⑬ 戴金翠之首饰,缀明珠以耀躯。⑭ 践远游之文履,曳雾绡之轻裾。⑮ 微幽兰之芳蔼兮,步踟蹰于山隅。⑯

〔注释〕

①翩:轻快飞翔。婉:体态柔婉。皆以形容体态轻盈柔美。
②荣曜:荣盛光彩。华茂:光灿丰茂。皆以形容容貌美丽有神采。
③仿佛:隐隐约约。这里指洛神行迹若隐若现。流风:轻风。
④迫:近。灼:鲜明。芙蕖:荷花。渌(lù):澄清。
⑤秾(nóng)纤:胖瘦。得衷:适中。

⑥约素:捆着的白绢。形容腰身苗条。
⑦延颈秀项:脖颈修长。延、秀,细长。皓质:皮肤白皙。
⑧芳泽、铅华:香脂、铅粉,皆为化妆用品。无加、弗御:不用。
⑨云髻(jì):指高髻。峨峨:高耸的样子。联娟:弯曲的样子。
⑩眸(móu):眼睛。善睐(lài):眼波流转,顾盼含情。靥(yè):酒窝。辅:面颊。权:通"颧"。
⑪绰(chuò)态:柔美姿态。媚于语言:语言含情动人。一说情态妩媚胜过言语。
⑫旷世:世间所无。应图:像画图一般。
⑬珥(ěr):耳环。作动词,戴。瑶碧:美玉。华琚(jū):有花纹的玉佩。
⑭金翠:闪金辉的翠鸟羽毛。
⑮文履:绣鞋。曳:拖着。雾绡(xiāo):轻细如云雾之薄纱。裾(jū):衣裙。
⑯芳蔼:花的芳香。踟(chí)蹰(chú):徘徊。山隅(yú):山脚。

[译文]

　　我对车夫说:她的形态,翩然像惊飞的鸿雁,婉约似游动的蛟龙。容采焕发可比秋菊,华美丰茂好似春松。行迹若隐若现好比被青云笼罩的明月,飘飘往来又似轻风舞动的飞雪。远远望去,光彩照人如旭日东升于云霞;近前端详,又如清水出芙蓉。胖瘦适中,高矮相宜。肩窄若削,腰细如捆扎的白娟。脖颈修长秀美,白皙可见。香膏不涂,粉黛不施。高鬓如云,细眉弯弯。唇红外现光泽,齿白内露鲜亮。眼睛明亮,秋波流传,酒窝在颊,娇媚动人。风姿绰约,美艳飘逸,仪态娴静,体态优雅。温婉柔美,不语而媚。华丽异服,世所罕见,身姿容颜,美如图画。穿着璀璨罗衣,身挂精美玉石。头上戴着金翠的首饰,身上缀着闪光的珠玑。脚上穿着远游的绣鞋,腰间系着轻软的裙裾。身上微微散发幽兰的香气,漫步徘徊在山的一隅。

于是忽焉纵体,以遨以嬉。①左倚采旄,右荫桂旗。②攘皓腕于神浒兮,采湍濑之玄芝。③余情悦其淑美兮,心振荡而不怡。无良媒以接欢兮,托微波而通辞。④愿诚素之先达兮,解玉佩以要之。⑤嗟佳人之信修,羌习礼而明诗。⑥抗琼珶以和予兮,指潜渊而为期。⑦执眷眷之款实兮,惧斯灵之我欺。⑧感交甫之弃言兮,怅犹豫而狐疑。⑨收和颜而静志兮,申礼防以自持。⑩

〔注释〕

①焉:同"然"。纵体:舒展身体。
②采旄(máo):旄牛尾装饰的彩旗。桂旗:以桂木为杆的旗。
③攘(rǎng):指"伸"。神浒:神水边。湍濑(lài):水急流的浅滩。玄芝:黑色灵芝。
④接欢:传达喜爱之情。通辞:传话。
⑤素:通"愫",真情。要(yāo):同"邀",邀约。
⑥信修:真的美好。羌:发语词,无义。
⑦抗:举。琼珶(dì):美玉。和:答赠。潜渊:这里指洛神的府邸。
⑧眷眷:怀念貌。款实:真诚。
⑨交甫:郑交甫。传说郑交甫在汉水边曾遇二位神女,并得到赠送的玉佩,然而转身离去几步后,玉佩和神女都不见了。弃言:指神女食言。
⑩申:伸张。礼防:礼教约束。自持:自我约束。

〔译文〕

　　这时她忽然舒展身姿,边漫步边嬉戏。左边倚着彩旗,右边遮盖着桂旗。在神水边伸出洁白的双手,采摘急流石旁的黑色灵芝。我爱慕她的贤淑美丽啊,内心激动又不安。没有良媒去转达我的情意啊,只能托水波去传送言语。希望我的诚挚情愫能最先传达啊,并解下玉佩赠送以示相邀。我赞叹佳人实在美好啊,知书达礼又善于言辞。她举起琼瑎回应我的情意啊,并指着水府约定欢会的佳期。我满怀真挚的情感啊,又怕被洛神相欺。想到郑交甫曾被遗弃啊,心情惆怅将信将疑。收敛了笑容、冷静了情绪啊,注意以礼法来约束自己。

　　于是洛灵感焉,徙倚彷徨。①神光离合,乍阴乍阳。②竦轻躯以鹤立,若将飞而未翔。③践椒涂之郁烈,步蘅薄而流芳。④超长吟以永慕兮,声哀厉而弥长。⑤

〔注释〕

　　①徙倚:流连不去。彷徨:徘徊。
　　②神光:洛神周围的祥光。离合:祥光若隐若现。乍阴乍阳:忽明忽暗。
　　③竦(sǒng):通"耸"。鹤立:如白鹤之伫立望远。
　　④椒涂:长满香椒的道路。涂,通"途",道路。蘅薄:香草丛生。薄,草木丛生。流芳:花香流传。
　　⑤哀厉:强烈的哀愁。厉,强烈。

〔译文〕

　　这时洛神也有所触动,在那儿流连徘徊。身影若隐若现,忽明忽暗。她耸立起轻盈的身体如白鹤伫立,将要飞翔而未展翅。她走在香气浓烈的香椒路上,穿过杜衡时飘过来阵阵芬芳。她用高声长歌来表达深情思慕啊,声调凄厉而悠长。

　　尔乃众灵杂遝,命俦啸侣。①或戏清流,或翔神渚,或采明珠,或拾翠羽。②从南湘之二妃,携汉滨之游女。③叹匏瓜之无匹兮,咏牵牛之独处。④扬轻袿之猗靡兮,翳修袖以延伫。⑤体迅飞凫,飘忽若神。⑥陵波微步,罗袜生尘。⑦动无常则,若危若安。进止难期,若往若还。转眄流精,光润玉颜。⑧含辞未吐,气若幽兰。华容婀娜,令我忘餐。

〔注释〕

　　①杂遝(tà):众多的样子。命俦(chóu)啸侣:呼朋唤友。命、啸,呼唤。俦、侣,友伴。
　　②渚(zhǔ):水中的小块陆地。
　　③南湘之二妃:相传舜帝南巡不归,其妃娥皇、女英寻至湘水,知舜已死于苍梧,遂投水而死,化为女神。游女:指汉水女神。
　　④匏(páo)瓜:星名。不与别星相接,故称"无匹"。匹:配偶。独处:传说牵牛星与织女星因银河所阻,每年只相会一次,故曰"独处"。
　　⑤袿(guī):女上衣。猗(yī)靡:风吹衣飘的样子。翳(yì):遮盖。延伫:久立。

⑥凫(fú):野鸭。

⑦陵波:行于波上。陵,通"凌",渡水。生尘:指踏波行走,水花荡漾,如陆地行走扬尘。

⑧转眄(miǎn)流精:顾盼生辉。眄,看。流精,转动眼珠。

〔译文〕

于是仙女们纷纷出现,她们个个呼朋引伴。有的在清流中间嬉戏,有的翱翔在沙洲之上,有的采撷珍珠,有的拾翠鸟羽毛。其中跟随着的有湘水二妃,携带着的还有汉江游女。感叹洛神像匏瓜星没有配偶,像牵牛星那样孑然一身。她扬起轻柔飘忽的上衣,用长袖遮在眼上驻足远眺。身体敏捷如水鸟,举止轻盈缥缈若神。她踏波踩浪,碎步行于水上,水花漾起,像罗袜绣鞋扬起的尘土。她行动没有规则,似戒备又似安详。她进退难以预料,似离去又似回还。她顾盼生辉,脸庞光泽红润如美玉。她欲语还休,吐气如兰。她的姿态轻盈柔美,使我忘餐。

于是屏翳收风,川后静波。①冯夷鸣鼓,女娲清歌。②腾文鱼以警乘,鸣玉鸾以偕逝。③六龙俨其齐首,载云车之容裔。④鲸鲵踊而夹毂,水禽翔而为卫。⑤

〔注释〕

①屏翳:风神。曹植《诘洛文》:"河伯典泽,屏翳司风。"川后:水神。

②冯(píng)夷:传说中的黄河之神,即河伯。女娲(wā):传说中的女神,曾炼石补天,并创笙、簧等乐器。

③腾:升。文鱼:神话中一种能飞的鱼。一说,有斑采之鱼。玉鸾:玉饰的鸾铃。鸾,一种车铃。偕逝:一同离去。
④六龙:传言神仙出游,以六条龙驾车。俨:庄重的样子。容裔:同"容与",舒缓前进的样子。
⑤鲸鲵(ní):鲸鱼。雄鲸曰鲸,雌鲸曰鲵。毂(gǔ):车轮中用以贯轴的圆木,这里指车。

〔译文〕

这时风神停息了大风,水神平静了波浪。冯夷击响神鼓,女娲把歌清唱。文鱼飞出水面,负责警卫车辆,众神一同离去,鸾铃叮当作响。六龙肃穆庄严,齐头并进,驾着云车,从容前行。鲸鲵涌出围在车旁,水鸟翱翔护卫在天上。

于是,越北沚,过南冈。①纡素领,回清阳。②动朱唇以徐言,陈交接之大纲。恨人神之道殊兮,怨盛年之莫当。抗罗袂以掩涕兮,泪流襟之浪浪。③悼良会之永绝兮,哀一逝而异乡。④无微情以效爱兮,献江南之明珰。⑤虽潜处于太阴,长寄心于君王。⑥忽不悟其所舍,怅神宵而蔽光。⑦

〔注释〕

①沚(zhǐ):水中的小块陆地。
②纡(yū)素领:回首顾盼。纡,回转。素领,白皙的脖颈。清阳:形容眉目清秀。
③抗:举。浪浪:泪水涌流的样子。

赋 | 105

④良会:美好的约会。一逝:犹言一别。
⑤效爱:表达爱意。明珰(dāng):明珠镶制的耳环。珰,女子的耳饰。
⑥潜处:幽居。太阴:指神女洞府。
⑦悟:通"晤",见。所舍:所在。神宵:指女神的形象消逝。蔽光:光彩隐没。

〔译文〕

　　终于车子走过北面的沙洲,经过南面的山冈,洛神转动白皙的颈项,清澈的目光向我张望。她朱唇微启,缓缓地陈诉着交接往来的大纲。只怨恨人神有别,虽然都处盛年而无法如愿以偿。说着便举起罗袖掩面而泣啊,泪如泉涌沾湿了衣衫。痛惜再也难以愉悦相会啊,一旦离开便是天各一方。不曾以细微的柔情来表达爱意啊,愿赠以江南出产的明珰。我虽然深居水府之中,但是内心永远怀念着君王。洛神说毕忽然不知去向,形影消逝、光彩散去令我无限怅惘。

　　于是背下陵高,足往神留。①遗情想像,顾望怀愁。冀灵体之复形,御轻舟而上溯。浮长川而忘反,思绵绵而增慕。②夜耿耿而不寐,沾繁霜而至曙。③命仆夫而就驾,吾将归乎东路。④揽騑辔以抗策,怅盘桓而不能去。⑤

〔注释〕

①背下:离开低地。陵高:登上高处。
②长川:指洛水。绵绵:悠长不断。

③耿耿:形容心事重重。这里指因心系洛神而心神不宁。
④就驾:备车。
⑤骓(fēi)辔(pèi):车辕旁的马。抗策:举鞭。盘桓(huán):徘徊不进。

〔译文〕

于是我离开低地,登上高冈,脚步虽然前进,心神却仍留在岸旁。余情绻缱,不时想象相会时的情景与洛神的容颜,回首岸边更是愁绪满膛。我希望洛神能再次出现,登上轻舟溯流而上。行舟于洛水之上忘了返回,思恋之情绵绵不断而逐渐增强。整夜心绪难平,无法安眠,遍身沾满浓霜直至天露曙光。我命仆夫备好车马,将要返回东方。当我手执马缰,举鞭欲策之时,却又怅然若失,徘徊留恋,不能离去。

诗
咏 史

咏史八首

左 思

〔题解〕

诗以"咏史"为题,始于东汉班固,王粲继之,此后连续不绝。《文选·诗乙》卷二一共收录"咏史"类诗歌十题二十一首,多直接以"咏史"题名,或以所咏古人古事为题,其中尤以左思

《咏史八首》为人称道。许学夷《诗源辩体》评曰:"左太冲五言《咏史》,出于班孟坚、王仲宣,而气力胜之。"《咏史八首》整体笔力雄健,辞采壮丽,慷慨抒怀,鸣不平之音,高亢激昂,承建安之绪,入《诗品》上品,有"左思风力"的赞誉。何焯《义门读书记》评曰:"题云《咏史》,其实乃咏怀也。八首一气挥洒,激昂顿挫,真是大手,晋诗中杰出者。太白多学之。"

左思简介见前文《三都赋序》。

其二

郁郁涧底松,离离山上苗。①以彼径寸茎,荫此百尺条。②世胄蹑高位,英俊沉下僚。③地势使之然,由来非一朝。④金张籍旧业,七叶珥汉貂。⑤冯公岂不伟,白首不见招。⑥

〔注释〕

①郁郁:茂盛的样子。涧:夹在两山间的流水。离离:形容草叶分散下垂的样子。

②径寸茎:仅寸把长的茎叶。言小的草茎。荫:遮蔽。百尺条:高达百尺的条。条,木名。这里泛指高大的树木。

③世胄:古代帝王和贵族的后代,世家子弟。蹑:居,登。英俊:英才和俊杰。沉:沦落。下僚:下层之人。指底层,与"高位"相对。

④"地势使之然"二句:该句借自然界草木所在位置的高低,喻指社会地位的显要与贫贱。

⑤金、张:指汉代金日(mì)䃅(dī)、张安世。金家,自武帝至平帝,七世为内侍。张家后代,自宣帝、元帝以来,为侍中、中常侍者十余人。后世因以金、张代称显宦。籍:门籍,在册。七叶:七世。珥(ěr):插入。汉貂:

汉代侍中、中常侍之冠插貂尾,加金珰,附蝉以为饰。

⑥冯公:指冯唐。汉文帝时为中郎署长,有识见而不得志。待武帝立,求贤良,因冯唐已九十余岁,故"不见招"。此二句借惋惜冯唐白首屈郎署而哀叹小人在位而君子在野。

〔译文〕

涧底松树茂盛葱郁,山上幼苗分散低垂。径寸草叶微不足道,凭借地势却能遮蔽百尺大树。世家权贵身居高位,英杰俊才沦陷底层。山高谷底地势使然,由来已久非一日所成。金、张子孙承继家族旧业,七世显贵,冠插貂尾,声势仍在。冯唐岂非识见过人,奈何年老仍不得用。

百 一

百一诗

应　璩

〔题解〕

《文选·诗乙》卷二一,单列"百一"作为诗歌文体之一,收应璩《百一诗》一首。"百一"之名,有多种说法:一说,"应休琏作百一篇诗",以篇数名之;一说,每篇五言二十句,共一百字,以字数名之;一说,应璩集《新诗》,"以百言为一篇,或谓之《百一诗》",以字名诗。李善注一一辨析,认为皆不可取,引《百一诗序》云:"'时谓曹爽曰:公今闻周公巍巍之称,安知百虑有一失乎?'百一之名,盖兴于此也。"吕向注"百一"曰:"意者以为百分有一补于时政。"

《百一诗》作于魏齐王曹芳之时,大将军曹爽多违法度,应璩为曹爽长史,多以诗讽谏。该诗语言朴素委婉,口气谦卑恭谨,看似自愧无德无能,实则讽刺部分朝臣有其位无其才,表达了对当时社会虚浮之风、官场歪邪之气的批判。《文心雕龙·明诗》评曰:"应璩《百一》,独立不惧,辞谲义贞,亦魏之遗直也。"

应璩(190—252),字休琏,三国魏汝南(今属河南)人,应场之弟。应璩博学多识,好属文,原有文集十卷,惜已亡佚。今存《百一诗》数篇,明人张溥辑有《应休琏集》。《诗品》评其文曰:"祖袭魏文,善为古语,指事殷勤,雅意深笃,得诗人激刺之旨。至于'济济今日所',华靡可讽味焉。"

下流不可处,君子慎厥初。① 名高不宿著,易用受侵诬。② 前者隳官去,有人适我闾。③ 田家无所有,酌醴焚枯鱼。④ 问我何功德,三入承明庐。⑤ 所占于此土,是谓仁智居。文章不经国,筐箧无尺书。⑥ 用等称才学,往往见叹誉。避席跪自陈:贱子实空虚!⑦ 宋人遇周客,惭愧靡所如。⑧

〔注释〕

① 下流:河水下游,喻指众恶之所归处。《论语·子张》:"君子恶居下流,天下之恶皆归焉。"慎厥初:《尚书》:"慎厥终,惟其始。"慎,慎重。厥

初,最初。

②宿著:久负盛誉。吕延济注:"宿,久也。"侵诬:欺凌,侵犯诬蔑。

③隳(huī)官:罢官。隳,毁坏。适:往。间:里门。

④酌醴(lǐ)焚枯鱼:李善注引《蔡邕与袁公书》曰:"酌麦醴,燔干鱼,欣然乐在其中矣。"醴,甜酒。

⑤三入:应璩初为侍郎,又为常侍,后为侍中,故云"三入"。承明庐:汉承明殿旁屋,侍臣值宿之处。这里代指入朝为官。

⑥经国:治理国家。筐箧(qiè):竹筐,箱,储书之器。

⑦避席:离席,以示尊敬。贱子:应璩谦称。

⑧"宋人遇周客"二句:指宋人藏石为宝,周客商观之而揭穿,宋人恼羞成怒之事。刘良注:"言周客知宋人非宝而观之,有人知我无德而问之,其于愧也不亦多矣。皆讽朝廷之士,有其位无其才,能不愧乎?"

[译文]

河水下流乃众恶之所归,君子当谨慎勿处其间。声名显赫难以长久,反而容易被诬陷。前有罢官而去者,来到我的家中拜访。田园陋舍没有什么可以招待,斟甜酒、吃干鱼怡然自乐。问我有何功劳品德,得以三入朝廷为官。在此高位的,都应该是有才的仁者、智者。文章不能治国经世,竹筐又空空没有书籍。那用什么来称才学、经常得到赞叹与称誉呢?我离席长跪说:鄙人实在没什么才干!像藏石自珍的宋人遇到周客商一样,惭愧得无地自容。

游 仙

游仙诗七首

郭 璞

[题解]

"游仙"是诗歌的一种体裁,多描写神仙之乐、求药延寿、访仙远游等内容,表达对尘世俗务、富贵功名的厌恶,对隐逸生活的向往,当然其中也不乏消极避世的思想与哀叹。诗以"游仙"为题,盖始于曹植,其实际创作则可追溯至先秦,如屈原之《远游》,而将"游仙"进一步确立为一种诗体则始于《文选》。《文选》卷二一单列"游仙",共收何劭、郭璞二人游仙诗八首。

郭璞(276—324),字景纯,西晋河东郡(今山西闻喜)人,建平太守郭瑗之子。他博文多识,精于天文历算,长于阴阳卜筮,诗文创作尤以"游仙"最为人称道。他的游仙诗,于传统游仙内容外,另添慷慨之怀,提高了诗歌的思想性与艺术价值。李善注曰:"凡游仙之篇,皆所以滓秽尘网,锱铢缨绂,餐霞倒景,饵玉玄都;而璞之制,文多自叙,虽志狭中区,而辞无俗累,见非前识,良有以哉!"

其一

京华游侠窟,山林隐遁栖。①朱门何足荣,未若托蓬莱。②临源挹清波,陵岗掇丹荑。③灵溪可潜盘,安事登云梯。④漆园有傲吏,莱氏有逸妻。⑤进则保龙见,退为触藩羝。⑥高蹈风尘外,长揖谢夷齐。⑦

〔注释〕

①京华:京都。窟:某类人聚集或居住之处。隐遁:隐居避世。栖:山居为栖。

②朱门:古时王公贵族府第的大门常漆成红色,以示尊贵。代指富贵人家。蓬莱:传说中的海上仙山名。代指归隐。

③挹(yì):舀。陵:上。掇:拾取。丹荑(tí):《本草经》:"赤芝,一名丹芝,食之延年。凡草之初生,通名曰荑,故曰丹荑。"

④灵溪:溪水名。潜盘:隐居盘游。登云梯:以云为梯,直上青云,此喻出仕。

⑤漆园有傲吏:《史记·老子韩非列传》:"庄子者,蒙人也,名周。周尝为蒙漆园吏。"傲吏,指庄周。莱氏有逸妻:莱,指老莱子。逸妻,志于隐逸之妻。据《列女传·楚老莱妻》载老莱子的妻子曾劝老莱子不受人官禄,一同隐居。

⑥进:指求仙。保龙见:《周易·乾》:"见龙在田,利见大人。"退:指与世处。触藩羝(dī):公羊撞篱笆。《周易·大壮》:"羝羊触藩,羸其角不能退,不能遂。"代指退处世俗,进退艰难。

⑦高蹈:远游,或隐居。长揖:行拱手礼。谢夷齐:谢,辞别。夷齐,指伯夷、叔齐。伯夷、叔齐,耻武王伐君之事,义不食周粟,隐于首阳山。郭璞将远游尘世之外,不似夷、齐,故言长揖之而去。

〔译文〕

京城是游侠聚集的乐园,山林是隐居避世之人的乐土。豪门有什么值得荣耀的?不如托身于蓬莱。临水源而舀碧波,登

诗 | 113

山岗而采赤芝。灵溪可以隐居游玩，何必还要攀登仕途。漆园有吏人庄周傲视世俗，老莱子有妻子志于隐逸。进则归隐求仙，可见飞龙有所作为；退则与世处，如羊角撞篱笆，进退维艰。远游尘俗之外，拱手辞别伯夷、叔齐。

招　　隐

招隐诗

陆　机

〔题解〕

　　《文选》卷二二，收录"招隐"类诗左思两首、陆机一首。以"招隐"为题材，始于西汉淮南小山《招隐士》，乃为召唤山中隐士出山而作。至魏晋时期，隐逸之风盛行。此时"招隐"一反成规，变成以思慕隐士，吟诵幽居生活，欲辞世归隐为主旨的创作，而该创作也成为我们现今通常意义上理解的招隐诗。

　　陆机《招隐诗》本有二首，《文选》只取其一。该诗表达了陆机对林泉之美、隐逸之乐的向往和对谋求富贵者的鄙薄。他认为与其在尘世苦苦追寻功名利禄，郁郁寡欢，不若隐遁山林，寻求清静无为的至乐境界。

　　陆机简介见前文《文赋》。

　　明发心不夷，振衣聊踟蹰。[1]踟蹰欲安之？幽人在浚谷。②朝采南涧藻,夕息西山足。③轻条象云构,密叶成翠幄。④激楚伫兰林,回芳薄秀木。⑤山溜何泠泠,飞泉漱鸣玉。⑥哀音附灵波,颓响赴曾曲。⑦至乐非有假,安事浇醇朴。⑧富贵苟难图,税驾从所欲。⑨

〔注释〕

①明发:黎明。夷:愉悦。蹢躅:徘徊不前的样子。

②安:哪里。之:往。幽人:指隐士。浚:深。

③南涧、西山:泛指隐士所居之处。《诗经·召南》载:"于以采蘋,南涧之滨。"《史记》有伯夷、叔齐诗:"登彼西山兮,采其薇。"

④云构:大厦,高大的建筑。幄(wò):帐。

⑤激楚、回芳:《六朝选诗定论》:"'激楚''回芳',舞名。借以当风。"兰、秀:均用以形容林木秀美。薄:附着。"激楚伫兰林"二句:言清风吹拂着秀美的树林。

⑥山溜:指山涧水。泠(líng)泠:形容水声清脆。漱鸣玉:形容泉流漱石,声若击玉。

⑦哀音:哀婉之音,这里指流水清幽之声。灵波:对流水的美称。颓响:余音。曾:通"层"。吕延济注:"曾,犹深也。"曲:指山谷蜿蜒。

⑧至乐:极乐。《庄子·至乐》篇认为"无为"方才可近"至乐"境界。假:借。浇:鄙薄。

⑨税(tuō)驾:脱驾,本指停车,这里喻指停止追求荣华富贵。李善注:"税驾,喻辞荣。"

〔译文〕

天亮了仍心烦意乱,整理衣服起身来回踱步。徘徊不定该去往何处?隐士幽居在深谷。早晨于南涧捞取水草,夜晚至西山憩息安眠。轻柔的枝条儿挑入空中胜似壮丽大厦,浓密的树叶儿组成翠绿的帐幔。阵阵清风吹拂着秀美的树林,草木馨香充溢于林间。山涧溪流潺潺,水声清脆;峭壁喷泉漱石,声若击玉。流水顺谷势浅吟低唱,余响入深谷蜿蜒向前。寻求极乐境界不能凭借荣禄,怎么能浇薄淳朴折节强攀。荣华富贵如此难以获取,还不如停止追求,隐退山林,随所遇而自适。

反招隐

反招隐诗

王康琚

〔题解〕

　　魏晋时期,隐逸之风大盛,以"隐逸"为创作主题者,除"招隐诗"外,另有"反招隐诗"。《文选》卷二二单列为一类,收录王康琚《反招隐诗》一首。

　　王康琚,西晋诗人,生平爵里不详。该诗对时风之下,希冀以招隐为名,博取荣华富贵之辈进行了嘲讽,同时展现出对士人"仕"与"隐"的思考,提出"小隐隐陵薮,大隐隐朝市"的观点,虽云"反招隐",实则是对同时代隐逸诗宗旨的进一步强化,即清静无为的闲适生活,不一定非要身居山林才可以获得,关键在于体悟世间万物齐一的道理,保有与世无争、淡泊名利的心境。后代有学者总结这种隐逸方式为心隐。

小隐隐陵薮,大隐隐朝市。①伯夷窜首阳,老聃伏柱史。②昔在太平时,亦有巢居子。③今虽盛明世,能无中林士？放神青云外,绝迹穷山里。鹍鸡先晨鸣,哀风迎夜起。④凝霜凋朱颜,寒泉伤玉趾。周才信众人,偏智任诸己。⑤推分得天和,矫性失至理。⑥归来安所期？与物齐终始。⑦

〔注释〕

①陵薮(sǒu):山陵和湖泽。

②伯夷窜首阳:指武王伐纣,伯夷耻之,义不食周食,隐于首阳山之事。老聃(dān):指李耳,字伯阳,楚国苦县(今河南鹿邑东)人。曾做过周朝柱下史,传为道家创始人老子。柱史,即柱下史,官名。

③巢居子:皇甫谧《逸士传》载,尧时有隐士,常山居,不营世利。年老巢居树上,时人称巢父。

④鹍(kūn)鸡:鸟名。似鹤,黄白色。

⑤周才:考虑问题周全之人,这里指出仕做官的才能。偏智:某一方面的才能,指隐居修养自身。

⑥推分、矫性:李周翰注:"随时而行曰推分,去人自若曰矫性。"矫性,违反本性。

⑦终始:生死。《荀子·礼论》曰:"生,人之始也;死,人之终也。"

〔译文〕

　　小隐隐于山林湖泽,大隐隐于朝廷集市。伯夷逃遁于首阳山中,老聃则在周朝做柱下史。以前在太平时期,也还有隐士巢父。今天即使是清明盛世,怎会没有山林隐士?他们驰骋神思于青云之外,隐匿踪迹于深山中。天未破晓鹍鸡便啼鸣,寒风凄厉迎着夜色起身。严霜使红润容颜憔悴,寒泉会冻伤白嫩脚趾。出仕为官者取信众人,归隐者修养自己。顺时而为才能获得自然祥和,违反天性则会丢失修身之道。归来又能期望什么呢?万物齐一,生死一理,无谓大隐与小隐。

游　览

登池上楼

谢灵运

〔题解〕

　　《文选》卷二二"游览"类诗歌共收录十一位诗人二十三篇作品。其诗作创作之内容,"游览"之性质,从诗歌题目上便可体现出来。在收录的作品中,无论是从篇幅上(共收九首诗歌)还是对后世创作的影响上,尤以谢灵运为最。

　　《登池上楼》作于刘宋景平元年(423)初春,谢灵运遭排挤,出为永嘉太守之时。诗中记叙了诗人谪迁永嘉,久病初起,登楼远眺之所见、所思。诗中情景交融,感情真挚,落笔自然,表达了作者"进德"与"退耕"两难的苦闷现状与意欲归隐的决心。其中"池塘生春草,园柳变鸣禽"二句,历来为人称道。

　　谢灵运(385—433),南朝陈郡阳夏(今河南太康)人,东晋名将谢玄之孙,袭封康乐公,世称谢康乐。史载谢灵运"少好学,博览群书,文章之美,江左莫逮"。其诗与颜延之齐名,并称"颜谢",好摹写山水,妙绝一时,有中国山水诗始祖之美誉。《诗品》列为上品,评曰:"兴多才高,寓目辄书,内无乏思,外无遗物,其繁富,宜哉!"有文集二十卷。明人李献吉等辑有《谢康乐集》。《宋书》卷六七、《南史》卷一九有传。

潜虬媚幽姿,飞鸿响远音。①薄霄愧云浮,栖川怍渊沉。②进德智所拙,退耕力不任。③徇禄反穷海,卧疴对空林。④倾耳聆波澜,举目眺岖嵚。⑤初景革绪风,新阳改故阴。⑥池塘生春草,园柳变鸣禽。⑦祁祁伤豳歌,萋萋感楚吟。⑧索居易永久,离群难处心。⑨持操岂独古,无闷征在今。⑩

〔注释〕

①潜虬(qiú):深藏于水底的小龙。喻指归隐。飞鸿:远飞的大雁。喻出仕。
②薄:迫近。怍(zuò):惭愧。渊沉:潜于深渊。
③进德:进德修业,指入世为官。退耕:退身躬耕,指遁世归隐。
④徇(xùn)禄:营求俸禄,指做官。穷海:穷荒的海滨,指永嘉。疴(kē):病。
⑤岖嵚(qīn):山高险峻。
⑥初景:初春的阳光。革:改变。绪风:冬日余风。新阳:新春。故阴:指残冬。《神农百草》:"春夏为阳,秋冬为阴。"
⑦园柳变鸣禽:指园中柳树上的禽鸟已不是去冬之鸟。
⑧祁祁:众多的样子。《诗经·豳风·七月》:"春日迟迟,采蘩祁

祁。"萋萋:草茂盛的样子。《楚辞·招隐士》:"王孙游兮不归,春草生兮萋萋。"

⑨索居:独居。易永久:容易感到时间长久。处心:安心。

⑩持操:坚持节操。无闷:避世而无所烦闷。语出《周易·乾》引孔子之言:"龙德而隐者也,不易乎世,不成乎名,遁世无闷,不见是而无闷。"意谓有龙一样品德而隐居的人,不为世之污浊而改变,不追求功名,遁世归隐无所烦闷,不为士人称道也无所苦闷。征在今:指自己就是例证。征,证明。

[译文]

　　潜居之虬龙以幽隐身姿自赏,高翔之鸿雁在云天扬起悠远鸣声。不能凌空高举而愧对浮云鸿雁,不能栖川潜居而愧对深渊虬龙。想进德修业立功名而被拙劣才智所限,欲退身躬耕田亩却力不从心。为追求爵禄却来到这穷苦海边,卧病在床只能面对这凋残荒林。倾耳细听远处波涛汹涌,举目远望崇山峻岭。新春阳光驱退冬日余风,明媚春光一扫寒冬余阴。池塘岸边初生春草,园柳枝头禽鸟变新声。采蘩祁祁,我感伤豳人风调;春草萋萋,使我想起惆怅楚吟。幽居独处,时间容易变得漫长;远离亲友,使我心境难获安宁。难道只有古人才能坚持操守?遁世无闷在我身上就是证明。

咏　怀

咏怀十七首

阮　籍

[题解]

"咏怀"类诗作,《文选》卷二三共收录三题十九篇：一为阮籍组诗《咏怀诗十七首》,二为谢惠连《秋怀》一首,三为欧阳建《临终诗》一首。阮籍的咏怀诗多用比兴、象征、借古讽今、借景抒情等写作技巧以阐发幽思,意旨传达深远,然抒怀隐晦曲折、归趣难求。李善注曰："咏怀者谓人情怀,籍于魏末晋文之代,常虑祸患及己,故有此诗。多刺时人无故旧之情,逐势利而已。观其体趣,实谓幽深,非夫作者不可探测之。"颜延年《咏怀诗注》亦评曰："嗣宗身仕乱朝,常恐罹谤遇祸,因兹发咏,故每有忧生之嗟。虽志在刺讥,而文多隐避。百代之下,难以情测。""夜中"一诗,为阮籍咏怀诗首篇,颇有提纲挈领之意。

阮籍(210—263),字嗣宗,三国魏陈留尉氏(今河南省尉氏县)人,"竹林七贤"之一,累迁步兵校尉,世称"阮步兵"。其诗赋辞章为世人所重,《咏怀》诗八十二首是其代表作。《诗品》列为上品,评曰："其源出于《小雅》,无雕虫之功。"有文集十卷,已佚。明人辑有《阮步兵集》。《晋书》卷四九有传。

其一

夜中不能寐,起坐弹鸣琴。①薄帷鉴明月,清风吹我衿。②孤鸿号外野,朔鸟鸣北林。③徘徊将何见,忧思独伤心。

〔注释〕

①寐(mèi):睡眠。
②帷:帐幔。鉴:照。衿(jīn):衣襟。
③孤鸿:离群独飞的大雁。比喻贤臣。朔鸟:北方的鸟。比喻权臣。

〔译文〕

半夜时分仍然不能入眠,起身坐下弹奏弦琴以排遣烦闷。薄薄的帷幔透出皎洁的月光,徐徐清风吹拂着我的衣襟。孤独的鸿雁在郊野之外悲号,北地的鸟儿在北面的树林里啼鸣。久久徘徊究竟想看见什么?忧思纷扰独自感伤。

赠　答

赠从弟三首

刘　桢

〔题解〕

《文选》收录"赠答"类诗歌作品数量最多,共计二十七位诗人,七十二首作品。这些作品在诗题上或曰"赠"或曰"答",多数有较明显的标志。在创作内容上,赠答以送行、以咏怀、以劝励欣赏、以叙相思、以述友情、以促成某事等等,内容丰富,颇具实用性。刘桢《赠从弟》三首中以蘋藻、松柏、凤凰为喻便有赞赏其从弟品性与勉励之意。该组诗是刘桢的代表作,也是展现其建安风骨的典型作品。

刘桢(？—217),字公干,东汉东平宁阳(今山东宁阳县)人,尚书令刘梁之孙,"建安七子"之一。刘桢博学多识,曾任五官中郎将,为曹丕的文学侍从。在文学上,诗与曹植并举,有"曹刘"之称。尤其擅长五言诗创作,曹丕《与吴质书》曰:"其五言诗之善者,妙绝时人。"其诗风多慷慨之气,自然质朴。《诗品》列为上品,评曰:"真骨凌霜,高风跨俗。但气过其文,雕润很少。然自陈思以下,桢称独步。"著录有文集,皆佚,明人张溥辑有《刘公干集》。

其二

亭亭山上松,瑟瑟谷中风。①风声一何盛,松枝一何劲。冰霜正惨凄,终岁常端正。②岂不罹凝寒,松柏有本性。③

〔注释〕

①瑟瑟:风声。

②惨凄:严峻。终岁:一年到头。

③罹:通"罹",遭受。凝寒:严寒。

[译文]

　　山上的青松高耸挺拔，山谷中的风声瑟瑟作响。风声呼啸得多么猛烈，松枝抵御强风是那样地有力。冰霜正凛冽寒冷，松树挺拔的姿态一年四季都端正美好。难道是它不曾遭受过严寒？是松柏自有耐寒的天性。

哀　伤

悼亡诗三首

潘　岳

[题解]

　　《文选》"哀伤类"诗作共收九位诗人九题十三首作品，就其内容而言，大致有为社会、人生而哀伤和为他人逝去而哀伤两大类。潘岳《悼亡诗三首》属于后者，是为悼念其亡妻而作。该组诗感情真挚、哀婉缠绵，展现了较高的艺术价值，是潘岳的代表作，也开创了"悼亡"一题，后人感怀亡妻的作品多沿袭之。

　　本书所选为《悼亡诗》三首的第一首，写作者服丧后，听朝命将要重返旧职时的悲痛心情，其中因思念亡妻，而对出现的"帷屏无仿佛，翰墨有余迹。流芳未及歇，遗挂犹在壁"的恍惚之景的刻画，尤其令人动容。

　　潘岳简介见前文《秋兴赋并序》。

其一

  荏苒冬春谢,寒暑忽流易。①之子归穷泉,重壤永幽隔。②私怀谁克从,淹留亦何益。③僶俛恭朝命,回心反初役。④望庐思其人,入室想所历。帷屏无仿佛,翰墨有余迹。⑤流芳未及歇,遗挂犹在壁。⑥怅恍如或存,周遑忡惊惕。⑦如彼翰林鸟,双栖一朝只。⑧如彼游川鱼,比目中路析。⑨春风缘隙来,晨霤承檐滴。⑩寝息何时忘,沉忧日盈积。庶几有时衰,庄缶犹可击。⑪

〔注释〕

  ①荏(rěn)苒(rǎn):指时间逐渐消逝。谢:逝去。流易:变化、更换。据古代礼制,妻死,丈夫服丧一年。何焯《义门读书记》云:"悼亡之作,盖在终制之后,荏苒冬春谢,寒暑忽流易,是一期已周也。"

  ②之子:犹言伊人、那人,指亡妻。穷泉:深泉,指地下,即黄泉。

  ③私怀:指心中对亡妻的怀念之情。克:能够。

  ④僶(mǐn)俛(miǎn):勉强。恭:从。朝命:朝廷的任命。回心:转念。初役:原任职务。

  ⑤帷屏:帐幔和屏风。仿佛:指相似的形影。翰:笔墨。

  ⑥流芳、遗挂:吕延济注:"芳谓衣余香今犹未歇,遗挂谓平生玩用之物尚在于壁。"

  ⑦怅恍:恍惚。周遑:彷徨,犹疑不定。忡(chōng)惊惕:形容心绪不宁。忡,忧伤。惕,惧。

  ⑧翰林:李周翰注:"鸟栖之林。"

  ⑨比目:鱼名。析:分离。

  ⑩隙:缝隙,指门缝。霤(liù):屋檐流滴的水。

⑪庶几:但愿。庄缶:《庄子·至乐》载:"庄子妻死,惠子吊之,庄子则方箕踞鼓盆而歌。"庄,庄周。缶,瓦盆。

〔译文〕

　　冬去春来、寒来暑往,季节交替,时光匆匆不息。我的妻子已长辞魂归九泉,重重黄土把我们永远隔离。谁能够体谅我心中的愁绪,滞留在家里又有什么用处?只好勉强听从朝廷的命令,强忍悲痛重返旧职。看见这屋子便想起亡妻的身形,进入房间便忆起昔日生活的经历。帐幔屏风间再难寻觅她的倩影,仅剩文章笔墨间的点点余迹。生前衣物还留有她的余香,书法墨迹也还挂在墙壁上。恍惚中她仿佛还活着,清醒之后不胜惊惶忧伤。如那林中栖息的鸟儿,本是双宿双飞,如今却只剩一只。又如同并游于河中的比目鱼,忽然中途分离。春风由门缝透入,滴水自屋檐落下。睡梦中什么时候能把妻子忘怀,忧思一天比一天更加深重。但愿终有一日哀愁能够减轻,能效仿庄周鼓盆而歌将忧伤排遣。

行　旅

登江中孤屿

谢灵运

〔题解〕

　　《文选》共收录"行旅"类诗作三十题三十五篇。常记叙、描摹旅居某处或出行途中的所见所闻所感。《登江中孤屿》作于谢灵运任永嘉太守期间。孤屿位于永嘉(今浙江温州)江中的一个洲渚,风景秀美。谢灵运以精炼的诗句,为我们描绘了一幅孤屿独立江心,云日辉映,山水空蒙,好似神仙妙境的清新画卷,历来为人称道。清人沈德潜《古诗源》评曰:"'怀新道转迥',谓贪寻新境,忘其道之远也。'寻异景不延',谓往前探奇,当前妙景,不能少迁延也,深于寻幽者知之。十字字字耐人咀味。"又云:"'乱流'二句,谓截流而渡,忽得孤屿。余尝游金、焦,诵此二句,愈觉其妙。"清人邵子湘《文选集评》曰:"孤屿便妙,'新''异'二字,为孤屿写境灵,真便写性情矣。"又云:"大谢诗无论才高,其所历之处皆是妙境,焉得不触发?"

谢灵运简介见前文《登池上楼》。

江南倦历览,江北旷周旋。①怀新道转迥,寻异景不延。②乱流趋正绝,孤屿媚中川。③云日相辉映,空水共澄鲜。④表灵物莫赏,蕴真谁为传?⑤想象昆山姿,缅邈区中缘。⑥始信安期术,得尽养生年!⑦

〔注释〕

①江南:永嘉江南岸。江,永嘉江,今名瓯江,在温州南。倦:厌倦。旷:久。

②怀新:指探寻新景。迥(jiǒng):远。景不延:光景不能延长。

③乱流:横渡江流。《尔雅》:"正绝流曰乱。"正绝:五臣注本作"孤屿"。媚:美好。中川:中流,江中间。

④澄鲜:清澈明朗。

⑤表:显现。蕴:藏。真:真意,自然意趣,一说指仙人。
⑥缅邈:遥远。这里为动词,作远离讲。区中:尘世。
⑦安期术:安期生长生不老之术。安期,安期生,先秦方士,传为道教仙人。

〔译文〕

　　我已经遍览永嘉江南胜景,渐觉厌倦,江北风光还未能长时间游览。怀着探索新景的心情觉得道路遥远,寻找奇观异景又感到时光短暂。横渡江流直驱孤屿,孤屿独立江中秀丽美好。白云与红日相互辉映,长天共碧水一色澄澈清明。孤屿的灵秀风光无人欣赏,蕴藏之自然意趣谁为它讲传。想象着昆山仙人的姿容,顿觉隔绝了尘世的俗缘。到此我才开始相信安期生的长生之道,真能够使人们颐养天年!

晚登三山还望京邑

谢　朓

〔题解〕

　　"行旅"类诗作共收录谢朓五篇作品。该诗作于诗人将离京赴任他方之时,春日傍晚登三山而望京城,乡愁不禁涌上心来。三山,在今南京西南长江南岸,有三山相接,故名。京邑,指都城建康,今南京。诗人登高遥望,为我们描绘了一幅春江暮景图。其中"余霞散成绮,澄江静如练"二句,设喻贴切,妙趣自然,多为人推崇。李白《金陵城西楼月下吟》叹曰:"解道澄江静如练,令人长忆谢玄晖。"

谢朓(464—499),字玄晖,南齐陈郡阳夏(今河南太康)人,与谢灵运同族,有"小谢"之称,以好学而文章清丽闻名,为"竟陵八友"之一。建武二年(495),出为宣城太守,而有"谢宣城"之称。谢朓长于五言诗,诗风秀丽,清新自然,讲究声律对偶,是"永明体"的重要代表人物。曾有诗文集,已佚,明人辑有《谢宣城集》。《南齐书》卷四七有传。

灞涘望长安,河阳视京县。①白日丽飞甍,参差皆可见。②余霞散成绮,澄江静如练。③喧鸟覆春洲,杂英满芳甸。④去矣方滞淫,怀哉罢欢宴。⑤佳期怅何许,泪下如流霰。⑥有情知望乡,谁能鬒不变?⑦

〔注释〕

①灞涘(sì):灞岸。灞,水名,源出今陕西蓝田,流经西安。涘,岸。汉末王粲因避乱离长安有《七哀诗》云:"南登灞陵岸,回首望长安。"河阳:今河南孟县。京县:指西晋京都洛阳。西晋潘岳在河阳做官有《河阳县诗》云:"引领望京室,南路在伐柯。"这里以王粲、潘岳望长安、洛阳比喻自己望建康之心情。

②丽:形容词作动词,指映照得十分明丽。飞甍(méng):高耸的屋脊。

③绮:有花纹的丝织品。练:白绸子。

④英:花。芳甸:长满花草的郊野。

⑤方:将。滞淫:停留。

⑥佳期:指归期。怅:失意。霰(xiàn):小雪珠。形容眼泪纷飞。

⑦有情知望乡:卢谌《赠刘琨》:"然苟曰有情,孰能不怀!"鬒(zhěn):同"鬓",黑发。张载《七哀诗》:"忧来令发白。"

〔译文〕

像王粲那样站在灞水岸边远眺长安,又如潘岳身居河阳遥望洛阳。阳光映照着高耸的屋脊,高低错落清晰可见。晚霞散开像华丽的锦缎,江水澄澈静谧如同白练。百鸟喧闹覆盖春天的小岛,各色野花布满芬芳郊野。离开后不知将要在外乡滞留多久,满怀依恋啊无心他乡欢宴。惆怅归期何时到来,泪水纷飞如雪珠坠落。有情之人都知道遥望思念故乡,谁能不忧伤白了黑发?

军 戎

从军诗五首

王 粲

〔题解〕

"军戎"是表现军旅征戍生活的一类作品。《文选》"军戎"诗作仅收录王粲《从军诗》五首。《从军诗》一作《从军行》,诗中叙述了随曹操出征张鲁与孙权时的所见所闻所感。李善引《魏志》注曰:"建安二十年三月,公(曹操)西征张鲁,鲁及五子降。十二月,至自南郑。是行也,侍中王粲作五言诗以美其事。"此为《从军诗》的创作缘由,也是其第一首的写作契机。建安二十一年(216)十月,曹操南征孙权,王粲从征,《从军诗》之二、三、四、五由此而作。该组诗多写军旅之苦辛,饱含忧国忧民之情志,以及愿意效忠曹氏,为统一大业贡献力量的雄心。该组诗整体风格雄健,文质兼美,是现存最早的以"从军诗"命题的乐府诗,对后世边塞诗影响颇深。方东树《昭昧詹言》评曰:"紧健处,杜公时效之,《出塞》诸作可见。"

王粲简介见前文《登楼赋》。

其三

从军征遐路,讨彼东南夷。①方舟顺广川,薄暮未安坻。②白日半西山,桑梓有余晖。③蟋蟀夹岸鸣,孤鸟翩翩飞。征夫心多怀,恻怆令吾悲。④下船登高防,草露沾我衣。⑤回身赴床寝,此愁当告谁?身服干戈事,岂得念所私。⑥即戎有授命,兹理不可违。

〔注释〕

①遐:远。东南夷:指孙吴。
②方:并。安坻(chí):把船系在岸边。坻,水中小洲或高地。
③桑梓:桑树、梓树,这里泛指树木。
④恻怆:哀伤。
⑤高防:高处布防的阵地。防,堤岸。
⑥服:从事。干戈事:指战事。所私:指怀念家乡和亲人的感情。

〔译文〕

随军不远千里征战,讨伐盘踞东南的孙吴。战船相并沿着宽阔的河道开进,至傍晚尚未抵岸。太阳西沉半落西山,树木上闪耀着夕阳的余晖。两岸蟋蟀鸣叫声此起彼伏,江上孤鸟翩翩飞翔。战士心中颇多思念之情，凄凄怆怆使我哀伤。走下战船登上高高的堤岸，草上露水浸湿了我的衣衫。转过身来回到床边休息，这番愁绪能够诉于谁听？肩负战斗的使命，哪能够顾念个人的私情。从军征战就应服从命令，这种道理不能违背。

乐　府

乐府本是汉代管理音乐的官署。西汉武帝时设乐府令，掌管宫廷、祭祀、出行等音乐，兼采各地民间歌辞，并将文人歌功颂德之作配以乐曲。后人将这些音乐歌辞，以及仿乐府古题的作品统称之为"乐府"，乐府也逐渐成为诗体之一。《文选》共收录"乐府"类作品四十一首，其中包含无名氏古辞四首，标明作者的为十九人三十七首。乐府创作内容丰富，题材广泛，句式灵活多样，语言自然流畅，大量采用比兴手法，叙事性特质明显，具有很高的艺术价值。现存乐府民歌，多收录于宋人郭茂倩所编《乐府诗集》中。

饮马长城窟行

佚　名

〔题解〕

此诗最早见于《文选》卷二七，题曰"古辞"。作者不详。《玉台新咏》卷一认为该诗为东汉蔡邕所作。《乐府诗集》将《饮马长城窟行》归入《相和歌辞·瑟调曲》。郭茂倩题解云："一曰《饮马行》。长城，秦所筑以备胡者，其下有泉窟，可以饮马。"李善注曰:"长城蒙恬所筑也,言征戍之客,至于长城而饮其马。妇思之,故为长城窟行。"

青青河边草,绵绵思远道。①远道不可思,夙昔梦见之。②梦见在我傍,忽觉在佗乡。③佗乡各异县,展转不可见。枯桑知天风,海水知天寒。④入门各自媚,谁肯相为言?⑤客从远方来,遗我双鲤鱼。⑥呼儿烹鲤鱼,中有尺素书。⑦长跪读素书,书上竟何如?⑧上有加餐食,下有长相忆。

〔注释〕

①绵绵:绵延不绝的样子,这里指细微的情思。李善注:"言良人行役,以春为期,期至不来,所以增思。"
②夙昔:昨夜。夙,旧。昔,通"夕"。
③觉:醒。佗:同"他"。
④"枯桑知天风"二句:此以枯桑、海水喻征夫或妇人,言其孤苦忧思唯自知。
⑤媚:爱悦。相为言:问询。
⑥遗(wèi):赠予。双鲤鱼:指信函,为一底一盖,刻为鱼形,用泥封住。
⑦烹鲤鱼:指打开书函。尺素书:指书信。素,生绢。
⑧长跪:伸直腰跪着。

〔译文〕

河岸边上春草青青,细密绵延伸向远方,令我思念远行之人。远行之人思而不得,昨夜梦中与之相见。梦见他就在我的身旁,忽然醒来他仍远在他乡。他乡各自有不同的县,路途辗转不定难以相见。桑树叶儿枯落知天风猛烈,海水也知天气的严寒。同乡游子归来,各自关爱自家之人,有谁肯为我捎上只语片言?有位客人从远方到来,赠我刻着双鲤鱼的木函。呼唤儿子打开木函,中间有写着书信的一尺白绢。长跪着读这用素帛写的信,信中到底说了什么?前面要我多加餐饭,后面提到他长长的思念。

长歌行

佚 名

[题解]

汉代《长歌行》古辞共三首,该首为首篇,最早见于《文选》卷二七。《乐府诗集》归入《相和歌辞·平调曲》。《事文类聚》前集卷六将颜延年作为该诗作者。张玉谷《古诗赏析》认为:"此警废学之诗。"该乐府质朴隽永,劝诫人们惜时奋进。"少壮不努力,老大乃伤悲"作为警句,千古流传。"长歌",郭茂倩据《文选》李善注所引,解题曰:"崔豹《古今注》曰:'长歌、短歌,言人寿命长短,各有定分,不可妄求。'按《古诗》云:'长歌弥激烈。'魏武帝(当作'魏文帝')《燕歌行》云:'短歌微吟不能长。'晋傅玄《艳歌行》云:'咄来长歌续短歌。'然则歌声有长短,非言寿命也。"

青青园中葵,朝露行日晞。①阳春布德泽,万物生光晖。②常恐秋节至,焜黄华蕊衰。③百川东到海,何时复西归？少壮不努力，老大乃伤悲。④

〔注释〕

①葵：一种蔬菜名。晞(xī)：晒干。行：《艺文类聚》作"待"。
②阳春：指阳光与雨露最为充足的春季。德泽：恩泽。
③焜(hún)黄：形容草木枯黄的样子。华：同"花"。
④乃：《艺文类聚》作"徒"。

〔译文〕

园中的葵菜郁郁葱葱，清晨的露珠在阳光下晒干。和煦的春光遍布恩泽，万物焕发出光彩。常常害怕秋季到来，花儿叶子枯萎色衰。百条江河东流入海，什么时候能够再往西归来？人在少壮之时若不及时努力，到衰老之时只能徒然悲伤。

短歌行

曹　操

〔题解〕

《短歌行》是曹操独创的新题乐府诗，在《乐府诗集》中属《相和歌辞·平调曲》，载有二首，《文选》只取其一。该诗慷慨激昂，表达了作者求贤若渴与建功立业的宏愿。朱嘉徵《汉魏乐府广序》云："魏公一生心事，吞吐往复，满口道不出，末四句略尽。"

曹操（155—220），字孟德，小字阿瞒，沛国谯县（今安徽亳州）人，三国时期著名政治家、军事家、文学家。东汉末年权相，汉献帝建安中封魏公,进爵为魏王。死后其子曹丕废献帝自立,追尊其为武帝。曹操知兵法,善诗文,开建安一代文风。其文学成就集中表现在乐府诗上,诗歌文辞质朴,风格雄健,慷慨悲壮,对后世影响深远。后人辑有《曹操集》。《三国志·魏书》有传。

对酒当歌,人生几何?譬如朝露,去日苦多。①慨当以慷,忧思难忘。②何以解忧?唯有杜康。③青青子衿,悠悠我心。④但为君故,沉吟至今。呦呦鹿鸣,食野之苹。我有嘉宾,鼓瑟吹笙。⑤明明如月,何时可掇?⑥忧从中来,不可断绝。越陌度阡,枉用相存。⑦契阔谈䜩,心念旧恩。⑧月明星稀,乌鹊南飞。绕树三匝,何枝可依?⑨山不厌高,海不厌深。周公吐哺,天下归心。⑩

[注释]

①朝露:早上的露水。因太阳出来不久就会被晒干,用来比喻光阴易逝。去日:过去的日子。

②慨当以慷:慨而且慷,同"慷慨",形容不平之情。

③杜康:相传为最初造酒的人。此处代指酒。

④"青青子衿"二句:出自《诗经·郑风·子衿》:"青青子衿,悠悠我心。纵我不往,子宁不嗣音?"青衿是周代学子的服装。衿,衣领。这里代指贤才。此处引用《子衿》成句,应以表示对贤才的思慕。

⑤"呦呦鹿鸣"四句:出自《诗经·小雅·鹿鸣》,表示自己优礼贤士的态度。呦呦,鹿鸣声。苹,艾蒿。瑟、笙,皆乐器名。

⑥"明明如月"二句:喻贤才难得。掇(duō),拾取。

⑦"越陌度阡"二句:言友人屈驾前来问候。陌、阡,田间小道。东西

曰陌,南北曰阡。枉,屈驾。存,问候。

⑧契阔谈䜩:久别重逢,宴饮畅谈。契阔,聚散,这里偏用"阔"的意思,谓久别。

⑨"月明星稀"四句:以乌鹊喻贤才,言其皆在寻找依托。匝,圈。

⑩"山不厌高"四句:言贤才多多益善,自己如周公那样求贤若渴。前两句借用《管子·形势解》"海不辞水,故能成其大。山不辞土石,故能成其高。明主不厌人,故能成其众"之意。后两句李善注引《韩诗外传》曰:"周公践天子之位。七年,成王封伯禽于鲁,周公诫之曰:'无以鲁国骄士,吾,文王之子,武王之弟也,成王叔父也。又相天下。吾于天下亦不轻矣!然一沐三握发,一饭三吐哺,犹恐失天下之士也。'"厌,满足。哺,咀嚼着的食物。

[译文]

对着美酒应当高歌,人生能有多少岁月?就像那清晨的露水转瞬即逝,已经过去的日子实在太多。心情不能平静,忧思难以忘怀。用什么才能排解忧愁?只有这杯中酒。身穿青色衣领服装的学子,远远地牵动我的心。只为贤人知己之故,沉思低吟到如今。鹿发出呦呦鸣叫,召唤同伴共食野苹。如果我有高朋嘉宾来,弹琴吹笙来相迎。贤才如同皎洁明月,何时才能揽于手中?忧愁从心中升起,不绝如缕绵绵无穷。友人穿过田间小道,屈驾前来探望我。久别重逢设宴畅谈,心中涌起昔日情谊。月儿明亮星星稀疏,乌鹊朝南飞去。绕树盘旋不停翻飞,不知哪一枝可以依托?山不会嫌峥嵘高峻,海不会嫌阔大幽深。周公谦逊礼遇贤才,天下之人诚心归顺。

燕歌行

曹　丕

〔题解〕

《燕歌行》在《乐府诗集》中属《相和歌辞·平调曲》。其题解曰:"《广题》曰:燕,地名也,言良人从役于燕而为此曲。"歌行前冠以地名,本为突出乐调的地方特色,后多用来表现各地风土人情。燕地势远,征戍不绝,故《燕歌行》多作离别之辞。本诗便描写了一位妇人对远方丈夫的思念,语言清丽,平易流畅,感情真挚。王夫之《船山古诗评选》赞曰:"倾情、倾度、倾色、倾声,古今无两。"

曹丕(187—226),字子桓,沛国谯县(今安徽亳州)人,曹魏开国皇帝,魏武帝曹操次子。曹丕博览经传,文武双全,于诗、赋、文学皆有所成,尤长于五言诗,与其父曹操和其弟曹植并称"建安三曹",其《典论·论文》是中国最早的文学理论与批评著作,其《燕歌行》则为现存最早的完整的文人七言诗。今存《魏文帝集》二卷。

秋风萧瑟天气凉,草木摇落露为霜。①群燕辞归雁南翔,念君客游思断肠。慊慊思归恋故乡,何为淹留寄他方?②贱妾茕茕守空房,忧来思君不敢忘,不觉泪下沾衣裳。③援琴鸣弦发清商,短歌微吟不能长。④明月皎皎照我床,星汉西流夜未央。⑤牵牛织女遥相望,尔独何辜限河梁?⑥

〔注释〕

①"秋风萧瑟天气凉"二句:《楚辞》:"悲哉！秋之为气也,萧瑟兮,草木摇落而变衰。"
②慊慊:心不满足的样子。
③茕(qióng)茕:孤单的样子。
④援:取。清商:乐调名。
⑤"明月皎皎照我床"二句:言不能入眠。李善注:"《古诗》曰:'明月何皎皎,照我罗床帷。'《毛传》曰:'夜如何其？夜未央。'"星汉:指众星和天河。夜未央:夜已深而未尽之时。
⑥"牵牛织女遥相望"二句:借牵牛与织女每年相会一次的传说,慨叹夫妇相离。辜:通"故",缘故。

〔译文〕

秋风发出喧响啊天气转凉,草枯叶落啊白露凝结为霜。群燕辞归啊大雁飞向南方,挂念夫君外游使我愁断肠。思虑忡忡,怀恋故乡,却为何滞留在他方？我孤苦伶仃独守空房,忧上心头想念你不敢相忘,不知不觉泪水已经沾湿衣裳。取琴弄弦奏起清商曲调,歌声短促不能舒缓悠扬。皎洁明月照耀在我床上,灿烂星河转向西方而夜正深长。牵牛织女遥遥相对望,你们为何被阻隔在银河两旁？

白马篇

曹　植

〔题解〕

　　《白马篇》以篇首二字为名,《乐府诗集》收在《杂曲歌辞·齐瑟行》,郭茂倩题解曰:"白马者,见乘白马而为此曲,言人当立功立事,尽力为国,不可念私也。"诗中描绘了边塞游侠儿身手矫健、忠君爱国的英勇形象。"捐躯赴国难,视死忽如归"两句豪情壮志,慷慨激昂,历来为人称引。

　　曹植简介见《洛神赋并序》。

　　白马饰金羁,连翩西北驰。①借问谁家子?幽并游侠儿。②少小去乡邑,扬声沙漠垂。③宿昔秉良弓,楛矢何参差。④控弦破左的,右发摧月支。⑤仰手接飞猱,俯身散马蹄。⑥狡捷过猴猿,勇剽若豹螭。⑦边城多警急,胡虏数迁移。羽檄从北来,厉马登高堤。⑧长驱蹈匈奴,左顾凌鲜卑。⑨弃身锋刃端,性命安可怀。⑩父母且不顾,何言子与妻?名编壮士籍,不得中顾私。⑪捐躯赴国难,视死忽如归。

〔注释〕

　　①羁:马络头。连翩:飞跑不停的样子。
　　②幽、并:幽州和并州,今河北、山西和陕西的一部分地方。

③垂:通"陲",边疆。
④宿昔:向来。秉:持。楛(hù)矢:以楛木为杆的箭。
⑤控弦:拉弓。的:靶心。月支:箭靶名。
⑥接:迎射对面飞来之物。猱(náo):猿类动物,体小,善攀援,轻捷如飞,故称"飞猱"。一说飞猱是一种箭靶。散:碎裂。马蹄:箭靶名。
⑦剽(piāo):行动疾速轻捷。螭(chī):传说中形状如龙的黄色猛兽。
⑧羽檄(xí):征兵的文书。书上插有羽毛,表示如鸟一样迅捷,古称羽檄。厉马:指策马。厉,奋起。
⑨蹈:践踏。凌:压倒,凌驾。
⑩怀:顾惜。
⑪中:指心中。

[译文]

　　白马装饰着金络头,矫健地奔往西北方。若问这是谁家子弟?那是幽并一带的游侠儿郎。少年就离别了家乡,威名远扬于沙漠边疆。素常总是手持良弓,长箭短箭参差不齐插满箭囊。校场张弓射破左边的目标,右边放箭射断月支箭靶。抬手可以射中迎面的飞猱,俯身能射碎马蹄箭靶。灵活敏捷超过猴猿,勇猛迅疾如同豹螭。边城军情多次告急,胡人兵马屡次寇边。征兵的羽书从北传来,扬鞭策马登上高高的堤岸。长驱直入冲入匈奴阵地,回头又冲进鲜卑军营。置身刀锋剑刃下,区区生命怎能顾惜?父母尚不能顾及,何况是孩子和妻子?名字既然已经列入壮士簿籍,心中就顾不得个人私事。勇于献身奔赴国家危难,把战死沙场看作回家一样。

挽　歌

挽歌诗

陶渊明

〔题解〕

《文选》"挽歌"类诗共收录缪袭、陆机、陶渊明三人五首作品。作品名称皆题曰"挽歌",创作内容皆以虚拟的方式叙写自己死亡与安葬的情境,并随之抒写自己对死亡的看法。

《挽歌诗》,《陶渊明集》题作《拟挽歌辞三首》,《文选》所收者为其三。该诗为诗人临终前的自挽之词,全诗意境开阔,行文自然。李格非赞曰"沛然从肺腑中流出,殊不见斧凿痕"(《冷斋诗话》),而"死去何所道,托体同山阿"二句传达出的对死生的旷达态度更是为人称引。

陶渊明(365—427),字元亮,东晋亡后更名潜,字渊明,别号五柳先生,谥号靖节,世称靖节先生,寻阳柴桑(今江西九江)人。东晋末至刘宋初杰出名士,曾做彭泽县令八十多天便辞官归隐,而有"不为五斗米折腰"的掌故。他擅长诗文,以田园诗成就最高,有"古今隐逸诗人之宗"的美誉。萧统曾搜集陶渊明遗世作品,编为《陶渊明集》。

荒草何茫茫,白杨亦萧萧。①严霜九月中,送我出远郊。四面无人居,高坟正嶕峣。②马为仰天鸣,风为自萧条。幽室一已闭,千年不复朝。③千年不复朝,贤达无奈何。向来相送人,各已归其家。亲戚或余悲,他人亦已歌。死去何所道,托体同山阿。④

〔注释〕

①茫茫:无边无际的样子。萧萧:风吹树木的声音。
②嶕(jiāo)峣(yáo):高耸的样子。
③幽室:指墓穴。朝:早晨。此指天亮。
④山阿:山陵。

〔译文〕

郊外荒草茫茫无边际,风吹白杨声音萧萧。严霜铺地的九月深秋,送我离家去至远郊。四面荒凉无人居住,座座坟丘高高耸立着。马儿为之仰天长鸣,风儿为之独自呼啸。墓穴一经封闭,漫漫岁月不见天日。漫漫岁月不见天日,贤人达士也无可奈何。刚刚前来送葬之人,已经各自回到家中。家人们有的还在悲伤,其他人却已把歌吟唱。死去了还有什么可说呢,不过把身体托放于山陵中。

杂　歌

《文选》"杂歌"类诗作共收录《荆轲歌》《汉高帝歌》两篇,就这两篇的创作内容来看,呈现出创作者以第一人称的身份吟诵自己作品的共同特征,且皆有序言以表明创作背景与缘由。就创作风格来讲,皆短小精悍,慷慨激昂,展现出很高的艺术价值。

荆轲歌 并序

荆　轲

〔题解〕

《荆轲歌》,《乐府诗集》中作《渡易水》,是荆轲自燕出发刺秦时,在易水饯别之际所作的歌辞。全篇虽只有两句,但慷慨激昂,气势磅礴,环境之萧杀苍凉,人物之凛然悲壮,全在其中,乃千古绝唱。原收录于《文选》卷二八。

荆轲(？—前227),战国末卫人,卫人称为"庆卿",游历至燕,燕人称为"荆卿",好读书击剑。田光将其推荐给燕太子丹,拜为上卿。因刺杀秦王,失败被杀。《史记》卷八六有传。

燕太子丹使荆轲刺秦王,丹祖送于易水上。[①]高渐离击筑[②],荆轲歌,宋如意和之曰[③]:

风萧萧兮易水寒,壮士一去兮不复还![④]

〔注释〕

①燕太子丹:战国末燕王喜太子。秦灭韩前,曾质于秦,因不受礼遇,逃出秦国。秦灭韩、赵后,侵略扩张至燕南界,丹震惧,派荆轲刺秦王。事败后,秦兵攻燕,被燕王喜斩首以献秦。秦王:即秦始皇嬴政。祖送:饯行。易水:水名。在今河北易县。

②高渐离:战国末燕人,擅长击筑,与荆轲为至交。荆轲赴秦,他到易

水为之壮行。筑:古弦乐器名。
③宋如意:战国末燕人,太子丹门客。和(hè):跟着唱。
④萧萧:风声。去:离开。

〔译文〕

燕太子丹派遣荆轲前去刺杀秦王,太子丹在易水岸边设宴饯行。高渐离击筑,荆轲高歌,宋如意跟着应和,唱道:
风声萧萧啊易水寒,壮士一旦离去啊不再回还!

汉高帝歌 并序

刘 邦

〔题解〕

《汉高帝歌》载《史记·高祖本纪》,《史记·乐书》作《三侯之章》;《艺文类聚》收录时以"大风"命名;《乐府诗集》收入《琴曲歌辞》,又题作《大风起》,亦有称《大风歌》者。汉高祖亲自率人马平定淮南王黥布之乱后,班师回朝,途经沛县,宴饮父老乡亲,酒酣耳热之际,击筑而歌。王世贞《艺苑卮言》赞曰:"《大风》三言,气笼宇宙,张千古帝王赤帜。"朱熹《楚辞后语》评曰:"自千载以来,人主之词,亦未有若是其壮丽而奇伟者也。呜呼雄哉!"原收录于《文选》卷二八。

刘邦(前256—前195),字季,沛县丰邑(今江苏丰县)人。初为亭长,起兵响应陈胜起义,自称沛公。后率军进入咸阳,灭秦,被项羽封为汉王。又与项羽战,败羽,建立汉朝,成为汉朝开国皇帝,史称汉高祖。另有《鸿鹄歌》传世。《汉书》卷一有传。

高祖还,过沛,留。置酒沛宫,悉召故人父老子弟佐酒,发沛中儿得百二十人,教之歌。①酒酣②,上击筑自歌曰:
　　大风起兮云飞扬,威加海内兮归故乡,安得猛士兮守四方!③

〔注释〕

　　①悉:全,都。佐酒:陪伴吃酒。发:召集。
　　②酣:酒喝得畅快时。
　　③大风起兮云飞扬:李善注:"风起云飞,以喻群凶竞逐,而天下乱也。"威加海内:威震天下。海内,四海之内,指天下。猛士:李善注:"夫安不忘危,故思猛士以镇之。"全句表达了刘邦扫荡群雄,平定天下,坚守统一大业的豪情壮志。

〔译文〕

　　汉高祖攻打黥布返回,经过沛县,停留下来。在沛宫置办酒宴,邀请旧友、父老兄弟饮酒。又召集沛县儿童一百二十人,教他们唱歌。酒喝到高兴处,高祖击筑放声高歌道:
　　大风骤起啊乱云飞扬,威震天下啊回到故乡,如何得到猛士啊镇守四方!

杂　诗

古诗十九首

佚　名

　　《古诗十九首》最早见于《文选》,大约是东汉末年的作品,其作者姓名如今已不得而知。"古诗"本是六朝人对汉魏诗歌的统称。因这十九首诗时代风貌和艺术风格相近,萧统在编《文选》时便将它们编为一组,后来《古诗十九首》便成了这组五言诗的专称。沈德潜《说诗晬语》云:"《古诗十九首》,不必一人之辞,一时之作。大率逐臣弃妻,朋友阔绝,游子他乡,死生新故之感。"东汉末年,社会混乱,外出游学求仕的士人大多尝尽艰辛,他们彷徨苦闷,发而为诗,于是便有了许多或伤离怨别,或叹老嗟卑,或感节序如流,或悲人生无常,或叹知音稀少,或怨友情浇薄的作品。这些作品也真实地反映了当时知识分子失意沉沦的心境。《古诗十九首》语言质朴,感情真挚,表现婉曲,形象生动,在艺术上有较高的造诣。钟嵘《诗品》赞其"文温以丽,意悲而远,惊心动魄,可谓几乎一字千金"。刘勰《文心雕龙·明诗》说它"结体散文,直而不野,婉转附物,怊怅切情,实五言之冠冕也"。《古诗十九首》也是我国古代五言诗成熟的标志,对后世产生了深远的影响。

其一

[题解]

　　该诗大概是一首思妇怀人之作。第一句用重叠的句式表示一去不复返的分离。"相去万余里"四句,极写分别的久远。以上六句构成分别时的情形。中间四句转入现实的景物描写。"胡马"与"越鸟"对映成趣,其行为与游子的不归形成强烈对比。"相去日已远,衣带日已缓",极写分别的时间久远,与此同时刻骨的相思也一天比一天强烈。最后四句更是强烈抒发了作者的相思之情与牵挂之意。

　　行行重行行,与君生别离。①相去万余里,各在天一涯。②道路阻且长,会面安可知?③胡马依北风,越鸟巢南枝。④相去日已远,衣带日已缓。⑤浮云蔽白日,游子不顾反。⑥思君令人老,岁月忽已晚。⑦弃捐勿复道,努力加餐饭!⑧

[注释]

　①重行行:言行之不止也。生别离:活生生分离,即生离死别之意。《楚辞·九歌·少司命》:"悲莫悲兮生别离,乐莫乐兮新相知。"
　②相去:相距。
　③阻:险阻,艰险。《诗经·秦风·蒹葭》:"溯洄从之,道阻且长。"
　④"胡马依北风"二句:李善注引《韩诗外传》:"诗曰:'代马依北风,飞鸟栖故巢。'皆不忘本之谓也。"胡马,指北方的马。依,依恋。越鸟,南方的鸟。

⑤日已远：一天比一天远。已：同"以"。缓：松弛。衣带日渐宽松，表示人因相思而日渐消瘦。汉乐府《古歌》："离家日趋远，衣带日趋缓。"

⑥"浮云蔽白日"二句：《文选》李善注曰："以喻邪佞之毁忠良，故游子之行不顾反也。《文子》曰：'日月欲明，浮云盖之。'陆贾《新语》曰：'邪臣之蔽贤，犹浮云之障日月。'《古杨柳行》曰：'谗邪害公正，浮云蔽白日。'"顾，念。反，同"返"。

⑦岁月忽已晚：朱自清《古诗十九首释》："'岁月忽已晚'和《东城高且长》一首里'岁暮一何速'同义，指的是秋冬之际岁月无多的时候。"晚，既指岁暮，也指年老。

⑧弃捐勿复道：一说将心中的烦恼抛开，不必再说了；一说自己被丈夫抛弃，不必再说了。捐，与"弃"同义。弃捐，即抛弃。努力加餐饭：一说希望丈夫努力加餐，一说勉励自己努力加餐。

〔译文〕

走啊走啊不停地走，你我就这样生生分离。相隔一万多里，我们各居天涯一方。道路艰险漫长，谁知下次相会在何时？南来的胡马仍依恋凛冽的北风，北飞的越鸟还在南向的树枝上筑巢。分别的日子越来越久，衣带渐宽人也愈发消瘦。天上的浮云遮蔽了白日，在外的游子也不顾念着回家。思念令人日渐憔悴，转眼之间又快到年关。丢开这些烦恼不要再提，希望你能保重身体多加餐饭。

其二

〔题解〕

该诗主要描写思妇的春愁。少妇凭窗远眺，明媚的春光带给她更多的不是喜而是怨。大好的春光，大好的青春，而她却独自一人,独守空房,难免心生不悦。本诗连用叠字却又不着痕迹,甚是高明。顾炎武《日知录》曰:"诗用叠字最难。《卫诗》:'河水洋洋,北流活活。施罛濊濊,鱣鲔发发。葭菼揭揭,庶姜孽孽。'连用六叠字,可谓复而不厌,赜而不乱矣。《古诗》:'青青河畔草,郁郁园中柳。盈盈楼上女,皎皎当窗牖。娥娥红粉妆,纤纤出素手。'连用六叠字,亦极自然,下此即无人可继。"

青青河畔草,郁郁园中柳。①盈盈楼上女,皎皎当窗牖。②娥娥红粉妆,纤纤出素手。③昔为倡家女,今为荡子妇。④荡子行不归,空床难独守。

〔注释〕

①郁郁:繁密茂盛的样子。

②盈盈:美好的仪态。皎皎:白皙明媚的样子。当:面临。牖(yǒu):窗户。

③娥娥:形容美好的容貌。纤纤:细长,常用来形容女子的手指。

④倡家女:歌舞女,与后世的娼妓不同。荡子:在外乡游荡不归的人,近于游子。《文选》李善注引《列子》曰:"有人去乡土游于四方而不归者,世谓之为狂荡之人也。"这里和后世所说的游手好闲的浪子不同。

〔译文〕

河畔的水草青青,园中的柳树葱葱。楼上姿容美好的女子啊,皮肤白皙光艳,站在窗边观赏美景。美好的容貌,艳丽的妆饰,纤细又白净的双手。过去曾是歌舞艺人,如今做了荡子的媳妇。荡子外出久久不归,家中的空床清冷实在难以独守。

其三

〔**题解**〕

该诗是一首忧时伤己的感兴之作。前半部分从人生短促之感,写到及时行乐的愿望和行动,情绪显得有些消极。后半部分叙述权贵们的享受,并以自己的戚戚忧迫与之对比,隐约流露出对现实的不满。

青青陵上柏,磊磊涧中石。①人生天地间,忽如远行客。②斗酒相娱乐,聊厚不为薄。③驱车策驽马,游戏宛与洛。④洛中何郁郁,冠带自相索。⑤长衢罗夹巷,王侯多第宅。⑥两宫遥相望,双阙百余尺。⑦极宴娱心意,戚戚何所迫?⑧

〔**注释**〕

①青青陵上柏:《庄子·德充符》:"受命于地,唯松柏独也,在冬夏青青。"陵,大的土山或坟墓。磊磊:众石垒积貌。涧:山沟。

②"人生天地间"二句:李善注:"《尸子》:'老莱子曰:"人生于天地之间,寄也,寄者固归。"'《列子》曰:'死人为归人,则生人为行人矣。'《韩诗外传》曰:'枯鱼衔索,几何不蠹。二亲之寿,忽如过客。'"

③斗酒:指不多的酒。斗,酒器。聊厚不为薄:张庚《古诗十九首解》:"斗酒本薄,我亦未尝不知其薄,而聊以为厚,不以为薄,真足娱乐矣。"聊,粗略,姑且。薄,这里指酒味清淡。

④策:鞭打。驽马:劣马。策驽马出游,亦"聊厚不薄"之意。宛(yuān):宛县,今河南南阳,东汉时为南阳郡治所所在,有南都之称。洛:

洛阳,东汉都城。

⑤郁郁:指人物众多,气象繁盛。冠带自相索:谓达官贵人之间互相访求,自成交游圈,不与他们地位低的人来往。冠带,代指贵人。索,求,探访。

⑥衢(qú):四通的大道,即大街。夹巷:夹在大街两旁的小巷,犹今之胡同。

⑦两宫:洛阳城的南北两宫。李善注引蔡质《汉官典职》:"南宫北宫,相去七里。"双阙:指南北宫前两边的望楼。

⑧极宴:尽情地享乐。宴,安乐。戚戚何所迫:一说指豪贵之人,一说指诗人自己。戚戚,忧愁貌。《论语·述而》:"君子坦荡荡,小人长戚戚。"迫,指心情受到压抑。

[译文]

高山上的柏树四季常青,沟中的石头长年堆积。人生在天地之间,匆匆就如同远行的过客。区区斗酒以娱乐心意,虽量少、味淡,却胜过豪华席宴。驾起车来赶着劣马,到宛城与洛城游戏。洛阳城中何其繁盛,达官显贵之间互访来往如梭如织。在大街两旁罗列的小巷当中,颇多王侯的府第住宅。南北两宫遥遥相对,两座望楼高有百余尺。尽情享受来愉悦自己的心意,为何又突然忧上心头?

其六

[题解]

这是一首写游子思乡怀人的诗。客游他乡,思念故土,乃是人之常情。作为本篇的主题,诗人真正的感慨其实是"同心而离居,忧伤以终老"两句。古乐府《白头吟》:"愿得一心人,白头不相离。"然而现在却是"同心而离居"。诗歌由相思而采芳草,由采芳草而想到妻子,因而举头望乡,又由望乡而回到相思。全诗回环曲折,于不觉之中感人至深。

涉江采芙蓉,兰泽多芳草。① 采之欲遗谁?所思在远道。② 还顾望旧乡,长路漫浩浩。③ 同心而离居,忧伤以终老。④

〔注释〕

① 芙蓉:荷花。一名莲花。兰泽:长有兰草的低湿之地。
② 遗(wèi):赠送。《楚辞·九歌·山鬼》:"折芳馨兮遗所思。"所思:所思念的人。远道:犹言远方。
③ 还顾:回头看。旧乡:故乡。浩浩:形容前路宽阔无边。
④ 同心:形容夫妇之间感情真挚融洽。

〔译文〕

涉水到江中去采莲花,还在兰泽采了许多兰花草。采来花草想要赠送给谁呢?我所思念的人在远方。回头眺望久别的故乡,只见长路漫漫,无边无际。感情很深的爱人长久分离,恐怕要彼此忧伤直到终老。

其十

〔题解〕

该诗借天上的牛郎织女的故事,写人间的男女相思之情。李因笃《汉诗音注》:"写无情之星,如人间好合绸缪,语语认真,语语神化。"牵牛与织女的名称,《诗·小雅·大东》篇已见,但仅仅是从星的形象引发想象。这首诗较早地借用牵牛织女的故事表现夫妇之间的离情别意,且赋予了其平民化的色彩,广为传颂,影响深远。

迢迢牵牛星,皎皎河汉女。①纤纤擢素手,札札弄机杼。②终日不成章,泣涕零如雨。③河汉清且浅,相去复几许。④盈盈一水间,脉脉不得语。⑤

〔注释〕

①迢迢:遥远的样子。牵牛星:俗称牛郎星,为天鹰星座主星,在银河的南边。皎皎:明亮的样子。河汉:即银河。河汉女,指织女星,为天琴星座的主星,在银河的北面,与牵牛星隔河相对。牵牛织女为夫妇的传说大约产生于西汉。

②擢(zhuó):举,摆动。素:白。札札:织机声。机杼(zhù):织机上穿引横线的梭子。

③不成章:织不成纹理。《诗经·小雅·大东》:"跂彼织女,终日七襄。虽则七襄,不成报章。"说织女徒有虚名,不会织布。这里袭用其词,说织女因相思无心织布,故终日织不出成品。章,指布帛的纹理。泣涕零如雨:零,落。《诗经·邶风·燕燕》:"瞻望弗及,泣涕如雨。"

④几许:多少。

⑤盈盈:清浅的样子。脉脉:"眽眽"的俗写,含情相视,静静无言的样子。一本作"默默"。

〔译文〕

牵牛星远远地挂在天际,银河对面是明亮的织女星。织女摆动着纤细白净的双手,札札地投梭织布忙个不停。但她终日忙碌却织不成布匹,因为相思整日泣涕如雨。银河总是那样地清澈,看起来很浅,牛女二星彼此相隔又能有多少距离呢?一道清浅的银河横隔在中间,他们只能含情相望,却不能言语。

与苏武三首

李 陵

〔题解〕

《与苏武三首》传为李陵在匈奴写给苏武的赠别诗。钟嵘《诗品》将其列为上品。但这样成熟的五言诗不大可能在苏、李时代产生,加之其内容可疑,故六朝时即有人怀疑此为伪托。刘勰《文心雕龙·明诗》:"至成帝品录,三百余篇,朝章国采,亦云周备。而辞人遗翰,莫见五言,所以李陵、班婕妤见疑于后代也。"后来学者,有人遵萧统、钟嵘之说,也有人认为是出于伪托。尽管如此,这几首诗在艺术上仍有较高的成就,并对后世产生了较大的影响。刘熙载《艺概·诗概》云:"李陵赠苏武五言,但叙别愁,无一语及于事实,而言外无穷,使人黯然不可为怀。"

李陵(?—前74),字少卿,陇西成纪(今甘肃秦安西北)人。西汉名将李广之孙。天汉二年(前99),武帝命李广利率骑兵三万出酒泉(今属甘肃),李陵率步兵五千出居延(在今内蒙古额济纳旗北境),以击匈奴。结果李陵被匈奴大军围困,战至山穷水尽之后,选择了投降。其生平事迹详见《史记·李将军列传》《汉书·李广苏建传》。

其三

携手上河梁,游子暮何之?①徘徊蹊路侧,恨恨不得辞。②行人难久留,各言长相思。安知非日月,弦望自有时?③努力崇明德,皓首以为期。④

〔注释〕

①梁:桥。之:往。
②蹊(xī):小路。悢(liàng)悢:惆怅的样子。不得辞:一作"不能辞",谓惆怅至极,在临别之时不知该如何话别。
③日月:复词偏义,指月亮,以月之圆缺喻人之离合。弦望:月形如弓时称弦月,每月十五月圆时称望。
④崇:高。明德:美德。皓首:白头,借指老年。

〔译文〕

拉着你的手啊,我们一起走上河边的小桥。这时天都快黑了,在外漂泊的游子你还去哪儿呢?在河边的小路上徘徊,内心无比惆怅,一时间竟不知该说些什么告别的话语。我知道没办法让你久留,临别之际只好依依不舍互诉相思。怎知我们不会像天上的月亮一样,圆缺有时,离合可期?但愿我们一起努力,不断提高美德,一直到白发苍苍的时候方可止息。

诗四首

苏 武

〔题解〕

苏武的《诗四首》跟李陵的《与苏武三首》情况相似。传为苏武所作,但很可能是东汉末年的托名之作。虽然有可能是托名之作,但其艺术造诣较高,影响也很深远。

苏武(约前140—前60),杜陵(今陕西西安)人,西汉时期杰出的外交家,民族英雄。苏武在汉武帝时担任郎官,天汉元年(前100),奉命以中郎将身份持节出使匈奴,不幸被匈奴扣留。匈奴的贵族多次威逼利诱,想让苏武投降,但苏武坚决不肯屈从。此后,匈奴让苏武去北海边牧羊,并扬言要等公羊生子方可放他回国。苏武历尽艰辛,留居匈奴十九年,持节不屈。汉昭帝始元六年(前81),苏武获释归汉。神爵二年(前60),苏武去世,享年八十余岁。苏武忠贞爱国的形象不仅名著当时,而且对后世也产生了深远影响。《汉书》赞其"使于四方,不辱君命"。后来,"苏武牧羊"也成为坚贞不屈的精神象征。

其三

结发为夫妻,恩爱两不疑。① 欢娱在今夕,嬿婉及良时。② 征夫怀往路,起视夜何其?③ 参辰皆已没,去去从此辞。④ 行役在战场,相见未有期。⑤ 握手一长叹,泪为生别滋。⑥ 努力爱春华,莫忘欢乐时。⑦ 生当复来归,死当长相思。

[注释]

①结发:束发,借指男女刚成年之时。古代男子二十岁束发加冠,女子十五岁束发加笄,表示成年。

②嬿(yàn)婉:欢好的样子。

③夜何其(jī):夜里什么时候。《诗经·小雅·庭燎》:"夜如何其?"其,表疑问的语气词。

④参辰:星名。皆已没:犹言天快要亮了。去去:叠字以加重语气。
⑤行役:应征服役。
⑥生别:生离死别。滋:多。
⑦春华:青春年华。李善注:"喻少时也。"

〔译文〕

　　刚刚成年我们就结成了夫妻,从此恩恩爱爱,彼此之间从无猜疑。今晚尽情地欢笑缠绵吧,莫要错过这美好的时刻。奈何丈夫始终忘不掉即将要踏上征途,夜半还不忘爬起来看看是什么时辰。满天繁星都已沉没,天就要亮了。走了走了我们就此别离。应征服役,奔赴遥远的战场,至于何时再见,实在是难以预期。紧握双手,长叹一声,泪流不止,都为这死别生离。珍惜我们的青春年华,别忘了曾经在一起的快乐日子。活着就一定回来同你团聚,不幸战死也会永远地思念着你。

四愁诗四首

张　衡

〔题解〕

　　《四愁诗四首》作于张衡出任河间相期间。诗前有短序言:"张衡不乐久处机密,阳嘉中出为河间相。时国王骄奢,不遵法度,又多豪右并兼之家。……时天下渐弊,郁郁不得志,为《四愁诗》。屈原以美人为君子,以珍宝为仁义,以水深雪雾为小人。思以道术相报,贻于时君,而惧谗邪不得以通。"依序意,知该诗因作者有感于天下渐弊,郁郁不得志而作;在写作手法上,效仿屈原,托兴引喻,借怀人愁思以抒发忧世伤时、怀才不遇之情。清人《消寒诗话》评曰:"盖以东西南北分也。东泰山,南桂林,西汉阳,北雁门。时东汉天下渐乱,其以'四方'分'四愁',即诗人'我瞻四方,蹙蹙靡所骋'之意。"

《四愁诗四首》始见于《文选》,在创作形式上每章七句,每句七言,反复咏唱,缠绵悱恻,《艺苑卮言》誉其为"千古绝唱"。虽然此前有不少诗作也有采用七言句式,但没有如张衡这样通篇皆为完整的七言句式。可以说,张衡《四愁诗四首》在创作实践上开启了七言诗之先河,对后世七言诗的形成与发展产生了较大影响。

张衡简介见前文《归田赋》。

一思曰:我所思兮在太山,欲往从之梁父艰。①侧身东望涕沾翰。②美人赠我金错刀,何以报之英琼瑶。③路远莫致倚逍遥,何为怀忧心烦劳?④

二思曰:我所思兮在桂林,欲往从之湘水深。⑤侧身南望涕沾襟。美人赠我金琅玕,何以报之双玉盘。⑥路远莫致倚惆怅,何为怀忧心烦伤?

三思曰:我所思兮在汉阳,欲往从之陇阪长。⑦侧身西望涕沾裳。美人赠我貂襜褕,何以报之明月珠。⑧路远莫致倚踟蹰,何为怀忧心烦纡?⑨

四思曰:我所思兮在雁门,欲往从之雪纷纷。⑩侧身北望涕沾巾。美人赠我锦绣段,何以报之青玉案。⑪路远莫致倚增叹,何为怀忧心烦惋?⑫

〔注释〕

①太山:即泰山。从:追随。梁父:泰山下的小山名。李善注曰:"太山以喻时君,梁父以喻小人也。"

②翰:衣襟。

③金错刀:一说钱币名,一说佩刀。错,镀金。李善注引谢承《后汉书》曰:"诏赐应奉金错把刀。"美人所赠,作佩刀解释更贴合。英:通"瑛",似玉的美石。琼、瑶:皆为美玉。

④致:送达。倚:通"猗",助词。逍遥:同"彷徨",形容心情不安。劳:忧愁。

⑤桂林:郡名。在今广西。湘水:源于广西,经湖南流入洞庭。

⑥金琅(láng)玕(gān):即金镶玉。琅玕,似玉的美石。

⑦汉阳:指西汉时天水郡,东汉明帝时改作汉阳,治所在今甘肃甘谷。陇(lǒng)阪(bǎn):即陇山,在今陕西陇县,绵亘百里,在古代以迂回险峻著名。

⑧貂襜(chān)褕(yú):貂皮做的直襟袍子。明月珠:宝珠名。

⑨纡(yū):弯曲,形容心情烦乱。

⑩雁门:郡名。在今山西西北部。

⑪案:小几。

⑫悁:怨恨。

〔译文〕

一思为:我所思慕的美人啊在东边泰山,想要前去追随她梁父太艰险。侧着身子向东边望去落泪湿衣衫。美人赠给我黄金镀边的佩刀,用什么来报答她呢就用那美玉琼瑶。路途太遥远了不能送达啊心生彷徨,为何要这般忧愁满心烦恼?

二思为：我所思慕的美人啊在南边桂林，想要前去追随她湘水太幽深。侧着身子往南边望去落泪湿衣襟。美人赠给我金镶着的美玉，用什么来报答她呢就用那一对玉盘。路途太遥远了不能送达啊心生惆怅，为何要这般惆怅满心烦扰？

三思为：我所思慕的美人啊在西边汉阳，想要前去追随她陇阪太漫长。侧着身子往西边望去落泪湿衣裳。美人赠给我貂皮做的直襟衫，用什么来报答她呢就用那明月宝珠。路途太遥远了不能送达啊心生犹疑，为何要这般悲伤满心不畅？

四思为：我所思慕的美人啊在北边雁门，想要前去追随她大雪纷飞。侧着身子向北边望去落泪湿衣巾。美人赠给我成匹的绫罗绸缎，用什么来报答她呢就用那青玉案。路途太遥远了不能送达啊心生叹息，为何要这般愁肠满心烦怨？

杂诗二首

陶渊明

〔题解〕

《杂诗二首》，《陶渊明集》归入《饮酒二十首》。其序云："余闲居寡欢，兼比夜已长，偶有名酒，无夕不饮。顾影独尽，忽焉复醉。既醉之后，辄题数句自娱。"可见，诗为秋夜酒后所作。《其一》是陶渊明的名篇，写诗人心远地偏、悠然自得的情怀。王国维《人间词话》将诗分为"有我之境"和"无我之境"，并将"采菊东篱下，悠然见南山"列入所谓的"无我之境"。

诗 | 161

其一

结庐在人境,而无车马喧。①问君何能尔?心远地自偏。②采菊东篱下,悠然见南山。③山气日夕佳,飞鸟相与还。④此还有真意,欲辩已忘言。⑤

〔注释〕

①结庐:盖房子,此指居住。人境:众人聚居之处。车马喧:借指俗世交往的纷扰。

②君:作者自称。尔:如此。心远:心胸高远。即不慕名利,不与世俗合流。

③悠然:安闲的样子。见:或作"望"。苏轼《东坡题跋》:"因采菊而见山,境与意会,此句最有妙处。近岁俗本皆作'望南山',则此一篇神气都索然矣。"南山:此指庐山。

④山气:山中景象。日夕:傍晚。相与还:指鸟儿结伴而归。

⑤此:指此时此地的境界。还:或作"中"。真意:脱离世俗的自然意趣。即《庄子·渔父》所谓:"真者,所以受于天也,自然不可易也。故圣人法天贵真,不拘于俗。"欲辩已忘言:自己领会了自然的意趣,却忘了该用怎样的语言来加以表达。即《庄子·外物》所谓:"言者所以在意,得意而忘言。"

〔译文〕

在纷纷攘攘的地方建房居住,却没有感到车来马往的喧嚣。请问你是怎么做到这一点的呢?心远,所居之地自然就偏了。在东边的篱笆下采摘菊花,悠然自得地仰头望见南山。山中的景象临近傍晚更觉美好,一群飞鸟结伴飞回了自己的巢穴。此情此景,包含无尽的自然意趣,想要表达却又不知道该如何言说。

杂 拟

杂拟体诗三十首

江 淹

〔题解〕

　　杂拟,古诗诗体之一。指各种模拟前人作品写成的诗。《文选·诗·杂拟上》刘良注曰:"杂,谓非一类。拟,比也;比古志以明今情。"张溥《汉魏六朝百三家集题辞注》评曰:"文通(江淹)《杂体》三十首,体貌前哲,欲兼关西、邺下、河外、江南,总制众善。"江淹所拟的对象,是汉至刘宋明帝时五言诗的主要诗人。他想以拟诗的形式来再现众多诗人的风格,从而显现五言诗的嬗变。严羽《沧浪诗话》言:"拟古惟江文通最长,拟渊明似渊明,拟康乐似康乐,拟左思似左思,拟郭璞似郭璞,独拟李都尉一首,不似西汉耳。"胡应麟《诗薮》曰:"文通拟汉三诗俱远,独魏文、陈思、刘桢、王粲四作,置之魏风莫辨,真杰思也。"

　　《古别离》是乐府"杂曲歌辞"之旧题。《乐府诗集·杂曲歌辞·古别离》:"《楚辞》:'悲莫悲兮生别离。'《古诗》曰:'行行重行行,与君生别离。'后苏武使匈奴,李陵与之诗曰:'良时不可再,离别在须臾。'故后人拟之为《古别离》。"梁简文帝的《生别离》,李白的《远别离》,以及后来所谓的《久别离》《新别离》《今别离》《暗别离》《别离曲》等,都是此类。这类诗大多写男女离别,具有浓烈感伤情调。

其一　古离别

远与君别者,乃至雁门关。黄云蔽千里,游子何时还。送君如昨日,檐前露已团。①不惜蕙草晚,所悲道里寒。②君在天一涯,妾身长别离。愿一见颜色,不异琼树枝。③兔丝及水萍,所寄终不移。④

〔注释〕

①露已团:露珠圆圆的样子,犹言露水很浓。《诗经·郑风·野有蔓草》:"野有蔓草,零露漙(tuán)兮。"漙,同"团"。

②蕙草:即蕙兰,香草也。比喻思妇。晚:年老,此指妇人年老色衰。道里:旅途。

③琼树:即玉树,相传生在昆仑仙山,故难得一见。

④兔丝:草名,即菟丝子。蔓生,常缠附于其他植物而生长。水萍:即浮萍。兔丝与水萍皆喻思妇。寄:寄托,委身。

〔译文〕

这一次离别,夫君将到那遥远的雁门关去。一路上无尽的黄沙尘土,夫君啊,你何时才会归来。送别时的情景,犹如昨日,历历在目,但是屋檐前的露水已经很浓。我的容颜似蕙草般衰落也没有什么可惜的,我担心的是你旅途饥寒。你远在天涯,与我分别了那么长时间。盼望着见你一面,就像见到玉树仙葩一样困难。兔丝攀缠着松柏,浮萍在水面起伏,我既委身于你,此生便不再改变。

杂 文

骚

离骚(节选)

屈 原

[题解]

"骚",这里实指楚辞。《文选》为区分楚辞与汉赋,单列屈原《离骚》为一类文体,此后人们便常以"骚"或"骚体"代称楚辞。《离骚》是屈原的代表作,也是我国古典文学中最长的一首抒情诗,大约写于楚怀王十六年(前313),即屈原被上官大夫逸毁而离开郢都之时。《离骚》是屈原用自己的生命所熔铸的宏伟诗篇,闪耀着诗人鲜明的个性光辉。关于篇名的意义,说法较多。常见者如司马迁《史记·屈原列传》解释为"离骚者,犹离忧也";班固《离骚序赞》诠释为"离,犹遭也;骚,忧也。明己遭忧作辞也";王逸《楚辞章句·离骚经序》则言"离,别也;骚,愁也。经,径也。言己放逐别离,中心愁思,又依道径以讽谏君"。

屈原的作品多揭露楚国的黑暗政治,并运用"香草美人"的比兴手法,把抽象的美德和复杂的现实生动形象地表现了出来。在语言形式上,屈原突破了《诗经》以四字句为主的格局,句子参差错落,灵活多变;句中句尾多用"兮"字来协调音节,造成起伏回宕、一唱三叹的韵致。屈原的作品无论是内容还是形式都极具创造性。鲁迅在《汉文学史纲要》盛赞屈原作品"逸响伟辞,卓绝一世",并认为"其影响于后来之文章,乃甚或在《三百篇》以上"。

屈原(约前339—约前278),名平,字原,战国时期楚国诗人、政治家。屈原曾为楚怀王左徒,还曾担任过"三闾大夫"。他辅佐怀王,对外主张联齐抗秦,对内主张政治改革,但却遭到权贵们的中伤和打击,先是被疏远,后被逐出朝廷,流放到汉北地区。顷襄王继位之后,屈原又被流放到江南地区。楚顷襄王二十一年(前278),楚国郢都被秦军攻破后,屈原深感楚国灭亡之势已定,遂自投汨罗江,以死明志。《史记》卷八四有传。

帝高阳之苗裔兮,朕皇考曰伯庸。①摄提贞于孟陬兮,惟庚寅吾以降。②皇览揆余初度兮,肇锡余以嘉名。③名余曰正则兮,字余曰灵均。④纷吾既有此内美兮,又重之以修能。⑤扈江离与辟芷兮,纫秋兰以为佩。⑥汨余若将不及兮,恐年岁之不吾与。⑦朝搴阰之木兰兮,夕揽洲之宿莽。⑧日月忽其不淹兮,春与秋其代序。惟草木之零落兮,恐美人之迟暮。⑨不抚壮而弃秽兮,何不改此度也?乘骐骥以驰骋兮,来吾导夫先路。

〔注释〕

①帝高阳:指楚人的远祖祝融。《史记·楚世家》:"楚之先出自帝颛顼高阳。"朱熹《楚辞集注》:"苗裔,远孙也。苗者,草之茎叶,根所生也。

裔者,衣裾之末,衣之余也。故以为远末子孙之称也。"朕:古代的第一人称代词。王逸《楚辞章句》:"我也。"至秦始皇,"朕"才成为帝王自称的专用名词。皇考:亡父的尊称。伯庸:王夫之《楚辞通释》:"伯庸其字,古者讳名不讳字。"

②摄提:指寅年。王逸《楚辞章句》:"太岁在寅曰摄提格。"贞:正,正指着。孟陬:孟春正月,寅月。王逸《楚辞章句》:"孟,始也。正月为陬。"庚寅:寅日。王逸《楚辞章句》:"日也。"即屈原生于寅年寅月寅日。后人据此推算屈原生在楚威王元年(前339)正月十四日。

③皇:皇考的省称。览:观察。揆:衡量,揣测。王逸《楚辞章句》:"度也。"初度:初生的时日。肇:即"兆",卦兆。

④正则:王逸《楚辞章句》:"正,平也。则,法也。"灵均:是带有神性色彩的名字。王逸《楚辞章句》:"灵,神也。"均,均匀、公平。

⑤纷:多的样子。内美:指先天具有的良好美德。修能:即修饰的才能。与内美相对,后天的修饰,主要指人的道德品质和学术修养。

⑥扈:披。王逸《楚辞章句》:"扈,被也。楚人名被为扈。"江离:香草名。即川芎。辟芷:生长在幽僻处的芷草。辟,幽僻。芷,香草名。即白芷。纫:结也。动词,把香草结成索。秋兰:秋天的兰草。

⑦汩(yù):比喻光阴如逝水。王逸《楚辞章句》:"汩,去貌。疾若水流也。"不吾与:不等待我。与,待。

⑧搴(qiān):拔取。阰(pí):土坡。木兰:香木名,又名辛夷。揽:采。宿莽:王逸《楚辞章句》:"草冬生不死者,楚人名曰宿莽。"

⑨美人:一说指楚怀王,一说指贤士。

[译文]

　　我是古帝高阳氏的后裔,先父字曰伯庸。寅年寅月,正当寅日的那一天,我出生了。父亲仔细揣测我的生辰,根据先祖显现的卦兆赐给我相应的美名。父亲给我取的名为正则,字作灵均。

上天赋予我很多良好的素质,我还不断加强自己的道德修养。我把江离与芷草披在肩上,把秋兰连接成索佩挂在腰间。光阴如水,我好像就要追赶不上,恐怕岁月不会等待我吧。早晨我在山坡上采集木兰,傍晚在小洲中摘取宿莽。时光飞逝不会久留,春去秋来不断地轮换。看到草木由荣到枯,担心自己也会一天天衰老。何不趁着壮年扬弃秽政,为什么还不改变这些错误的法度?跨上千里马纵横驰骋吧,让我在前面为你引路。

昔三后之纯粹兮,固众芳之所在。①杂申椒与菌桂兮,岂维纫夫蕙茝。②彼尧舜之耿介兮,既遵道而得路。③何桀纣之猖披兮,夫唯捷径以窘步。④惟党人之偷乐兮,路幽昧以险隘。⑤岂余身之惮殃兮,恐皇舆之败绩。⑥忽奔走以先后兮,及前王之踵武。⑦荃不察余之忠情兮,反信谗而齌怒。⑧余固知謇謇之为患兮,忍而不能舍也。⑨指九天以为正兮,夫唯灵修之故也。⑩初既与余成言兮,后悔遁而有他。⑪余既不难离别兮,伤灵修之数化。⑫

〔注释〕

①三后:王逸注曰:"后,君也,谓禹汤文王也。"戴震认为当在楚言楚,三后为楚先君之熊绎、若敖、蚡冒。纯粹:没有杂质,指德行完美,公正无私。众芳:比喻群贤。

②"杂申椒与菌桂兮"二句:比喻三后求贤的普遍和贤才的众多。杂,

杂用,兼有。茝(chǎi):香草名。

③耿介:守正不阿,专一有节度。

④何桀纣之猖披兮:即"桀纣何猖披"。何,何等。猖披,衣不束带,代指放纵妄行。捷径:犹邪路。《楚辞补注》:"捷,邪出也。"

⑤党人:指当时结党营私的腐朽贵族集团。婾:通"愉",与"乐"同义。幽昧:昏暗不明。

⑥惮(dàn)殃:畏惧灾难。皇舆:王逸《楚辞章句》:"皇,君也。舆,君之所乘,以喻国也。"败绩:这里指国家倾覆。戴震《屈原赋注》:"车覆曰败绩。"

⑦忽:匆匆忙忙的样子。踵武:朱熹《楚辞集注》:"踵,足跟也。武,迹也。"

⑧荃:这里指楚怀王。王逸《楚辞章句》:"以喻君也。"䎃(jì)怒:盛怒。

⑨謇(jiǎn)謇:朱冀《离骚辩》:"直言貌。"

⑩正:通"证"。灵修:楚人对君王的美称,这里指楚怀王。王逸注曰:"灵,神也;修,远也。能神明远见着者,君德也,故以谕君。"

⑪成言:约定。悔遁:变心。有他:有了另外的打算。

⑫离别:指离开楚怀王。数化:王逸《楚辞章句》:"志数变易,无常操也。"

[译文]

从前的三位圣君公正无私,德行完美,因此天下贤臣都聚集在他们的周围。他们广纳申椒、菌桂般的各种人才,哪里只是联结优秀的蕙茝。唐尧、虞舜守正有节啊,他们遵循正道登上坦途。夏桀、殷纣多么狂妄邪恶啊,贪图捷径最终走投无路。结党营私的人苟且享乐,他们的前途一片黑暗充满险阻。难道我是害怕招灾惹祸吗?我只担心国家为此倾覆。我匆匆忙忙,跑前跑后,只是希望君王能赶上先王的脚步。君王不了解我的忠心,反而听信谗言对我大发雷霆。我早就知道忠言直谏的祸害,可却忍不住要说出来。指着苍天做证,这一切都是为了君王的缘故。君王以前既然与我有过约定,后来却因为有了其他的想法而反悔。我并不怕与君王别离,只是伤心君王的反复无常。

余既滋兰之九畹兮,又树蕙之百亩。①畦留夷与揭车兮,杂杜衡与芳芷。②冀枝叶之峻茂兮,愿俟时乎吾将刈。③虽萎绝其亦何伤兮,哀众芳之芜秽。④众皆竞进以贪婪兮,凭不厌乎求索。⑤羌内恕己以量人兮,各兴心而嫉妒。忽驰骛以追逐兮,非余心之所急。老冉冉其将至兮,恐修名之不立。⑥朝饮木兰之坠露兮,夕餐秋菊之落英。苟余情其信姱以练要兮,长颇颔亦何伤。⑦揽木根以结茝兮,贯薜荔之落蕊。⑧矫菌桂以纫蕙兮,索胡绳之纚纚。⑨謇吾法夫前修兮,非时俗之所服。⑩虽不周于今之人兮,愿依彭咸之遗则。⑪

〔注释〕

①滋:栽种。九畹(wǎn):形容栽种得多。畹,古代地积单位,说法不一,《说文》载"田三十亩曰畹";王逸《楚辞章句》言"十二亩曰畹"。树:种植。

②畦:田垄。用作动词,分垄种植。留夷、揭车、杜衡、芳芷:皆香草名。

③俟(sì):等待。刈(yì):收割。

④萎绝:王逸《楚辞章句》:"萎,病也。绝,落也。"
⑤凭:满也,楚方言。这里形容求索之甚。
⑥冉冉:渐渐。
⑦姱(kuā):美好。练:简。颇(kǎn)颔(hàn):吃不饱饭,面黄肌瘦的样子。
⑧木根:香木的根。薜(bì)荔:香木名。常绿灌木,蔓生,亦名木莲。
⑨矫:举,拿。索:动词,搓绳索。胡绳:一种蔓生香草。纚(xǐ):又长又好的样子。
⑩謇(jiǎn):楚方言,发语词。
⑪周:合,相容。彭咸:王逸《楚辞章句》:"殷贤大夫,谏其君不听,自投水而死。"遗则:留下的榜样,遗留的教诲。

〔译文〕

我已经栽培了很多春兰,又种植了百亩的秋蕙。分垄培植了留夷和揭车,还把杜衡、芳芷套种在其间。我希望它们枝叶茂盛,等成熟的时候我将收割这些香草。它们即使枯萎了也没什么伤害,痛心的是它们污秽变质。一群小人拼命争着向上爬,利欲熏心而又贪得无厌。他们猜疑别人而宽恕自己,钩心斗角且相互妒忌。急于奔走钻营争权夺利,这并不是我所要追求的东西。老年在渐渐地迫近,我担心美好的名声还不曾树立。早晨我饮木兰上的露水,傍晚我吃秋菊飘落的花瓣充饥。只要我的情操贤贞不易,即使饿得面黄肌瘦又有什么关系。我用香木的根编结茝草,再把薜荔的花蕊穿在一起。我拿菌桂的枝条联结蕙草,用胡绳搓成又长又好的绳索。我效法的是古代的圣贤,并不是时兴世俗的打扮。这样虽不为现在的人所容,但我还是愿意依照彭咸遗留下来的典范。

长太息以掩涕兮,哀人生之多艰。①余虽好修姱以鞿羁兮,謇朝谇而夕替。②既替余以蕙纕兮,又申之以揽茝。③亦余心之所善兮,虽九死其犹未悔。怨灵修之浩荡兮,终不察夫人心。④众女嫉余之蛾眉兮,谣诼谓余以善淫。⑤固时俗之工巧兮,偭规矩而改错。⑥背绳墨以追曲兮,竞周容以为度。⑦忳郁邑余侘傺兮,吾独穷困乎此时也。⑧宁溘死以流亡兮,余不忍为此态也！鸷鸟之不群兮,自前代而固然。何方圆之能周兮,夫孰异道而相安。屈心而抑志兮,忍尤而攘诟。伏清白以死直兮,固前圣之所厚。⑨

〔注释〕

①人生：或作"民生"。可能是避唐太宗讳,才改"民"为"人"。

②修姱(kuā)：《楚辞补注》："谓修洁而姱美也。"鞿(jī)羁：朱熹《楚辞集注》："言自绳束,不放纵也。"谇(suì)：辱骂。替：废弃。

③替：此即捏造事实,背后说人坏话。纕(xiāng)：佩带。申：加上。

④浩荡：王逸《楚辞章句》："无思虑貌。"有糊涂的意思。人心：或作"民心"。

⑤蛾眉：指蚕蛾的触角,细长而弯曲。这里是古代美貌的象征,比喻女子的眉毛就像蚕蛾的触角一样。谣诼(zhuó)：造谣中伤。

⑥偭(miǎn)：违背。规矩：指法度。错：措施。

⑦绳墨：判断是非的标准。周容：苟合取悦于人。度：法则。

⑧忳(tún)：忧愁很深的样子。侘(chà)傺(chì)：王逸《楚辞章句》："失志貌。"

⑨伏:同"服",保持。

[译文]

　　我擦着眼泪长长地叹息,可怜人民生存非常艰难。我虽爱好修洁严于律己,可却早晨被辱骂晚上又被罢官。他们攻击我佩带蕙草,又指责我爱好采集香茞。这是我内心追求的东西,就是死无数次也不后悔。只怨君王糊里糊涂,始终不能体察民心。那些女人妒忌我的容貌,诬蔑我妖艳好淫。庸俗的人本来就善于投机取巧,背弃规矩改变措施。她们违背是非标准追求邪曲,争着苟合取悦已是惯例。我失意不安忧愁烦闷,此时唯独我穷困不已。我宁可马上死去,让魂魄流离失所,也不忍媚俗取巧。雄鹰与燕雀不同群,自古以来都是这样的。方圆怎么能够兼容呢,道不同怎能彼此相安。宁愿委曲自己的心志压抑自己的感情,把所有的斥责和咒骂全部承担。保持清白节操死于正道,这本就是古代圣贤所称赞的。

　　跪敷衽以陈词兮,耿吾既得此中正。①驷玉虬以乘鹥兮,溘埃风余上征。②朝发轫于苍梧兮,夕余至乎县圃。③欲少留此灵琐兮,日忽忽其将暮。④吾令羲和弭节兮,望崦嵫而勿迫。⑤路曼曼其修远兮,吾将上下而求索。⑥饮余马于咸池兮,总余辔乎扶桑。⑦折若木以拂日兮,聊逍遥以相羊。⑧前望舒使先驱兮,后飞廉使奔属。⑨鸾皇为余先戒兮,雷师告余以未具。⑩吾令凤皇飞腾兮,又继之以日夜。飘风屯其相离兮,帅云霓而来御。纷总

杂　文 | 173

总其离合兮,斑陆离其上下。吾令帝阍开关兮,倚阊阖而望予。⑪时暧暧其将罢兮,结幽兰而延伫。⑫世溷浊而不分兮,好蔽美而嫉妒。

[注释]

①衽(rèn):衣服的前襟。耿:明亮的样子。

②驷:这里作动词,驾乘四马。虬(qiú):传说中无角的龙。鹥(yì):凤凰别名。溘(kè):忽然、突然,这里形容迅疾的样子。

③发轫(rèn):动身、启程。苍梧:即九嶷山。县圃:王逸《楚辞章句》:"县圃,神山。在昆仑之上。"

④灵琐:琐,宫殿门上雕刻的花纹,这里指门。王逸《楚辞章句》:"琐,门镂也……一云灵,神之所在也。"

⑤羲和:神话传说中为太阳驾车的神。王逸《楚辞章句》:"羲和,日御也。"弭节:停鞭徐行。崦(yān)嵫(zī):山名。王逸《楚辞章句》:"崦嵫,日所入山也。"

⑥曼曼:同"漫漫"。

⑦咸池:传说中的地名。王逸《楚辞章句》:"咸池,日浴处也。"扶桑:神树名,传为太阳升起的地方。《说文解字》:"榑(即扶)桑,神木,日所出也。"

⑧若木:即扶桑。拂日:挡住太阳,不让它下落。拂,逆。须臾:王逸《楚辞章句》作"逍遥"。相羊:通"徜徉"。

⑨望舒:神话传说中为月亮驾车的人。王逸《楚辞章句》:"望舒,月御也。"飞廉:神话中的风神。奔属(zhǔ):在后面跟随。

⑩雷师:雷神。未具:行装没有准备好。

⑪阍(hūn):守门人。阊(chāng)阖(hé):传说中的天门。

⑫暧(ài)暧:昏暗不明的样子,指天色渐晚。将罢:将尽。罢,王逸

《楚辞章句》:"罢,极也。"

〔译文〕

　　铺开衣襟跪坐着陈述衷肠,我已获得中正之道,心里面磊落坦荡。驾驭着玉虬乘着凤车,乘着迅疾的尘风飞到天上去遨游。早晨从南方的苍梧出发,傍晚就到达了昆仑山上。我本想在神门前逗留,但夕阳西下已经暮色苍茫。我命令羲和停鞭慢行,不要让太阳靠近崦嵫山旁。前路漫漫又远又长,我将上天入地追寻理想。我在咸池边饮马,还把马缰绳拴在扶桑树上。折下神树的树枝来挡太阳,以便暂且在此从容地徜徉。叫月神望舒作为先驱,让风神飞廉紧紧地跟上。鸾鸟凤凰为我在前面戒备,但雷神却说还没有安排停当。我命令凤凰展翅飞腾,夜以继日地不停飞翔。旋风结聚起来互相靠拢,率领着云霓前来迎接我。云霓越聚越多,忽离忽合,五光十色,上下飘浮荡漾。我叫天门的守卫把门打开,他却只是倚靠着天门呆望。天色逐渐昏暗,我佩戴着幽兰徘徊在天门之外。世道混浊善恶不分,喜欢嫉妒、遮蔽别人的美德。

　　灵氛既告余以吉占兮,历吉日乎吾将行。①折琼枝以为羞兮,精琼爢以为粮。②为余驾飞龙兮,杂瑶象以为车。③何离心之可同兮,吾将远逝以自疏。遭吾道夫昆仑兮,路修远以周流。④扬云霓之晻蔼兮,鸣玉鸾之啾啾。⑤朝发轫于天津兮,夕余至乎西极。⑥凤皇翼其承旗兮,高翱翔之翼翼。⑦忽吾行此流沙兮,遵赤水而容与。⑧

麾蛟龙使梁津兮,诏西皇使涉予。⑨路修远以多艰兮,腾众车使径待。⑩路不周以左转兮,指西海以为期。⑪屯余车其千乘兮,齐玉轪而并驰。⑫驾八龙之婉婉兮,载云旗之委移。⑬抑志而弭节兮,神高驰之邈邈。⑭奏《九歌》而舞《韶》兮,聊假日以婾乐。⑮陟升皇之赫戏兮,忽临睨夫旧乡。⑯仆夫悲余马怀兮,蜷局顾而不行。⑰

〔注释〕

①历:选择。

②羞:同"馐",脯、肉干。精:凿,捣碎。麰:同"糜",细屑。粻(zhāng):粮。

③瑶象:指美玉和象牙。

④邅(zhān):转,楚语。

⑤晻(ǎn)蔼:云彩蔽日而昏暗的样子。玉鸾:玉铃,指挂在瑶车上的铃铛。

⑥天津:天河的渡口。

⑦承旗:用两翼承负云霞旗帜。翼翼:形容飞得整齐而有节奏。

⑧流沙:神话中的沙漠。遵:沿着。赤水:神话中的水名。相传源出昆仑山。容与:犹豫,踌躇不前之意。

⑨麾(huī):指挥。梁:作动词用,架设桥梁。诏:命令。西皇:神话中的西方大神。

⑩腾:传,为传言之意。径待:在路旁等待。

⑪路:经过。不周:不周山。王逸《楚辞章句》:"不周,山名。在昆仑西北。"

⑫轪(dài):玉轪,玉饰的车轴或车轮。

⑬婉(wān)婉:同"蜿蜿",蜿蜒之意。委移:即"委蛇",形容旌旗随

风招展。

⑭抑志:控制自己的感情,即静下心来。神:思绪。

⑮假:借。嫭:同"愉"。

⑯陟(zhì):升。升皇:初升的太阳。赫:赫者,言其赫赫然也。戏:同"曦",日光。睨(nì):看见。

⑰蜷局:即卷曲,弯缩着身体。形容从上看下的姿势。

〔译文〕

灵氛告诉我占得吉卦,我准备选个好日子远行。折下玉树枝叶作为菜肴,我磨碎美玉作为粮食。给我驾上飞龙之车,并装饰上美玉和象牙。离心离德怎么能配合啊,我将要远去主动离开。转变我的行程去昆仑山,路途遥远继续周游。云霓飞扬遮住阳光,车上的玉铃铛"啾啾"响个不停。清晨从天河的渡口出发,傍晚就到达了遥远的西极之地。凤凰展翅承托着旌旗,在长空之中整齐地飞翔。忽然我来到了流沙地带,只得沿着赤水踌躇缓行。指挥蛟龙在渡口上架设桥梁,命西皇为我引路。路途遥远艰险,我令车队在路旁等待。经过不周山向左转,指着西海作为我此行的目的地。我再把上千辆的车子聚起来,把车上的玉轮对齐了并驾齐驱。驾车的八条龙蜿蜒前进,车上的云旗随风卷曲。静下心来慢慢前行,神思飞驰邈邈无踪。奏着《九歌》跳着《韶》舞,姑且借着大好的时光来愉悦身心。太阳冉冉升起,光芒耀眼,居高临下忽然看见故乡。仆从悲伤,我的马儿也感怀,蜷曲回顾不肯前行。

乱曰:①"已矣哉! 国无人莫我知兮,又何怀乎故都？既莫足与为美政兮，吾将从彭咸之所居。"②

〔注释〕

①乱：用在结尾部分，以归纳全篇旨意。
②国无人：指楚国没有贤人。莫我知：即莫知我。

〔译文〕

总之："算了吧！国内没有贤人，也没有人能理解我，我又何必怀念故都呢？既然没有人同我施行美政，我将去追随彭咸那样的先贤。"

七

七发八首（节选）

枚 乘

〔题解〕

《文选》卷三四、三五共收录"七"类作品三家二十四首。"七"是赋的体裁之一，其特点是通过虚设的主客反复问答，按"始邪末正"的顺序铺陈七事。这种由枚乘首创的赋体，奠定了新体赋的体式，促进了汉赋的发展。楚辞句中多用虚词，句末多用语气词，这种新体赋的句式则进一步散文化，成为一种专事铺叙的用韵散文。李善注曰："七发者，说七事以启发太子也。犹楚辞、七谏之流。"《七发》两千余字，开篇以吴客探望生病的楚太子为缘起,接下来采用赋体"铺采摛文,体物写志"的笔法,分别写音乐、饮食、车马、游览、田猎、曲江观涛,最后归结到"要言妙道"以启发太子,使之"霍然病已"。枚乘之后,仿效《七发》的作品,如张衡《七辩》、曹植《七启》、王粲《七释》等,不胜枚举,形成了"七"这样一种特殊的文体。对于这种文体,刘勰《文心雕龙·杂文》论道:"观其大抵所归,莫不高谈宫馆,壮语畋猎,穷瑰奇之服馔,极蛊媚之声色。甘意摇骨髓,艳词动魂识,虽始之以淫侈,而终之以居正,然讽一劝百,势不自反。"

枚乘(？—前140),字叔,淮阴(今属江苏)人。西汉辞赋家。先为吴王濞的郎中。吴王反,乘谏不从,乃事梁王刘武。景帝平定七国之乱,拜乘为弘农都尉。后因病离职。武帝即位,再次征召枚乘,未至,卒于道。《汉书》有传。枚乘的作品当中以《七发》与《上书谏吴王》最为著名。

楚太子有疾,而吴客往问之,曰:"伏闻太子玉体不安,亦少间乎？"①

太子曰:"惫,谨谢客。"②

客因称曰:③"今时天下安宁,四宇和平。太子方富于年,意者久耽安乐,日夜无极,邪气袭逆,中若结轖。④纷屯澹淡,嘘唏烦酲,惕惕怵怵,卧不得瞑,虚中重听,恶闻人声,精神越渫,百病咸生。⑤聪明眩曜,悦怒不平,久执不废,大命乃倾。⑥太子岂有是乎？"

太子曰:"谨谢客。赖君之力,时时有之,然未至于

杂 文 | 179

是也。"

〔注释〕

①楚太子:虚拟的人物。伏闻:听说,下对上的敬语。少间:指疾病稍微好转。

②惫:疲乏无力。谨:表示恭敬。

③因称曰:因此乘机说道。

④方富于年:正年富力强。意者:料想。耽:沉溺。袭逆:侵入。无极:没有限度。辖(sè):通"塞"。

⑤纷屯澹淡:昏聩烦闷的样子。嘘唏:同"歔欷",叹息之声。烦酲(chéng):内心烦躁,似酒醉未解。惕惕怵怵:心神不安的样子。卧不得暝:犹言失眠。重听:犹耳鸣。越渫(xiè):犹言涣散。

⑥聪明眩曜:听觉视觉,昏聩迷乱。聪,指听觉。明,指视觉。眩曜,迷惑混乱。悦怒不平:喜怒无常。久执不废:长久这样下去。大命乃倾:性命将要不保。倾,坍塌。

〔译文〕

楚太子有疾,吴客前去问候他,说:"听说太子身体欠安,现在稍微好些了吗?"

太子说:"感觉疲乏无力,很感谢你的关心。"

吴客乘机进言说:"现时天下安宁,四方和平。太子正当壮年,想必是长期沉溺于安乐之中,日夜没有节制,以至邪气侵袭,心中郁结堵塞。昏聩烦闷,似酒醉未解,心神不宁,夜不能寐,中气虚竭,似有耳鸣,厌烦人声,精神涣散,好像百病齐生。听觉、视觉昏乱,喜怒无常,长此久病不愈,只怕性命危在旦夕。太子你是否有这样的症状呢?"

太子说:"谢谢你的关心。托国君的福,虽然时有这些症状,但还没有达到你说的那种程度。"

客曰:"今夫贵人之子,必宫居而闺处,内有保母,外有傅父,欲交无所。^①饮食则温淳甘膬,脭醲肥厚;衣裳则杂遝曼暖,燂烁热暑。^②虽有金石之坚,犹将销铄而挺解也,况其在筋骨之间乎哉?^③故曰:纵耳目之欲,恣支体之安者,伤血脉之和。^④且夫出舆入辇,命曰蹶痿之机;洞房清宫,命曰寒热之媒;皓齿娥眉,命曰伐性之斧;甘脆肥脓,命曰腐肠之药。^⑤今太子肤色靡曼,四支委随,筋骨挺解,血脉淫濯,手足堕窳。^⑥越女侍前,齐姬奉后,往来游宴,纵恣于曲房隐间之中。^⑦此甘餐毒药,戏猛兽之爪牙也。所从来者至深远,淹滞永久而不废,虽令扁鹊治内,巫咸治外,尚何及哉?^⑧今如太子之病者,独宜世之君子,博见强识,承间语事,变度易意,常无离侧,以为羽翼。^⑨淹沉之乐,浩唐之心,遁佚之志,其奚由至哉?^⑩"

[注释]

①宫居而闺处:居于宫室,处于闺房。保母:即保姆。傅父:指教育太子的师傅。欲交无所:想要结交朋友也没有机会。
②温淳甘膬(cuì):味道浓的饮料与香甜可口的食物。淳,味浓。膬,同"脆"。脭(chéng)醲(nóng)肥厚:肥肉烈酒。脭,肥肉。醲,浓烈的酒。杂遝(tà):众多。曼暖:轻柔暖和。燂(xùn)烁(shuò):炽热。

③销铄:熔化。挺解:分解。筋骨之间:指人的身体。

④支体:肢体。支,同"肢"。

⑤蹶(jué)痿(wěi):瘫痪。机:征兆。洞房:幽深的房屋。清宫:阴凉的宫殿。寒热之媒:引发寒热之病的媒介。媒,媒介。皓齿娥眉:指代美女。娥,同"蛾"。

⑥靡曼:细嫩。四支:四肢。委(wěi)随:疲弱,不灵活。淫濯:不通。堕窳(yǔ):萎弱无力。

⑦纵恣:放肆。曲房:同上文之"洞房"。隐间:密室。

⑧淹滞:拖延时日。扁鹊:古代名医。巫咸:传说中的神巫。

⑨承间:乘机。间,间隙。语事:讲说道理,谏言。变度易意:改变念头。

⑩淹沉:沉溺。浩唐:即"浩荡",放纵的意思。唐,通"荡"。遁佚:犹言怠懈。

[译文]

　　吴客说:"现在的贵族子弟,必定是居于宫室,处于内院,内有照料生活的保姆,外有教习礼仪的师傅,想结交朋友也没有机会。饮食是味浓香甜,肉肥酒烈;衣裳是又多又暖,炽热得像过夏天一样。虽有金属、石头一般的坚硬,也是要熔化而分解的,何况是血肉之躯呢?所以说:放纵耳目的欲望,放任身体的享乐,势必有伤血脉的调和。况且出入都要乘车轿,这就是瘫痪的征兆;起居都在深宫,这就会引发寒热病痛;明眸皓齿的年轻女子,可说是伤害性命的斧钺;美味的酒肉,是腐烂肚肠的毒药。如今太子的皮肤细嫩,四肢不灵活,筋骨松弛,血管堵塞不通,手足萎弱无力。越国的美女服侍在前,齐国的姬妾侍奉在后,往来游乐宴饮,纵情放欲在深宫密室之中。这有如甘心去吃毒药,戏弄猛兽的爪牙。身体的亏损由来已久，拖延日久而不改过，即使让扁鹊来医治，让巫咸来祈祷，又怎么来得及呢？现在像太子这样的病，大概只有请世上的君子，他们博闻强识，乘机贡献意见，改变太子心中的念想，而且要不离太子身旁，就像成为太子的羽翼一般。这样的话，沉湎于享乐，放纵的心思，懈怠的意志，又怎么会有呢？"

太子曰："诺。病已，请事此言。"①

客曰："今太子之病，可无药石针刺灸疗而已，可以要言妙道说而去也，不欲闻之乎？"②

太子曰："仆愿闻之。"

……

客曰："将为太子奏方术之士有资略者，若庄周、魏牟、杨朱、墨翟、便蜎、詹何之伦，使之论天下之释微，理万物之是非。③孔老览观，孟子持筹而算之，万不失一。此亦天下要言妙道也，太子岂欲闻之乎？"④

于是太子据几而起曰："涣乎，若一听圣人辩士之言。"涊然汗出，霍然病已。⑤

〔注释〕

①请事此言：意为照吴客说的去做。
②针刺：扎针治疗。灸疗：艾灸治疗。要言妙道：重要而精妙的道理。
③奏：进，犹言推荐。方术：道术。资略：天资谋略。伦：类。释微：即"精微"，指精深微妙的道理。

④孔老:孔子、老子。持筹而算之:犹言筹划一切。

⑤几:几案。涣:清醒的样子。涊(niǎn)然:汗出透的样子。霍然:忽然。病已:病止,犹病愈。

〔译文〕

太子说:"好,等病愈之后,就照你的话行事。"

吴客说:"现在太子的病,可不用药物、扎针、艾灸来治疗,而可以用重要又精妙的道理除去疾病,您不想听听吗?"

太子说:"我愿意听听。"

……

吴客说:"我将为太子推荐富有天资与才略的道术之士,像庄周、魏牟、杨朱、墨翟、便蜎、詹何那样的人物,让他们讨论天下精深微妙的道理,梳理明辨世间万物的是非。让孔子、老子陈述其学说以供太子观览,让孟子操持筹划一切,这就万无一失了。这也就是天下最重要且精妙的道理了,太子难道不想听听吗?"

这时,太子撑着几案起身说道:"恍然若悟,就好像已经听到了圣人辩士的言论似的。"太子出了一身的汗,忽然之间病就痊愈了。

诏

贤良诏

刘　彻

〔题解〕

"诏"是一种特殊的文体,主要是指中国古代以发布皇帝命令为主的下行公文。汉武帝刘彻重视人才,曾多次发布求贤的诏令。《文选》"诏"类收录汉武帝诏令两则。其中《贤良诏》发布于元光元年(前134)五月。此诏发布之后,许多贤才应诏而出。《汉书·东方朔传》曾云:"武帝初即位,征天下举方正贤良文学材力之士,待以不次之位,四方士多上书言得失,自炫鬻者以千数,其不足采者辄报闻罢。"

刘彻(前156—前87),汉景帝刘启之子,七岁被立为太子,十六岁继承皇位,在位五十四年。在位期间,重用贤才,外攘夷狄,内修法度,颇多政绩,然而也迷信神仙,热衷封禅与郊祀,以至巡游无度,百姓多为所累。谥号孝武皇帝,庙号世宗,葬于茂陵。

朕闻昔在唐虞,画象而民不犯,日月所烛,罔不率俾。①周之成康,刑措不用,德及鸟兽,教通四海。②海外肃慎、北发、渠搜、氐羌来服。③星辰不孛,日月不蚀;山陵不崩,川谷不塞;麟凤在郊薮,河洛出图书。④呜呼!何施而臻此乎。⑤今朕获奉宗庙,夙兴以求,夜寐以思,若涉渊水,未知所济。⑥猗欤,伟欤!⑦何行而可以彰先帝之洪业休德,上参尧舜,下配三王?⑧朕之不敏,不能远德,此子大夫之所睹闻也。⑨贤良明于古今王事之体,受策察问,咸以书对,著之于篇,朕亲览焉。

〔注释〕

①唐虞:指尧、舜。画象而民不犯:《汉书·刑法志》:"盖闻有虞氏之时,画衣冠,异章服,以为戮,而民弗犯,何治之至也。"烛:照。率:循。

②成康:指周成王、周康王。刑措不用:谓刑虽设而不用。

③"海外"句:指北方的肃慎、北发、渠搜、氐羌四国皆来归服。

④孛(bèi):彗星,古人以为不祥。蚀:日食、月食,古人以为不祥。薮:泽。

⑤臻:至。

⑥奉宗庙:犹言继皇位。济:渡。

⑦猗:美。伟:大。

⑧彰:明。休:美。

⑨敏:聪慧。

〔译文〕

朕听说,往昔唐尧、虞舜的时代,有画衣冠代刑的做法,百姓无秋毫之犯,日月所照之处,人民无不规规矩矩,各尽所能。周成王、周康王之时,刑罚虽设但却经常不用,天子的恩泽遍及飞禽走兽,教化遍于海内。北方的肃慎、北发、渠搜、氐羌全都来归顺。那时,天上没有扫帚星,也不见日食、月食,山不崩地不震,百川贯通,没有任何淤塞;郊外有麒麟、凤凰出现,河出图,洛出书。呜呼!究竟采取什么措施才能达到这样的盛世?现在朕继承了皇位,朝思暮求,如涉深渊,不知如何能渡。美好啊,伟大啊!采取什么样的措施才能发扬先帝的大业美德,上可追尧舜,下可比三王?朕的聪慧有限,难以远及尧、舜、三王的高尚德行,这是诸位大夫所耳闻目睹的。贤良之士明晓古今王事的大体,受我策文,明我疑问,著成篇章,朕将亲自阅览。

表

出师表

诸葛亮

[题解]

"表"是一种古代的文体,李善注曰:"表者,明也,标也,如物之标表。言标著事序,使之明白,以晓主上,得尽其忠,曰表。"《文选》卷三七至三八,共收录"表"类作品十三家二十题。

《出师表》作于蜀汉建兴五年(227),诸葛亮出师北伐之际。建兴六年(228)诸葛亮又给刘禅上了一篇"出师表"(即《后出师表》),故此表又称《前出师表》。在这篇表文当中,诸葛亮分析了蜀汉内外的形势,出谋划策,劝勉后主励精图治。其文风朴实、言辞恳切,拳拳忠心、款款情志让人动容。文天祥《正气歌》称赞曰:"或为出师表,鬼神泣壮烈。"陆游《书愤》更是感叹道:

"出师一表真名世,千载谁堪伯仲间!"千百年来,《出师表》一直传颂不绝。

诸葛亮(181—234),字孔明,琅玡阳都(今山东沂南)人。三国时期著名的政治家、军事家。早年随叔父避乱荆州,隐居隆中,自比管仲、乐毅。后辅佐刘备,联合孙权,于赤壁击败曹操,乘机占据荆州,又西取益州,建立蜀汉政权。刘备称帝后,诸葛亮被任为丞相。刘备死后,诸葛亮受遗诏辅佐后主刘禅,多次出兵攻魏,后病死于军中,谥号忠武。后人辑有《诸葛亮集》。

臣亮言:先帝创业未半,而中道崩殂。① 今天下三分,益州罢弊,此诚危急存亡之秋也。② 然侍卫之臣不懈于内,忠志之士亡身于外者,盖追先帝之遇,欲报之于陛下也。③ 诚宜开张圣听,以光先帝遗德,恢志士之气,不宜妄自菲薄,引喻失义,以塞忠谏之路也。④ 宫中府中,俱为一体,陟罚臧否,不宜异同。⑤ 若有作奸犯科及为忠善者,宜付有司,论其刑赏,以昭陛下平明之理,不宜偏私,使内外异法也。

〔注释〕

① 先帝:去世的皇帝,此指刘备。崩殂(cú):死亡。天子死亡称崩,亦称殂。

② 益州:今四川大部及云南、贵州一部分地区。此指蜀汉。罢(pí)弊:困乏。罢,同"疲"。秋:紧要时刻。李善注曰:"岁以秋为功毕,故以喻时

之要也。"

③亡:《三国志》作"忘"。亡身,舍生忘死。追:追念。
④恢:扩大,发扬。引喻:援引例证说明事理。失义:不合大义。
⑤宫中:皇宫里的侍臣。府中:丞相府内的官员。当时刘禅宠信宫中侍臣,逐渐与府中官员对立,故云。陟(zhì)罚:晋升与惩罚。陟,升。臧否(pǐ):褒贬。臧,善。否,恶。引申为表扬与批评。

〔译文〕

臣诸葛亮奏言:先帝创建大业尚未完成一半,便中途去世了。当今天下三足鼎立,我们益州人力物力困乏,这的确是生死存亡的关键时刻。然而侍卫陛下的臣子在朝中并不懈怠,忠诚坚贞的将士在外舍生忘死,大概都是因为追念先帝的知遇之恩,想要把这份恩情报答给陛下的缘故。陛下确实应该广开言路,听取臣下的意见,以发扬光大先帝留下的美德,增长志士的勇气,不应妄自菲薄,说些不恰当的话,背离大义,堵塞忠臣的谏言之路。无论是宫中近侍,还是府中官吏,都是一个整体,赏功罚罪,不应有差别。若有干坏事触犯法纪,以及忠诚做好事的,应该交给主管部门,按其功过赏罚,以表明陛下公正严明的治国之道,不应偏向一方,使宫内府中有不同的法度。

侍中、侍郎郭攸之、费祎、董允等,此皆良实,志虑忠纯,是以先帝简拔以遗陛下。①愚以为,宫中之事,事无大小,悉以咨之,然后施行,必能裨补阙漏,有所广益也。②将军向宠,性行淑均,晓畅军事,试用于昔日,先帝称之曰能,是以众议举宠为督。③愚以为,营中之事,悉以咨之,必能使行阵和穆,优劣得所也。④亲贤臣,远小人,此先汉所以兴隆也;亲小人,远贤士,此后汉所以倾颓也。⑤先帝在时,每与臣论此事,未尝不叹息痛恨于桓、灵也。⑥侍中、尚书、长史、参军,此悉贞亮死节之臣也,愿陛下亲之信之,则汉室之隆,可计日而待也。⑦

〔注释〕

①侍中、侍郎:皆官名。郭攸之:字演长,南阳(今属河南)人,时为侍中。费祎(yī):字文伟,江夏(今属河南罗山)人。刘备时,任太子舍人。刘禅即位,任黄门侍郎,后迁侍中。董允:字休昭,南郡枝江(今属湖北)人,曾任太子舍人,时为黄门侍郎。良实:善良诚实。简拔:选拔。

②咨:商量,询问。裨(bì):补益。阙漏:过失,疏漏。

③向宠:襄阳宜城(今属湖北)人。刘禅即位后,封为都亭侯,为中部督,掌管宿卫兵,后迁中领军。淑:贤善。均:平,有公正之意。

④和穆:即"和睦",指团结。穆,《三国志》作"睦"。

⑤先汉:西汉。后汉:东汉。

⑥痛恨:深深遗憾。桓、灵:东汉时的桓帝刘志、灵帝刘宏。他们任用宦官,杀害忠良,终致汉末大乱。

⑦侍中:指上文提到的郭、费、董三人。尚书:指陈震。陈震,字孝起,南阳(今属河南)人,时为尚书。长史:指张裔。张裔,字君嗣,蜀郡成都(今属四川)人,时领留府长史。参军:指蒋琬。蒋琬,字公琰,零陵(今湖南永州)人,时任参军,统留府事。贞亮:忠诚磊落。

〔译文〕

侍中、侍郎郭攸之、费祎、董允等,都是品德良善诚实、思想忠贞纯正的人，因而先帝才选留下来辅佐陛下。臣认为宫内的事情，无论大小，都要征询他们的意见，然后再去施行，这样一定能够补正疏失，增益实效。将军向宠，性情德行平和公正，了解通晓军事，当年试用，先帝曾加以称赞，说他能干，因而经众人评议荐举任命为中部督。我认为军营里的事情，无论大小，都要征询他的意见，就一定能够使军伍团结和睦，德才高低的人各有合适的安排。亲近贤臣，远避小人，这是西汉所以能够兴盛的原因；亲近小人，远避贤臣，这是东汉所以衰败的原因。先帝在世的时候，每次跟我评论起这些事，对于桓帝、灵帝时代，没有不哀叹和憾恨的。侍中郭攸之、费祎，尚书陈震，长史张裔，参军蒋琬，这些都是忠贞磊落，能以死报国的节义臣子，诚愿陛下亲近他们，信任他们，则汉王室的兴盛，就指日可待了。

臣本布衣，躬耕于南阳，苟全性命于乱世，不求闻达于诸侯。先帝不以臣卑鄙，猥自枉屈，三顾臣于草庐之中，咨臣以当世之事。①由是感激，遂许先帝以驱驰。②后值倾覆，受任于败军之际，奉命于危难之间，尔来二十有一年矣。③先帝知臣谨慎，故临崩寄臣以大事也。④受命以来，夙夜忧叹，恐托付不效，以伤先帝之明。⑤故五月渡泸，深入不毛。⑥今南方已定，兵甲已足，当奖帅三军，北定中原。庶竭驽钝，攘除奸凶，兴复汉室，还于旧都。⑦此臣之所以报先帝而忠陛下之职分也。至于斟酌损益，进尽忠言，则攸之、祎、允之任也。⑧

〔注释〕

①卑鄙：出身低微，见识浅陋。此是谦辞。猥（wěi）自：谦辞，"猥"犹言"辱"，意使自己降低身份。枉屈：屈尊就卑。

②驱驰：奔走效力。

③后值倾覆：建安十三年（208），刘备在当阳的长坂为曹操所败。诸葛亮受命使吴，并于是年冬，联吴败曹操于赤壁。刘备与诸葛亮遇于此前一年，至上表时已经过了二十一年。

④故临崩寄臣以大事也：据《三国志》记载，刘备临终前召诸葛亮嘱托道："君才十倍曹丕，必能安国，终定大事。若嗣子可辅，辅之；如其不才，君可自取。"

⑤夙（sù）：早。

⑥五月渡泸，深入不毛：《三国志》记载，建兴三年（225）春，诸葛亮率军南征，同年秋平息了南部诸郡叛乱后，从金沙江鱼鲊渡口渡江，深入不毛之地，继续征讨云南等地。泸，水名，即今金沙江。不毛，未经开发的荒凉地方。毛，指农作物等。

⑦庶（shù）：希望。驽钝：谦辞，言才能平庸。驽，劣马。钝，刀锋不利。攘（rǎng）：除。奸凶：指曹魏。

⑧斟酌：权衡考虑。损益：增减。指政治上的兴利除弊。

〔译文〕

臣本是个平民，在南阳郡躬耕务农，在乱世间只求保全性命，不希求诸侯知道而获得显贵。先帝不介意臣的卑贱，委屈地自降身份，接连三次到草庐来访看臣，征询臣对时局大事的意见，因此臣深为感激，从而答应为先帝驱遣效力。后来遇到了危亡关头，在战事失败、危机患难的时候，臣接受了任命，至今已有二十一年了。先帝深知臣做事谨慎,所以临终时把国家大事嘱托给臣。接受遗命以来,日夜担忧兴叹,只恐怕托付给臣的大任不能完成,从而损害先帝的英明。所以臣五月率兵南渡泸水,深入荒芜之境。如今南方已经平定,武库兵器充足,应当鼓励和统率全军,北伐平定中原,臣希望竭尽自己低下的才能,消灭奸邪势力,复兴汉朝王室,迁归故都。这是臣用来报答先帝,尽忠心于陛下的职责本分。至于掂量利弊得失,毫无保留地进献忠言,那就是郭攸之、费祎、董允的责任了。

愿陛下托臣以讨贼兴复之效,不效则治臣之罪,以告先帝之灵。若无兴德之言,则责攸之、祎、允等咎,以章其慢。① 陛下亦宜自课,以咨诹善道,察纳雅言,深追先帝遗诏。② 臣不胜受恩感激。今当远离,临表涕泣,不知所云。

〔注释〕

①章:同"彰",显示,引申为揭示。慢:怠慢,指未尽职守。
②自课:自我省察或考虑谋划。咨诹(zōu):询问。雅言:正言。

〔译文〕

希望陛下责臣去讨伐奸贼,如果不取得成效,那就惩治臣失职的罪过,用来告慰先帝的英灵。若没有向陛下进献兴盛德政的建议,那就责罚郭攸之、费祎、董允等人,以表明他们怠慢陛下。陛下也应该自我省察、考虑谋划,征求治国的好办法,审察采纳正确的意见,深刻追思先帝的遗训。臣蒙受大恩,自是感激不尽。

现在就要远离陛下,臣流着泪写下了这篇表文,激动得也不知道都说了些什么。

上　书

上书秦始皇

李　斯

〔题解〕

"上书"主要用来向诸侯王言事议政。这种文体兴盛于战国末至西汉初,后因时代或所呈送内容的不同,而在名称上有了章、奏、表、议等的区别。如《文心雕龙·书记》载:"战国以前,君臣同书。秦汉立仪,始有表、奏。"后世常将它们一并归为"奏议"类。《文选》卷三九共收录"上书"类作品五家七题。其内容以为己申冤辩白或劝谏君王为主要目的,展现出高超的雄辩艺术。

本文因《史记·李斯列传》而传世,题名为后人添加,后世的选本大多题作《谏逐客书》。秦始皇年轻时锐意进取,重用各国贤才,因此不少他国贤士被拜为客卿。随着客卿集团的日益扩张,秦国宗室贵族的利益遭到侵犯,两者之间矛盾凸显。当时,韩国派水利专家郑国为秦国开渠。郑国的"间谍"身份曝光之后,秦国宗室贵族借机打击客卿集团势力,强烈要求秦始皇下令驱逐所有客卿,李斯也在被逐之列。由此,李斯上书秦始皇。该奏书多用比喻与典故,反复论证,气势雄壮,成功劝服了秦始皇,使其收回成令,李斯也恢复官职。

李斯(?—前208),楚国上蔡(今河南上蔡)人,战国末年至秦代的著名政治家、文学家。年轻时曾为小吏,激愤贵贱悬殊,锐意进取追求功名富贵,曾向荀子"学帝王之术",学成西游秦国。曾为秦相吕不韦的门客,经吕不韦推荐,得到秦始皇的器重,拜为客卿,为秦国的内政外交出谋划策。秦始皇统一天下后,任丞相,为秦国的大一统做出了重要的贡献。秦始皇死后,因赵高陷害,被腰斩于咸阳。

臣闻吏议逐客,窃以为过矣。①昔穆公求士,西取由余于戎,东得百里奚于宛,迎蹇叔于宋,来邳豹、公孙支于晋。②此五子者,不产于秦,穆公用之,并国三十,遂霸西戎。③孝公用商鞅之法,移风易俗,民以殷盛,国以富强,百姓乐用,诸侯亲服,获楚、魏之师,举地千里,至今治强。④惠王用张仪之计,拔三川之地,西并巴蜀,北收上郡,南取汉中,包九夷,制鄢郢,东据成皋之险,割膏腴之壤,遂散六国之从,使之西面事秦,功施到今。⑤昭王得范雎,废穰侯,逐华阳,强公室,杜私门,蚕食诸侯,使秦成帝业。⑥此四君者,皆以客之功。由此观之,客何负于秦哉?向使四君却客而弗纳,疏士而弗用,是使国无富利之实,而秦无强大之名也。⑦

[注释]

①窃:私自,私下。谦辞。

②穆公:秦穆公(前659年至前621年在位),"春秋五霸"之一。由余:在西戎任职的晋人,曾出使过秦国,秦穆公用离间计,迫使他前来投奔。百里奚:本虞国大夫。晋灭虞之后,沦为奴仆,后在途中逃亡,成为俘虏,秦穆公用五张黑羊皮赎回他,后又任为相。宛:楚地,今河南南阳。蹇(jiǎn)叔:因百里奚的推荐,穆公派人去宋国重金迎回,任为上大夫。邳(pī)豹:晋人,因其父邳郑被杀,逃至秦国,后被穆公任为将。公孙支:晋人,因有远见卓识,被穆公任为大夫。

③西戎:古代对西部少数民族的统称。

④孝公:秦孝公(前361年至前338年在位)。商鞅:卫国人,姓公孙,名鞅。主张法治,为孝公所重用,实行变法。因封于商地,故称商鞅或商君。乐用:即乐于效力。获楚、魏之师:孝公二十二年(前340)商鞅大破魏军,迫使魏惠王迁都大梁(今河南开封)。同年又攻打楚国,并取得胜利。师,军队。

⑤惠王:秦惠王,又称惠文王(前337年至前311年在位)。秦国称王自惠王始。张仪:战国著名的谋士,为秦国筹划了有名的连横策略。三川之地:今河南西北地区,因境内有黄河、洛水、伊水三条河流,故称。这里本来属于魏国,秦国攻取之后置三川郡。巴蜀:古国名。巴,指今四川东部。蜀,指今四川西部。上郡:本属魏国,在今陕西榆林。汉中:本属楚国,今陕西汉中。包:兼并。九夷:泛指当时楚地的少数民族。鄢(yān)郢(yǐng):即楚国先后建都之地。鄢,今湖北宜城。郢,今湖北江陵。成皋:军事要塞,今河南荥阳的虎牢。六国之从:指魏、韩、赵、燕、楚、齐的合纵抗秦联盟。施(yì):延续。

⑥昭王:秦昭襄王(前306年至前251年在位)。范雎:魏人,曾任秦相,提出过"远交近攻"的著名战略。穰(ráng)侯:秦昭襄王养母弟魏冉的封号。华阳:即华阳君,秦昭襄王养母弟芈冉的封号。当时由穰侯、华阳君等人操纵秦国的政权。因范雎的建议,秦昭王将他们驱逐出境。杜:杜绝。私门:行私请托的门路。

⑦向:过去,之前。使:假使。却:拒绝。

[译文]

臣听说官吏们正在计议驱逐客卿,私下认为这是错误的。从前,穆公访求贤士,从西方的戎国争取由余,从东方的宛得到百里奚,从宋国迎来蹇叔,从晋国招致丕豹、公孙支。这五位先生,不出生在秦国,而穆公任用他们,兼并了二十个小国,终于称霸西戎地区。孝公采用商鞅的新法,转移风气,改变习俗,人民因而殷实兴旺,国家因而富足强大,百姓乐于为王效力,诸侯都来亲附听命,战胜了楚国、魏国的军队,扩展土地上千里,至今政治安定,国力强盛。惠王采用张仪的计策,攻占三川地区,西并巴蜀,北收上郡,南取汉中,囊括九夷,控制鄢、郢,东据成皋之险,割取别国肥沃的土地,于是拆散六国的合纵联盟,迫使他们向西侍奉秦国,功业一直延续至今。昭王得范雎,废穰侯,逐华阳君,加强王室的地位,遏制贵族的势力,一步步吞食诸侯各国,使秦国建成了帝王的基业。这四位君王,都是依靠客卿的功劳。从上述事实看来,客卿有什么对不起秦国的地方呢?假如当初四位君王拒绝客卿而不接纳,疏远贤士而不任用,秦国就不会有雄厚富裕的实力,更不会有强盛的威名。

今陛下致昆山之玉,有和随之宝,垂明月之珠,服太阿之剑,乘纤离之马,建翠凤之旗,树灵鼍之鼓。①此数宝者,秦不生一焉,而陛下悦之,何也?必秦国之所生然后可,则夜光之璧不饰朝廷,犀象之器不为玩好,而赵卫

杂 文 | 197

之女不充后庭,骏良駃騠不实外厩,江南金锡不为用,西蜀丹青不为采。②所以饰后宫、充下陈、娱心意、悦耳目者,必出于秦然后可,则是宛珠之簪、傅玑之珥、阿缟之衣、锦绣之饰不进于前,而随俗雅化、佳冶窈窕,赵女不立于侧也。③夫击瓮叩缶,弹筝搏髀,而歌呼呜呜快耳者,真秦之声也。④郑卫桑间,韶虞武象者,异国之乐也。⑤今弃叩缶击瓮而就郑卫,退弹筝而取韶虞,若是者何也?快意当前,适观而已矣。⑥今取人则不然,不问可否,不论曲直,非秦者去,为客者逐。然则是所重者在乎色、乐、珠、玉,而所轻者在乎民人也。此非所以跨海内制诸侯之术也。

〔注释〕

①昆山之玉:昆仑山北麓的和阗以产美玉著称。和随之宝:和,指楚国的和氏璧。随,指随侯珠。明月之珠:指夜光珠。太阿:宝剑名,相传为越国欧冶子和吴国干将所铸造。纤离:骏马名。翠凤之旗:翠羽编的凤形装饰旗。鼍(tuó):俗名猪婆龙,即扬子鳄,皮可蒙鼓。

②駃(jué)騠(tí):古代北方的良马。

③下陈:即"下墀(chí)",宫殿台阶下面歌舞的地方。宛珠:靠近汉水的宛地,以产珠而著称。傅:附,依附。玑(jī):不圆的珠子。珥(ěr):耳饰。阿:东阿,地名。古代以产绢著称,今属山东茌平、寿张。缟(gǎo):白色的绢。冶:艳丽。窈窕:体态美好。

④瓮:瓦罐。缶:瓦器。搏:击。髀(bì):大腿。

⑤郑卫:郑卫之音,指春秋时郑卫两国的流行乐曲。桑间:卫国地名,在濮水之滨,相传为青年男女聚会之地,此指桑间濮上悦耳动听的音乐。

韶虞:韶,据传是歌颂虞舜的乐舞。武象:周武王时期的乐舞,据说为周公所作。

⑥适观:满足人的观感。

[译文]

  如今陛下得到昆山的美玉,占有随侯珠、和氏璧,悬挂夜明珠,佩带太阿剑,乘骑纤离马,竖立翠凤旗,陈设灵鼍鼓。这几样珍宝,一件也不出产于秦国,而陛下却喜爱它们,为什么呢?如果必须是秦国出产的才可以使用,那么夜光之璧就不会装饰在您的朝廷,犀角象牙制成的器物就不会为您所赏玩,郑魏美女就不会充满您的后宫,駃騠一类的骏马就不会养在您的马棚,江南的金锡不会为您所利用,巴蜀的颜料也不会为您添光彩。您用来装饰后宫,充满下堂,娱乐心意,愉悦耳目的,若必须产于秦国才可以采用,那么这些镶嵌宛珠的簪子,缀满小珠的耳环,东阿白绢做的衣服,锦缎绣成的饰物,就不可能呈献在您面前,而且那些随着社会风尚而扮装雅致,艳丽优美的赵国美女,就不会侍立在您身旁了。敲瓮击缶,弹筝拍腿,呜呜呀呀地歌唱以悦人耳目的,才是真正的秦国音乐。郑卫桑间的新调,《韶虞》《武象》的古曲,都是别国的音乐。如今放弃敲瓮击缶而听郑卫之音,停止弹筝拍腿而取《韶虞》之乐,像这样做是为什么呢?还不是为了心情愉快,满足人的观感罢了。如今用人却不这样,不问可不可以,不分是非曲直,不是秦国的人都要赶走,凡是外来的客卿都要驱逐。这样做只能说明您重视的是女色、音乐、珠宝、美玉,而轻视的却是人才。这可不是用来统一天下制伏诸侯的好方法啊。

臣闻地广者粟多，国大者人众，兵强者则士勇。是以太山不让土壤，故能成其大；河海不择细流，故能就其深；王者不却众庶，故能明其德。是以地无四方，民无异国，四时充美，鬼神降福，此五帝三王之所以无敌也。今乃弃黔首以资敌国，却宾客以业诸侯，使天下之士，退而不敢西向，裹足不入秦。①此所谓藉寇兵而赍盗粮者也。②夫物不产于秦，可宝者多；士不产于秦，愿忠者众。今逐客以资敌国，损民以益仇，内自虚而外树怨诸侯，求国无危，不可得也。

〔注释〕

① 黔首：百姓。黔，黑色。业：成就事业。
② 藉：借。赍(jī)：给。

〔译文〕

臣听说，土地广阔，粮食就充足，国家强大，人口就众多，武器精良，士兵就勇敢。因此，泰山不舍弃任何土壤，所以能那样高大；河海不排斥任何细流，所以能那样深广；帝王不拒绝任何臣民，所以能显示他们的恩德。因此只要能做到地域不分四方，百姓不分国别，那么一年四季必定充盛美好，鬼神也会降赐洪福，五帝三王之无敌于天下，就是这个道理啊。如今竟然抛弃百姓去资助敌国，排斥客卿以成就其他诸侯，使天下的贤士退缩而不敢向西方来，停步而不愿进入秦国，这就是所谓的借兵器给寇贼、送粮食给强盗啊！不产于秦国的东西，可珍贵的有很多；不生于秦国的贤士,愿意效忠的有很多。如今,驱逐客卿资助敌国,损害民众而有利仇人,对内削弱自己,对外结怨诸侯,而想以此求国家没有危险,那是不可能的。

奏　记

诣蒋公

阮　籍

[题解]

"奏记",是一种上行公文类。清人王兆芳在《文体通释》中说:"奏记,进事于王侯大臣而申言阙志,奏书之别支也。主于言事进志,与奏疏相类。"又,刘勰《文心雕龙·书记》曰:"盖圣贤言辞,总为之书。书之为体,主言者也……迄至后汉,稍有名品,公府奏记,而郡将奏笺。记之言志,进己志也。"笺与奏记,皆为下级给上级的书信,所以《文选》"笺"类的文章,我们就不再选录。

《文选》"奏记"类,只收录阮籍《诣蒋公》一文。《文心雕龙·书记》评曰:"敬而不慑,简而无傲。"可谓深得"奏记"之体。据《晋书·阮籍传》记载:太尉蒋济听闻阮籍有俊才,想召为掾属。于是阮籍便写了这篇奏记。蒋公,即蒋济,乃曹魏重臣,当时为太尉,三公之一。"初,济恐籍不至,得记欣然。遣吏迎之,而籍已去,济大怒。于是乡亲共喻之,乃就吏。后谢病归。复为尚书郎,少时,又以病免。"阮籍本有济世之志,但生当魏、晋之际,朝政多变，很多名士都不能保全自己的性命，于是他常以饮酒逃避世俗。"文帝初欲为武帝求婚于籍，籍醉六十日，不得言而止。钟会数以时事问之，欲因其可否而致之罪，皆以酣醉获免。"

阮籍简介见前文《咏怀十七首》。

　　籍死罪死罪。伏惟明公以含一之德，据上台之位，群英翘首，俊贤抗足。①开府之日，人人自以为掾属，辟书始下，下走为首。②子夏处西河之上，而文侯拥彗；邹子居黍谷之阴，而昭王陪乘。③夫布衣穷居韦带之士，王公大人所以屈体而下之者，为道存也。④籍无邹、卜之德，而有其陋，猥见采擢，无以称当。⑤方将耕于东皋之阳，输黍稷之税，以避当涂者之路。⑥负薪疲病，足力不强，补吏之召，非所克堪。⑦乞回谬恩，以光清举。⑧

〔注释〕

　　①上台之位：星名有三台，上台、中台、下台，古代以此象征人事，称三公为三台。《晋书·天文志》："在人曰三公，在天曰三台。"蒋济位在太尉，属三公。翘首：形容殷切盼望。抗足：举足，即举足相趋。

　　②掾（yuàn）属：佐治的官吏。辟（bì）书：征召的文书。辟，征召。下走：自称的谦辞。

　　③子夏：即孔子的弟子卜商，字子夏。文侯拥彗：文侯，魏文侯。拥彗，犹持帚，即恭敬之意。邹子：即指邹衍，战国时齐国人。燕昭王因敬邹子之德而陪乘。陪乘，参乘。

　　④布衣、韦带：皆为贫贱者所服。韦，皮。

　　⑤邹、卜：指邹衍、卜商。陋：鄙陋。猥：辱，谦辞。采擢：提携。

⑥当涂:权贵者。
⑦负薪:士人自称有疾。负,担。薪,樵。《礼记·曲礼》:"君使士射,不能,则辞以疾。言曰:'某有负薪之忧。'"补吏:指没有能力胜任掾属之职。克堪,能够胜任。
⑧乞回:希望能够收回。光:光耀。清举:清雅之举。

〔译文〕

阮籍死罪,死罪。俯身思想,明公您以大全之德,高居三公之位,豪杰俊贤们向往趋归。开府之日,人人愿为您的掾属,召贤的书刚下,下面的人便争先抢后前来应征。古时候,子夏隐居于西河,魏文侯执帚相侍;邹衍身居不毛之地,燕昭王陪乘在侧。布衣之士,穷居陋巷,王公大人甘愿礼贤下士,是由于他们道德高尚。籍不具备邹衍、卜商那样的德行,反而有他们的许多不足,明公垂爱,很是不当。我正要去东皋的田地耕作,好缴纳黍稷之税,并避开当权者的路。我的身体有恙,脚力不强,您召我为掾属,实在是不能胜任。希望您能够收回成命,不至于玷辱了您的清雅之举。

书

报任少卿书

司马迁

〔题解〕

"书"作为一种文体,有些类似于我们今天的书信。古人的书信又叫"尺牍"或曰"信札"。虽然"书"是一种应用性的文体,但是并不排斥审美的文学属性。汉魏六朝的尺牍抒写重在实用,但文人常在无意间把其写为具有审美属性的作品。唐宋以后,在一些文人的笔下,尺牍的实用功能逐渐淡化,审美属性则日益强化,有些尺牍还会刻意写成纯粹的文学作品。《文选》卷四一至四二共收录十八位作者"书"类作品二十篇。

《报任少卿书》作于武帝太始四年(前93)。任少卿,名安,荥阳(今属河南)人。当时,任安因为卷入戾太子刘据案中,被武帝判处死刑,在狱中写信给司马迁,希望司马迁以"推贤进士为务",出面援救自己。任安以为司马迁常侍皇帝身边,容易进言荐贤,殊不知,此时司马迁动辄得咎,即使出面营救任安,也无济于事。在这封回信中,司马迁倾诉了自己的不幸遭遇,揭露了政治的黑暗,抒发了对社会不公的愤慨,表现了"或重于太山,或轻于鸿毛"的生死观与忍辱不屈的伟大精神。全文融叙事、议论、抒情为一体,感情真挚恳切,具有强烈的艺术感染力。

司马迁(约前145—?),字子长,西汉夏阳(今陕西韩城)人。早年受业于经学大师董仲舒、孔安国。二十岁开始漫游各地,为日后写作《史记》打下了坚实的基础。武帝元封三年(前108),继任父职为太史令,得以博览皇家藏书。太初元年(前104),开始创作《史记》。天汉二年(前99),因为李陵辩护获罪下狱,被处腐刑。太始元年(前96),被赦出狱,任中书令,同时忍辱负重、发愤著书,完成《史记》这部伟大的史学经典。《汉书》卷六二有传。

太史公牛马走司马迁再拜言,少卿足下:曩者辱赐书,教以顺于接物,推贤进士为务。①意气勤勤恳恳,若望仆不相师,而用流俗人之言。②仆非敢如此也。仆虽罢驽,亦尝侧闻长者之遗风矣。③顾自以为身残处秽,动而见尤,欲益反损,是以独郁悒而与谁语。谚曰:"谁为为之?孰令听之?"盖钟子期死,伯牙终身不复鼓琴。④何则?士为知己者用,女为说己者容。若仆大质已亏缺矣,虽才怀随、和,行若由、夷,终不可以为荣,适足以见笑而自点耳。⑤书辞宜答,会东从上来,又迫贱事,相见日浅,卒卒无须臾之闲,得竭至意。⑥今少卿抱不测之罪,涉旬月,迫季冬,仆又薄从上雍,恐卒然不可为讳。⑦是仆终已不得舒愤懑以晓左右,则长逝者魂魄私恨无穷。请略陈固陋。⑧阙然久不报,幸勿为过。

〔注释〕

①太史公牛马走:司马迁自谦之辞。太史公,司马迁之父司马谈。走,犹仆,谓己为太史公掌牛马之仆。少卿:任安的字。曩(nǎng):从前。辱赐书:套语,表示对方地位很高,给自己写信是一种屈辱。

②若:好像。望:埋怨,怨恨。相师:遵从效法。

③罢驽:比喻才能低下。罢,通"疲"。驽,劣马。

④"盖钟子期死"二句:《吕氏春秋·本味》载,伯牙鼓琴,意在太山。钟子期曰:"善哉,巍巍若太山。"俄而志在流水。子期曰:"善哉,汤汤乎若流水。"子期死,伯牙破琴绝弦,终身不复鼓琴,以为世无知音者。

⑤大质:身体。亏缺:指遭受宫刑。随、和:随侯珠与和氏璧,皆战国

时的珍宝。由、夷:许由与伯夷,古代著名的隐士。自点:玷污自己。

⑥会:恰逢。上:指汉武帝。贱事:杂事。

⑦季冬:农历十二月。汉律规定十二月处决犯人。薄:迫近。雍:地名,在今陕西。卒然:突然。不可为讳:委婉说法,指任安将在冬末被处死。

⑧固陋:褊狭浅陋的意见。

[译文]

太史公的仆人司马迁再拜说,少卿足下:前些时候您屈尊写信给我,教我谨慎地待人接物,并把推荐贤才、引进良士作为自己的任务。来信的情意非常诚恳,好像是在抱怨我没有遵从您的意见行事,反而听信了世俗之人的言语。我不敢这样做啊。我虽然愚笨平庸,但也曾听到过德高望重的长者流传下来的风尚。只是以为自己受了宫刑,处在卑贱的地位,动不动就要受到指责,想做点有益的事,可能反而会把事情搞砸。因此,我总是独自愁闷,而不知跟谁诉说。俗语说:"为谁去做?又让谁听呢?"所以,钟子期死后,伯牙便终生不再弹琴。这是为什么呢?贤士为了解自己的人所用,女子为喜爱自己的人打扮。像我这样身体已经伤残的人,即便是身怀随侯珠、和氏璧般宝贵的才能,有像许由、伯夷那样的高贵品行,终究不能够以之为荣,反而恰恰足以被人耻笑,自取污辱。您的来信本应该及早答复,可是正碰上随皇帝东巡,近日才回到长安,又忙于琐事。我们能够相见的时间很少,我又整天忙碌,没有一点儿空闲详尽诉说自己的心意。如今您又遭遇了无法预测的罪过,再过一个月,就接近十二月了,也快到我跟随皇帝前去雍地的日子了,恐怕突然之间发生什么不幸之事。这样,我就再也不能抒发心中的愤懑之情让您知道了,那么与世长辞后的魂魄也会留下无尽的遗憾。请允许我简略陈述自己的浅陋之见。隔了很久没有给您回信,希望您不要责怪。

仆闻之:修身者,智之符也;爱施者,仁之端也;取与者,义之表也;耻辱者,勇之决也;立名者,行之极也。① 士有此五者,然后可以托于世而列于君子之林矣。故祸莫憯于欲利,悲莫痛于伤心,行莫丑于辱先,诟莫大于宫刑。② 刑余之人,无所比数,非一世也,所从来远矣。③ 昔卫灵公与雍渠同载,孔子适陈;商鞅因景监见,赵良寒心;同子参乘,袁丝变色。④ 自古而耻之。夫以中才之人,事有关于宦竖,莫不伤气,而况于慷慨之士乎?⑤ 如今朝廷虽乏人,奈何令刀锯之余荐天下豪俊哉!⑥

[注释]

①表:标志。决:先决条件。
②憯(cǎn):通"惨"。辱先:污辱祖先。诟:污垢,耻辱。
③比数:同列,相提并论。
④"昔卫灵公"二句:卫灵公与宦官雍渠同乘一车出行,孔子看见后感到羞耻,立即离开卫国,前往陈国。"商鞅因景监见"二句:赵良认为商鞅是宦官荐举,名声不好,因而寒心。景监:秦孝公宠幸的宦官。赵良:秦国的贤士。"同子参乘"二句:汉文帝出行,曾命宦官赵谈陪坐。袁盎见了,脸色都变了。同子:指赵谈。司马迁避父司马谈讳,改称其为同子。参

杂 文 | 207

乘：陪坐在车子左右。袁丝：即袁盎，字丝。汉文帝时人。

⑤宦竖：太监。

⑥刀锯之余：受过宫刑的人，这是作者自指。

〔译文〕

　　我听说，加强自身修养，是有智慧的象征；乐于施舍，是行仁德的开端；索取与给予得当，是遵守道义的标志；如何看待耻辱，是判断人是否勇敢的标准；树立好的名声，则是品行的最高准则。士人具备了这五条，就可在社会上立足，从而进入君子的行列。所以，灾祸没有比贪图私利更悲惨的了，悲哀没有比好心受到损伤更痛心的了，行为没有比使祖先受辱更丑恶的了，耻辱没有比受宫刑更严重的了。受过宫刑的人，没有人肯和他相提并论，这不是一朝一代的事，由来已久了。过去卫灵公与雍渠同车，孔子感到耻辱，便离开卫国到了陈国；商鞅通过景监见到秦孝公，赵良感到寒心；赵谈做皇帝的参乘，袁盎满面怒容。自古以来，人们就看不起这种人。就算是一般的人，只要遇到与宦官牵连的事情，没有不灰心丧气的，更何况是那些有远大抱负、意志刚烈的人呢！如今朝廷虽然缺乏人才，但怎么能让我这种受过刑罚的人来推荐天下豪杰呢？

　　仆赖先人绪业，得待罪辇毂下，二十余年矣。①所以自惟，上之不能纳忠效信，有奇策才力之誉，自结明主。②次之，又不能拾遗补阙，招贤进能，显岩穴之士。③外之，又不能备行伍，攻城野战，有斩将搴旗之功。④下之，不能积日累劳，取尊官厚禄，以为宗族交游光宠。四

208 ｜ 文 选

者无一遂,苟合取容,无所短长之效,可见如此矣。⑤向者仆常厕下大夫之列,陪外廷末议,不以此时引维纲,尽思虑。⑥今以亏形为扫除之隶,在阘茸之中,乃欲仰首伸眉,论列是非,不亦轻朝廷,羞当世之士邪?⑦嗟乎,嗟乎!如仆尚何言哉!尚何言哉!

〔注释〕

①先人绪业:指继承其父的事业任太史令。绪业,余业。辇毂:本指帝王所乘的车驾,此指京城。

②自惟:自我反省。

③岩穴之士:指隐居山中的贤士。

④斩将搴(qiān)旗:杀死敌军的将领,拔掉敌人的旗帜。

⑤苟合取容:苟且迎合、讨好他人以求容身。

⑥外廷:外朝。汉制,丞相以下六百石为外朝官。末议:谦辞。意谓自己的意见微不足道。

⑦阘(tà)茸(róng):本义为小门、小草,此指卑微下贱之人。

〔译文〕

我靠继承父亲的余业,才得以在京师任职,如今已经有二十多年了。平日自己常想,对上,我未能效尽忠心与信诚,也没有策略卓异和才干突出的声誉,以取得圣明君主的赏识。其次,又不能替君主拾遗补阙,招延推荐贤能之人和隐居之士。在外,又不能参与军队攻城野战,取得斩将拔旗的功绩。在下,又不能一天天地积累功劳,取得高官厚禄,以此为宗族、朋友增添荣耀。以上四项没有一项有所成就,只好勉强迎合以取得皇帝的收容,没有什么大的贡献可言,可见我的一生只能这样了。当初我曾经位居下大夫行列,陪奉外廷官员只发表一些微不足道的意见,不在当时申张国家的法度,为国竭尽智谋,如今形体已残,成了地位低下的人,处于卑贱者的行列里,竟要昂首扬眉,陈说是非,不是轻蔑朝廷、羞辱当今的士人吗?可叹啊,可叹!像我这样的人还能说什么呢!还能说什么呢!

且事本末未易明也。仆少负不羁之行,长无乡曲之誉。主上幸以先人之故,使得奏薄伎,出入周卫之中。仆以为戴盆何以望天,故绝宾客之知,亡室家之业,日夜思竭其不肖之才力,务一心营职,以求亲媚于主上。而事乃有大谬不然者!夫仆与李陵,俱居门下,素非能相善也。① 趣舍异路,未尝衔杯酒,接殷勤之余欢。② 然仆观其为人,自守奇士,事亲孝,与士信,临财廉,取与义,分别有让,恭俭下人,常思奋不顾身,以徇国家之急。③ 其素所蓄积也,仆以为有国士之风。夫人臣出万死不顾一生之计,赴公家之难,斯以奇矣。今举事一不当,而全躯保妻子之臣,随而媒糵其短,仆诚私心痛之。④ 且李陵提步卒不满五千,深践戎马之地,足历王庭,垂饵虎口,横挑强胡,仰亿万之师,与单于连战十有余日,所杀过半当。虏救死扶伤不给,旃裘之君长咸震怖,乃悉征其左右贤王,举引弓之人,一国共攻而围之。⑤

转斗千里,矢尽道穷,救兵不至,士卒死伤如积。然陵一呼劳军,士无不起,躬自流涕,沫血饮泣,更张空拳,冒白刃,北向争死敌者。⑥陵未没时,使有来报,汉公卿王侯,皆奉觞上寿。后数日,陵败书闻,主上为之食不甘味,听朝不怡。大臣忧惧,不知所出。仆窃不自料其卑贱,见主上惨怆怛悼,诚欲效其款款之愚。⑦以为李陵素与士大夫绝甘分少,能得人死力,虽古之名将,不能过也。⑧身虽陷败,彼观其意,且欲得其当而报于汉。事已无可奈何,其所摧败,功亦足以暴于天下矣!仆怀欲陈之,而未有路。适会召问,即以此指推言陵之功,欲以广主上之意,塞睚眦之辞。⑨未能尽明,明主不晓,以为仆沮贰师,而为李陵游说,遂下于理。⑩拳拳之忠,终不能自列,因为诬上,卒从吏议。家贫,货赂不足以自赎,交游莫救,左右亲近不为一言。身非木石,独与法吏为伍,深幽囹圄之中,谁可告愬者?⑪此真少卿所亲见,仆行事岂不然乎?李陵既生降,隤其家声,而仆又佴之蚕室,重为天下观笑。⑫悲夫,悲夫!事未易一二为俗人言也。

〔注释〕

①俱居门下:一起同朝为官。门下,宫门之下。
②趣舍异路:志趣不同。
③自守奇士:能自守节操的奇士。徇:通"殉",为国捐躯。
④媒蘖:亦作"媒糵",酒曲。这里是酿成之意,比喻构陷诬害,酿成其罪。

⑤旃(zhān)裘之君:指匈奴的首领。旃裘,匈奴穿的服装,此代指匈奴。左右贤王:匈奴贵族封号。引弓之人:即匈奴人,因其善射,故称。

⑥沬(huì)血:以血洗面,犹言血流满脸。沬,洗面。

⑦不自料:不自量。惨怆(chuàng)怛(dá)悼:悲痛哀伤。款款:忠诚的样子。

⑧绝甘分少:好吃的尽给别人,自己只分取少的部分。

⑨睚眦之辞:诬陷的言论。

⑩沮(jǔ):毁坏,诋毁。贰师:贰师将军李广利,汉武帝宠妃李夫人之兄。天汉二年(前99),汉武帝派李广利出兵匈奴,令李陵相助。李陵被围,李广利按兵不动。李陵兵败,李广利未能建功。

⑪囹(líng)圄(yǔ):监狱。愬:通"诉"。

⑫佴(èr):相次,随后。蚕室:古代受宫刑的人居住的囚室。

[译文]

　　而且,事情的原委一般人是不容易弄明白的。我自小就怀抱不羁之才,但长大后并未在乡里博得什么名声。幸赖皇上因为我父亲的缘故,使我获得贡献微薄技能的机会,出入于宫禁之中。我认为头上顶着盆子怎么还能望天呢?所以断绝了宾客的往来,忘掉了家庭的事务,日夜都想着竭尽自己微薄的才力,专心供职,以求博得皇上的欢心与信任。然而事情并不像我想的那样。我与李陵同在朝廷为官,向来没有什么交情。我和他的理想、志趣不同,从不曾在一起喝过酒,更没有相互示好的私人感情。但是我观察他的为人,是个能自守节操的出众之人。他侍奉双亲很孝敬,结交士人讲信用,面对财物廉洁奉公,索取或给予按理义办事,能分尊卑长幼而有礼让,谦恭自律,礼贤下士,常想着能为国家的急难而奋不顾身。他平素所积蓄的品德,我以为有国士的风度。作为臣子,出生入死,不顾个人安危,奔赴国家的急难,已经很不寻常了。如今行事一有不当,那些贪生怕死,只顾着保全自己和家室的臣子,随即夸大他的过失,酿成大罪,对此我实在感到痛心。再说,李陵统率的步卒不满五千,深入胡地,到达单于王庭,就好似在虎口设下诱饵一般危险。他勇敢地向强大的匈奴挑战,迎击众多敌兵,同单于的军队连续作战十多天,杀死众多的敌军。以至于匈奴连救死扶伤也顾不上,匈奴的首领十分惊惧,于是征集左右贤王的军队,发动所有能张弓射箭的人参战,举国攻打李陵的军队,并包围了他们。李陵率军转战千里,箭尽,路绝,而援军却不到,士卒死伤无数。但是,当李陵高声一呼,疲惫的兵士没有不奋起的,他们淌着眼泪,流着鲜血,强忍悲痛,举起空拳,冒着敌人的刀刃,奋勇争先,拼死搏斗。当李陵的军队尚未败亡之时,有使者给朝廷送来战况,汉王朝的公卿王侯们都举杯祝贺。几天后,李陵兵败的消息传来,皇上为此食不甘味,处理朝政时也不高兴。大臣们很忧惧,不知如何是好。我没有估量自己地位卑贱,看到主上悲痛伤心,就想献出自己诚恳的愚见。我认为李陵与部下相处,总是好吃的都给别人,自己只分很少的一部分,因而能得到部下拼死效命,即使是古代的名将也不能超过他。他虽然兵败投降,身陷匈奴,但看他的意思应该还是在等待适当的机会报效汉朝。虽然事到如今,已是无可奈何了,但他击败众多敌人的功劳,也足够显示于天下啊。我很想陈述这一看法,但却没有机会。恰巧碰到主上召问,就按此意述说李陵的功劳,想以此宽慰皇上之心,堵塞那些怨恨者的坏话。可是我还没有把话讲明白,英明的皇上也不明察我的用意,就认为我是在攻击贰师将军李广利,为李陵辩护,于是便把我交到大理寺问罪。我诚恳的心意没有机会辩白,就被判了个诬上的罪名,最后还被判以腐刑。我家境贫寒,没有足够的钱财来赎罪,朋友们谁也没有出面营救,皇帝身边亲近的人也没有肯替我说一句话的。我身非木石,却要独自和司法的官吏打交道,被拘禁在幽深的监狱之中,又能向谁去诉说呢。这些都是您亲眼看到的,我做的事情难道不是这样吗?李陵已经活着投降了,败坏了家族声誉,而我又在蚕室中蒙受耻辱,被天下人耻笑。可悲啊,可悲啊!这些事情是不容易对俗人逐一说清楚的。

仆之先,非有剖符丹书之功,文史星历,近乎卜祝之间,固主上所戏弄,倡优所畜,流俗之所轻也。① 假令仆伏法受诛,若九牛亡一毛,与蝼蚁何以异?而世又不与能死节者,特以为智穷罪极,不能自免,卒就死耳。何也?素所自树立使然也。人固有一死,或重于太山,或轻于鸿毛,用之所趋异也。太上不辱先,其次不辱身,其次不辱理色,其次不辱辞令,其次诎体受辱,其次易服受辱,其次关木索、被箠楚受辱,其次剔毛发、婴金铁受辱,其次毁肌肤、断肢体受辱,最下腐刑极矣。② 传曰:"刑不上大夫。"此言士节不可不勉励也。猛虎在深山,百兽震恐,及在槛阱之中,摇尾而求食,积威约之渐也。③ 故有画地为牢,势不可入;削木为吏,议不可对,定计于鲜也。今交手足,受木索,暴肌肤,受榜箠,幽于圜墙之中。当此之时,见狱吏则头抢地,视徒隶则正惕息。何者?

积威约之势也。及以至是,言不辱者,所谓强颜耳,曷足贵乎?且西伯,伯也,拘于羑里;李斯,相也,具于五刑;淮阴,王也,受械于陈;彭越、张敖,南面称孤,系狱抵罪;绛侯诛诸吕,权倾五伯,囚于请室;魏其,大将也,衣赭衣,关三木;季布为朱家钳奴;灌夫受辱于居室。④此人皆身至王侯将相,声闻邻国,及罪至罔加,不能引决自裁,在尘埃之中。⑤古今一体,安在其不辱也?由此言之,勇怯,势也;强弱,形也。审矣,何足怪乎?夫人不能早自裁绳墨之外,以稍陵迟,至于鞭棰之间,乃欲引节,斯不亦远乎!古人所以重施刑于大夫者,殆为此也。

[注释]

①剖符丹书之功:立功受封赏的功绩。符,竹制的凭证,剖分为二,君臣各执一半为凭证。丹书,即铁券丹书。用朱砂将誓言写在铁铸的契券上,左右两块,左颁功臣,右存内府,功臣的子孙可凭此享有特权。文史星历:文史典籍,天文历算。倡优:乐工伶人。

②诎(qū)体受辱:捆绑躯体受辱。诎,通"屈"。诎体即屈体,指被捆绑。易服:换上囚服。关木索:戴上刑具。关,戴上。木,指枷。棰楚:即刑杖。意思是用棰楚打。棰,木杖。楚,荆条。剔毛发:即古代的髡刑。剔,同"剃"。婴金铁:古代的钳刑。婴,环绕。腐刑:宫刑。

③积威约之渐也:用威力制服老虎,使它渐渐被驯服。

④西伯:指周文王,被商纣王拘于羑(yǒu)里。羑里,在今河南汤阴境内。李斯:秦丞相,最后被秦二世腰斩于咸阳城。见《史记·李斯列传》。淮阴:淮阴侯韩信,后在陈地被捕。见《史记·淮阴侯列传》。彭越、张敖:

前者为刘邦将领,后者为刘邦女婿。后来二人均被拘捕。南面称孤:指受封为王。见《史记·魏豹彭越列传》与《张耳陈余列传》。绛侯:指周勃,曾诛灭诸吕,巩固了刘氏政权,后来因人诬告被拘。见《史记·绛侯周勃世家》。魏其:大将军魏其侯窦婴,武帝时被杀。见《史记·魏其武安侯列传》。赭衣:囚衣。三木:在头、手、足三处所加刑具。季布:原是项羽部将。项羽失败后,季布剃发变服,卖身于朱家为奴。见《史记·季布栾布列传》。灌夫:汉景帝时平定七国之乱的功臣,后被诛杀。见《史记·魏其武安侯列传》。

⑤罔加:刑法加身。罔,通"网",法网、刑法。

[译文]

　　我的先人没有剖符丹书的卓越功勋。作为掌管史籍、天文历法等工作的官员,地位接近于主管占卜、祭祀的人,本来就是供皇上戏弄,像乐师、伶人一样被豢养、被世人所轻视。假使我被法办,惨遭杀戮,就如同九牛失去了一毛,跟死一只蝼蛄、蚂蚁有什么不同呢?而且人们还以为我不如那些坚守节操而死的人,只认为我是智尽无能,罪大恶极,不能免脱罪名,而最终走上死路罢了。为什么会这样呢?正是平素所处的地位才使别人如此看我。人总有一死,有的人死得比泰山还重,有的人死得比鸿毛还轻,这是因为他们在为什么而死上有所区别。做人首先不使自己的祖先受辱,其次是不使自己的身体受辱,其次不应在肌理和颜面上受辱,其次不应该在言辞上受辱,其次是不受捆绑之辱,其次是穿上囚服受辱,其次是戴上刑具、遭到刑杖痛打受辱,其次是剃光头发、脖颈被铁圈锁上受辱,其次是毁坏肌肤、砍断肢体受辱,最下是遭受腐刑,受辱到极点了。《礼记》曾说:"刑罚不用于大夫的身上。"这是说士人不可不磨砺气节。猛虎在深山里，百兽都惊恐害怕；一旦被关进笼子，或掉入陷阱，就只得摇着尾巴乞食吃，这是由于威势的逼迫逐渐形成的。所以，有这样的人，即便在地上画个圈当监牢，估量情势他也不会进去；削个木头人做狱吏，对他判决，也不敢面对。因为他们早就决计不等受辱就先自杀。如今犯人们手脚被捆绑，脖子上戴着刑具，裸露肌肤，遭受鞭打，被囚禁在监牢当中。这个时候，他们见了狱吏就叩头，看见狱卒就战战兢兢，不敢喘息。为什么呢？这是长期用威刑逼迫之后必然会出现的样子。及至已经到了这种地步，还说自己没有受辱的人，不过是厚脸皮而已，哪里值得人尊敬呢。况且，西伯是一方的诸侯之长，而被拘禁在羑里；李斯乃是丞相，却身受五种刑罚；淮阴侯本是王，却在陈地戴上了刑具；彭越、张敖都是南面称孤的王，却被捕入狱；绛侯灭掉诸吕，权势超过春秋五霸，却被囚禁在请室之中；魏其侯是大将军，却穿上赭色囚衣，戴上木枷、手铐和脚镣；季布竟然自受钳刑，给朱家当奴隶；灌夫也在居室之中受辱。这些人都身至王侯将相，声闻邻国，犯罪之后落入法网，不能自裁，而被囚禁在监狱之中。古今都一样，哪里有不受屈辱的呢？由此说来，勇怯强弱都是形势造成的。如果明白了这个道理，那还有什么好奇怪的呢？一个人不能早在法律制裁之前自尽，等逐渐受挫，到了身受鞭杖的时候，才想守节而死，不是太晚了吗？古人之所以不轻易对大夫施刑，大概就是因为这个缘故吧。

夫人情莫不贪生恶死，念父母，顾妻子。至激于义理者不然，乃有所不得已也。今仆不幸，早失父母，无兄弟之亲，独身孤立。少卿视仆于妻子何如哉？且勇者不必死节,怯夫慕义,何处不勉焉!仆虽怯懦,欲苟活,亦颇识去就之分矣,何至自沉溺缧绁之辱哉。①且夫臧获婢妾,由能引决,况仆之不得已乎?②所以隐忍苟活,幽于粪土之中而不辞者,恨私心有所不尽,鄙陋没世,而文彩不表于后世也。

〔注释〕

①去就之分:取舍的界限。这里有舍生取义的意思。缧(léi)绁(xiè):拘系犯人的绳索。引申为囚禁。

②臧(zāng)获:由战俘变为的奴隶。由能:《汉书》作"犹能"。

〔译文〕

按照人之常情,没有不贪生恶死、顾念父母妻儿的,至于那些为义理所激的人不是这样,他们是因为有不得已之处。如今我很不幸,很早就失去了父母,也无兄弟亲人,孑然一身孤独生活。少卿您看我对妻子、儿女的态度怎样?再说了,勇敢的人没必要为名节而死,如果怯懦的人仰慕节义,无论在怎样的处境下都会自勉。我虽然怯懦,想要苟且偷生,但是也懂得舍生取义的道理,何至于甘心遭受囚禁而受辱呢?并且,奴婢侍妾尚能自杀,何况我处在不得已的境地,不是更该一死了之吗?之所以隐忍苟活,陷入肮脏的监狱之中而不去死,是因为我的心愿还没有完全实现,如果我在耻辱中离开人世,我的文采便不能显扬于后世了。

古者富贵而名摩灭,不可胜记,唯倜傥非常之人称焉。盖文王拘而演《周易》;仲尼厄而作《春秋》;屈原放逐,乃赋《离骚》;左丘失明,厥有《国语》;孙子膑脚,《兵法》修列;不韦迁蜀,世传《吕览》;韩非囚秦,《说难》《孤愤》;《诗》三百篇,大底圣贤发愤之所为作也。① 此人皆意有郁结,不得通其道,故述往事,思来者。乃如左丘无目,孙子断足,终不可用,退而论书策,以舒其愤,思垂空文以自见。②

〔注释〕

①"盖文王"句:相传《周易》是周文王被拘羑里时所作。"仲尼厄"句:孔子遭受磨难,退而作《春秋》。左丘:左丘明,相传是《国语》的作者。"孙子膑脚"二句:孙膑的同学庞涓嫉其才能,将其骗到魏国,剔掉他的膝盖骨。后来孙膑大败魏军,射杀庞涓,有《孙膑兵法》传世。修列,编修。不韦:吕不韦,曾为秦相,后获罪迁蜀,忧惧自杀。《吕氏春秋》是吕不韦聚合门客编成。韩非囚秦:韩非受秦王嬴政之邀入秦,后来遭李斯陷害被囚禁,在狱中自杀。《说难》《孤愤》是韩非的名篇。《诗》三百篇:即《诗经》。大底:大都。

②垂:流传。

〔译文〕

古时候,虽然富贵但却名声磨灭的人,多得不可胜记,只有那些卓越、洒脱之人才能扬名后世。周文王被拘禁才推演八卦成为《周易》;孔子因为失意困顿而作《春秋》;屈原遭到放逐,才写成《离骚》;左丘明因为失明,写出了《国语》;孙子受膑刑被截去膝盖骨,编写了《孙子兵法》;吕不韦迁蜀,才有《吕览》传世;

杂 文 | 219

韩非被囚禁于秦国,才有了《说难》《孤愤》;《诗》三百篇,大都是圣贤发愤所作。这些人在思想上都有郁结不解,不能够实现心中的理想,所以才会追述往事,希望将来的人能够了解他们的抱负。就好比左丘明失明,孙膑被截去膝盖骨,他们始终不受重用,于是退而著书立说,抒发心中的愤懑之情,想让自己的作品流传后世,以此来显现自己的志向。

仆窃不逊,近自托于无能之辞,网罗天下放失旧闻,略考其行事,综其终始,稽其成败兴坏之纪,上计轩辕,下至于兹,为十表、本纪十二、书八章、世家三十、列传七十,凡百三十篇。①亦欲以究天人之际,通古今之变,成一家之言。草创未就,会遭此祸。惜其不成,已就极刑,而无愠色。②仆诚以著此书,藏诸名山,传之其人,通邑大都,则仆偿前辱之责,虽万被戮,岂有悔哉?③然此可为智者道,难为俗人言也。

〔注释〕

①放失(yì):散失的事物。失,通"佚"。稽:考察。轩辕:即黄帝,传说中的远古帝王。兹:此,现在。
②愠(yùn)色:怨恨的神色。
③责:通"债"。

〔译文〕

我自不谦虚,近来借拙劣的文笔,网罗天下遗闻旧事,对古人的生平事迹略加考证,综述其始末,考察兴衰成败的道理,上起轩辕,下至如今,写成了十表、十二本纪、八书、三十世家、七十列传,总计一百三十篇。想以此探讨自然万物与人类社会的关系,贯通古今之变,成为一家之言。这部书尚未写完,就遭此大祸。我痛惜自己的著作还没有完成,因此身受极刑,也没有丝毫怨恨的神色。我如果真写成了这部书,能藏之于名山,传授给知音,将来能广泛流传在通都大邑,就可以抵消之前遭受的屈辱了,即使是死一万次,难道还会后悔吗?然而,我的心事只能对智者言,难对俗人说啊。

且负下未易居,下流多谤议。①仆以口语遇此祸,重为乡党所笑,以污辱先人,亦何面目复上父母丘墓乎?②虽累百世,垢弥甚耳!是以肠一日而九回,居则忽忽若有所亡,出则不知其所往。每念斯耻,汗未尝不发背沾衣也。身直为闺阁之臣,宁得自引于深藏岩穴邪?③

故且从俗浮沉,与时俯仰,以通其狂惑。④今少卿乃教以推贤进士,无乃与仆私心剌谬乎?⑤今虽欲自雕琢,曼辞以自饰,无益,于俗不信,适足取辱耳。⑥要之死日,然后是非乃定。书不能悉意,略陈固陋,谨再拜。⑦

[注释]

①负下:负罪受辱之下。下流:比喻地位卑下的人。
②口语:指为李陵辩解。

③闺阁之臣:宦官一类的职守。
④狂惑:狂妄,迷惑。此为愤激之言。
⑤剌(là)谬:违背。亦作"剌缪"。
⑥曼辞:美好的言辞。
⑦略陈固陋:略微表达自己浅陋的看法。固陋,固执浅陋。

〔译文〕

  而且,背负着因罪受刑的坏名声在社会上不容易居处,处于低下卑贱地位的人常受到诽谤和非难。我因为替李陵辩解而遭此祸,更为乡人讥笑,以致让先人蒙辱,我还有什么脸再去父母的坟前拜祭呢。即使延续百代,这种耻辱也会越发深刻。为此,我的愁肠一日九转,在家时常神情恍惚,若有所失,外出则不知自己要往哪里去。每当想起自己遭受的耻辱,背上的汗没有不沾湿衣裳的。我只是个宦官一样的闺阁之臣,又怎么能够退居山林,去过隐士那样的生活呢?所以,我也只好从俗浮沉,与时人俯仰,以此来抒发心中的狂惑。如今您竟让我出面推举贤士,只怕这与我心中的想法有矛盾吧。现在即便是我想用美丽的文辞来雕琢装饰自己,也没有什么用处,非但不会取得世俗之人的信任,恰好足以使我招致屈辱。总之,要到死的那一天,才能真正论定是非。这封信并不能完全表达我的心意,只是大略陈述一下我的浅陋之见。谨再拜。

檄

喻巴蜀檄

司马相如

[题解]

《文选》共收录"檄"类作品五篇,分别为司马相如《喻巴蜀檄》《难蜀父老》,陈琳《为袁绍檄豫州》《檄吴将校部曲文》,钟会《檄蜀文》。《释文》:"檄,军书也。"檄之名始见于战国,后来把官方用来征召、晓谕或声讨等的文书称作檄文。若有急事,则插上羽毛表示需要迅速传递,称之为羽檄。刘勰《文心雕龙·檄移》很好地概括了"檄"类文体晓畅明理的特点。其言"檄者,皦也,宣露于外,皦然明白也",又言"凡檄之大体,或述此休明,或叙彼苛虐,指天时,审人事,算强弱,角权势……谲诡以驰旨,炜晔以腾说,凡此众条,莫之或违之者也。故其植义飏辞,务在刚健;插羽以示迅,不可使辞缓;露板以宣众,不可使义隐。必事昭而理辨,气盛而辞断,此其要也。"

《喻巴蜀檄》是司马相如出使巴蜀时所发布的檄文。据《汉书·司马相如传》记载:"相如为郎数岁,会唐蒙使略通夜郎、僰中,发巴蜀吏卒千人,郡又多为发转漕万馀人,用军兴法,诛其渠率,巴蜀民大惊恐。上闻之,乃遣相如责唐蒙等,因谕告巴蜀民以非上意。"司马相如因此作《喻巴蜀檄》。文章先说明了国家的形势,指出通西南夷是国家大局。至于"发军兴制"使巴蜀民众惊恐,则"非陛下之意"。这篇檄文虽然是替朝廷周旋,但晓之以理,动之以情,让人信服。

司马相如简介见前文《子虚赋》。

告巴蜀太守:①蛮夷自擅,不讨之日久矣,时侵犯边境,劳士大夫。②陛下即位,存抚天下,安集中国,然后兴师出兵,北征匈奴。③单于怖骇,交臂受事,屈膝请和。④康居西域,重译纳贡,稽颡来享。⑤移师东指,闽越相诛。右吊番禺,太子入朝。⑥南夷之君,西僰之长,常效贡职,不敢堕怠,延颈举踵,喁喁然皆向风慕义,欲为臣妾,道里辽远,山川阻深,不能自致。⑦夫不顺者已诛,而为善者未赏,故遣中郎将往宾之,发巴蜀之士各五百人,以奉币帛,卫使者不然,靡有兵革之事、战斗之患。⑧今闻其乃发军兴制,惊惧子弟,忧患长老,郡又擅为转粟运输,皆非陛下之意也。当行者或亡逃自贼杀,亦非人臣之节也。⑨

[注释]

①巴蜀:巴、蜀皆郡名,在今四川。太守:官名,本为战国时郡守的尊称。汉景帝时,改郡守为太守,是一郡的最高行政长官。

②擅:独断专行,自作主张。士大夫:此指军将。

③安集:安定和睦。

④单(chán)于:匈奴的最高首领。怖骇:惊惧。交臂:反缚。

⑤康居:古西域国名,大致在今巴尔喀什湖和咸海之间。西域:汉以

后对玉门关以西地区的总称。稽(qǐ)颡(sǎng):古时的一种跪拜礼。以额头触地,表示惶恐之至。享:进献。

⑥番(pān)禺:南海郡的番禺县,今广东广州。

⑦南夷:南方民族的通称。西僰(bó):古代西南民族之一。效:进献。贡职:赋税,贡品。延颈举踵:伸长脖颈,抬起脚跟,形容殷切盼望。喁(yóng)喁然:仰望期待的样子。向风慕义:指归顺朝廷。慕义,仰慕正义。臣妾:泛指奴隶,这里指归顺汉朝。春秋时男奴叫臣,女奴称妾。

⑧中郎将:此指唐蒙。宾之:使之归顺。卫使者:指地方官和使者唐蒙。兵革:指战争。

⑨当(dāng)行(háng):当差,担当差役。自贼杀:自残。

[译文]

告巴蜀太守:蛮夷独断专行,很久都没去讨伐他们了,所以他们时常侵犯我们的边境,使我们的将士们很劳累。陛下登基之后,抚恤天下的百姓,使全国百姓安定、和睦,然后才兴师讨伐北方的匈奴。匈奴的单于惊惧,将自己反绑在军前,屈膝前来求和。康居和玉门关以西的国家,虽然语言上不通,但也经多重翻译,恭敬地前来纳贡。待北方平定后,大军又指向了东边的闽越。征服了闽越之后,又到了番禺,于是南越王的太子便入朝做了人质。南方民族的国君,西边僰人的头领,时常向朝廷进献贡品,从来不敢懈怠。他们仰慕正义,伸长了颈子,抬起来脚跟,争先恐后地前来归顺朝廷,情愿做我们汉朝的奴仆,可是路途遥远,山川阻隔,不能亲自前来表达这种意愿。不归顺的已诛杀,归顺的却还未得到奖赏,所以朝廷才会选派中郎将唐蒙到巴蜀去使他们归顺,还征集了两郡的军士各五百人,捧送礼品,护卫使者,以防有什么不测,也好确保没有战争和武装冲突。现在听

杂 文 | 225

说他们竟然用战时的制度，使得巴蜀青年人惊怕，老年人忧虑，郡守又擅自派遣差役转送军粮，这些错误的行为都不是陛下的意思。那些应该服劳役的人，有的逃跑，有的自残，这也不是臣民应有的气节。

夫边郡之士，闻烽举燧燔，皆摄弓而驰，荷兵而走，流汗相属，唯恐居后。①触白刃，冒流矢，义不反顾，计不旋踵。②人怀怒心，如报私仇。彼岂乐死恶生，非编列之民，而与巴蜀异主哉？③计深虑远，急国家之难，而乐尽人臣之道也。故有剖符之封，析珪而爵，位为通侯，处列东第，终则遗显号于后世，传土地于子孙。④行事甚忠敬，居位甚安逸，名声施于无穷，功烈著而不灭。⑤是以贤人君子，肝脑涂中原，膏液润野草而不辞也。今奉币役至南夷，即自贼杀，或亡逃抵诛，身死无名，谥为至愚，耻及父母，为天下笑。⑥人之度量相越，岂不远哉。然此非独行者之罪也，父兄之教不先，子弟之率不谨，寡廉鲜耻，而俗不长厚也，其被刑戮，不亦宜乎？

〔注释〕

①烽举燧（suì）燔（fán）：烽、燧，古代边防报警的两种信号。白天放烟叫"烽"，夜间举火叫"燧"。燔，烧。摄弓：拿着弓箭做射击的准备。荷（hè）：扛，担。兵：兵器。走：急趋，即跑。

②旋踵（zhǒng）：指后退。

③编列之民：编入户籍的百姓。

④剖符:古代帝王分封诸侯或功臣,把符节剖分为二,各执一半,作为凭证。析珪(guī):古时封诸侯,按爵位高低分颁珪玉,称为析珪。通侯:爵位名,秦二十等爵的最高一级。汉沿用,亦称彻侯、列侯。东第:指王侯贵族的住宅。

⑤施(yì):延续。

⑥抵:李善注:"至也。亡逃而至于诛也。"

[译文]

　　边疆的军士,一发现有敌情,就举起烽火报警,全都是拿着弓箭,扛起武器就跑,汗流浃背地紧紧跟随,生怕落在别人后面。作战时,迎着敌人的刀枪,冒着敌人的飞箭,勇往直前,绝不退缩。人人心怀愤怒,好像是在为自己报仇。难道他们乐死恶生,不是编入大汉户籍的百姓,与巴蜀民众有不同的君主吗？他们考虑事情深远,想要解救国家的危难,乐于尽到臣民应尽的责任。所以有人能得到陛下恩赏的功臣符节,有人能得到珪玉爵赏,身处列侯高位,住在王公贵族的府第中,死后还可以把自己显耀的封号传给后代,把家中的土地财产留给儿孙。他们尽心为朝廷做事,处在安逸的位置,名誉和声望可以永远地延续下去,功业显著,永不磨灭。所以有才能、有德行的人,即便是肝脑涂地、血和肉浸润野草也不推辞躲避。如今要他们服劳役送币帛礼品到南夷,就把自己弄成残废,或逃跑,而最终被诛杀,这样死了也不光彩,是最蠢的人,这种耻辱累及父母,会被天下人所耻笑。人的气量,岂不是相差很远吗。然而,这不只是那些为躲避徭役而逃跑,或自残之人的罪过,他们的父兄没有事先教育好他们,没有为他们做好表率,以至于他们不

杂　文 | 227

知廉耻,当地的民风也不淳厚,这些人受刑或被处死,不是自然的吗?

　　陛下患使者有司之若彼,悼不肖愚民之如此,故遣信使晓喻百姓以发卒之事,因数之以不忠死亡之罪,让三老孝悌以不教诲之过。①方今田时,重烦百姓。已亲见近县,恐远所谿谷山泽之民不遍闻,檄到,亟下县道,使咸喻陛下之意,无忽。②

〔注释〕

　　①信使:使者。晓喻:告知。让:责备。三老:古时掌教化的乡官。
　　②亟(jí):赶快。咸:全,都。忽:疏忽、轻视。

〔译文〕

　　皇上对使者和地方官是那样担心,对无知的愚民是如此的哀伤,所以派使者前来,把"发卒之事"明白地告知百姓,并列举那些对朝廷不忠、逃避服役而死亡之人的罪过,责备"三老"没有教育好乡里的子弟孝顺父母、尊敬兄长。眼下正是农忙的时候,不要烦扰百姓。附近各县的百姓都已经知道了,恐怕那些住在山谷、川泽的民众还不知道,檄文到时,赶快下发到各县去,使民众都明白皇上的旨意,不得怠慢。

对　问

对楚王问

宋　玉

[题解]

　　"对问",是通过一问一答的形式来论述问题和表达观点的一种文体。在一些赋的序言里,也曾采用过这种形式。《文选》"对问"类仅收录宋玉《对楚王问》一篇。《对楚王问》采用主客问答的形式,以比喻、象征、对比等多种艺术手法,晓之以理,迂回曲折地为自己辩解明志,既回应了楚王的发难,也表达了对"士民众庶"的蔑视和孤芳自赏、自命不凡的傲然之气,感染力十足,展现出较高的艺术价值。刘勰《文心雕龙·杂文》评曰:"宋玉含才,颇亦负俗,始造对问,以申其志,放怀寥廓,气实使之。"

　　宋玉简介见前文《登徒子好色赋并序》。

　　楚襄王问于宋玉曰:"先生其有遗行与,何士民众庶不誉之甚也?"①

　　宋玉对曰:"唯。然有之。愿大王宽其罪,使得毕其辞。客有歌于郢中者,其始曰《下里》《巴人》,国中属而和者数千人;其为《阳阿》《薤露》,国中属而和者数百人;其为《阳春》《白雪》,国中属而和者不过数十人;引商刻羽,杂以流徵,国中属而和者不过数人而已。②是其曲弥高,其和弥寡。故鸟有凤而鱼有鲲,凤皇上击九千里,绝云霓,负苍天,翱翔乎杳冥之上。③夫蕃篱之鷃,岂能与之料天地之高哉。④鲲鱼朝发昆仑之墟,暴鬐于碣石,暮宿于孟诸。⑤夫尺泽之鲵,岂能与之量江海之大哉。⑥故非独鸟有凤而鱼有鲲也,士亦有之。夫圣人瑰意琦行,超然独处。夫世俗之民又安知臣之所为哉。⑦"

〔注释〕

①楚襄王:即楚顷襄王。遗行:可遗弃之行,婉指劣迹。士民:士人。众庶:百姓。

②郢(yǐng):楚国国都。《下里》《巴人》:古俗曲名。属而和:属,跟随。和,应和。《阳阿》《薤(xiè)露》:古歌名。《阳春》《白雪》:古乐曲名。引商刻羽:指运用高超的演唱技巧。商生羽,羽生角,是合乎乐律的正声。流徵(zhǐ):变调之属。

③负苍天:言凤凰高飞,背负苍天。杳冥:绝远之处。

④蕃篱:篱笆。鷃(yàn):一种小鸟。

⑤昆仑:古代神山,古人以黄河源出昆仑山。墟:山脚。暴鬐(qí):暴露鲲之脊鳍。鬐,鱼脊鳍。碣石:泛指海畔山石。今河北昌黎有碣石山。孟诸:古大泽名。

⑥尺泽:小沼泽。鲵(ní):小鱼。

⑦瑰意琦行:卓绝的思想,非凡的行为。

〔译文〕

楚襄王问宋玉说:"先生也许有不检点的行迹吧,不然为什么士人和老百姓都这样不称赞你呢?"

宋玉回答说:"是的。但这是有原因的。希望大王恕罪,让我有机会把话说完。有客人在郢都唱歌,他开始唱的是《下里》《巴人》,跟他一起唱和的有数千人;然后唱《阳阿》《薤露》,跟他一起唱和的有数百人;后来又唱《阳春》《白雪》,跟他一起唱和的不过数十人;客人演唱的技巧越来越高超,其中还掺着变调,最后能跟他一起唱和的不过几个人而已。这就叫曲高和寡。鸟当中有凤,鱼当中有鲲,凤凰展翅高飞九千里,绝云霓,负苍天,翱翔在渺渺茫茫的高空之上。篱笆圈里的小鸟怎么能够像凤凰一样识别天地的高低?鲲鱼早上从昆仑山脚下出游,它的脊背上的鱼鳍暴露在海边的山石中间,晚上宿于大泽之中。那些身在小小沼泽之中的鲵鱼,岂能懂得江海的汪洋浩大?所以,非但鸟中有凤,鱼中有鲲,人当中也同样有非凡的佼佼者。圣人有卓绝的思想和非凡的行为,他超然独处在人世间。世俗之人又怎么能够了解我的所作所为呢?"

设　论

答客难

东方朔

〔题解〕

《文选》"设论"类共收录东方朔《答客难》、杨雄《解嘲并序》、班固《答宾戏》三篇。设论以说理为主要特征,以议论辩驳为主要表达方式。设论往往自定假设,通过主客问答的形式进行辩论,然后再答疑释惑,自我解嘲。东方朔虽然常伴汉武帝左右,但却始终不被重用。《汉书·东方朔传》曰:"朔因著论,设客难己,用位卑以自慰谕。"这即该篇的写作背景。东方朔的这篇《答客难》,对宋玉的《对楚王问》有所继承和发挥,后世文人多效仿之,如扬雄《解嘲》,班固《答宾戏》,张衡《应间》,以至韩愈《进学解》等,都可以说是《答客难》的拟作,这对相关文体的发展影响深远。

东方朔(前154—前93),字曼倩,平原郡厌次(今山东惠民)人,西汉时期著名的文学家。汉武帝即位,征辟四方贤士。东方朔上书自荐,被武帝拜为郎。后任常侍郎中、太中大夫等职。他性格诙谐,言词敏捷,滑稽多智,常在汉武帝面前谈笑取乐。虽然东方朔也曾言政治得失,上陈"农战强国"之计,但汉武帝始终视其为俳优之人,不用其言。东方朔著述甚丰,《答客难》《非有先生论》等为其代表作。明人张溥曾将其文章辑录为《东方太中集》。《史记》卷一二六、《汉书》卷六五有传。

客难东方朔曰:"苏秦、张仪壹当万乘之主,而身都卿相之位,泽及后世。①今子大夫修先王之术,慕圣人之义,讽诵《诗》《书》、百家之言,不可胜记,著于竹帛,唇腐齿落,服膺而不可释,好学乐道之效,明白甚矣。②自以为智能海内无双,则可谓博闻辩智矣。然悉力尽忠,以事圣帝,旷日持久,积数十年,官不过侍郎,位不过执戟,意者尚有遗行邪?同胞之徒,无所容居,其故何也？"③

〔注释〕

①苏秦：战国时期东周洛阳人。曾游说秦惠王，但不被秦王重用。后来又游说燕、赵、韩、魏、齐、楚六国，组织合纵抗秦。张仪：战国时期的魏国人，纵横家。针对苏秦的合纵之策，张仪以连衡之谋破之，使六国背约事秦。当：遇。万乘之主：指天子。都：居。

②子大夫：指东方朔。慕：思慕。唇腐齿落：形容诵读经典与撰写著述的辛苦。服膺：衷心信服。释：忘记。好学乐道之效：指张仪、苏秦一遇而为卿相，而东方朔好学乐道却没有同样的效应。

③侍郎：官名。郎中令的属官，宫廷的近侍。执戟：秦汉时的侍卫官。意者：料想。"同胞之徒"二句：谓其禄薄，连兄弟亲人都无法安顿。

〔译文〕

有客责难东方朔道："苏秦、张仪一遇到帝王便身居卿相之高位，福泽后代。现在您学习先王之术，向往圣人的高义，诵读《诗经》《书经》，以及百家之言，多得不可胜数，同时又有著述传世，为此费尽心力以致唇腐齿落。把这些学问铭记在心，片刻不敢忘怀，您如此好学乐道，但结果很明显，并没有像苏秦、张仪一样建功立业。您自以为聪明才智海内无双，也称得上是博闻善辩的智者了。然而，您尽力效忠，侍奉圣上，经年累月，长达数十载，却不过官居侍郎，位居执戟，想来是您在品行上有什么不足之处吧？连亲兄弟都无处安置容纳，这到底是什么原因呢？"

杂　文　| 233

东方先生喟然长息，仰而应之曰："是故非子之所能备。①彼一时也，此一时也，岂可同哉？夫苏秦、张仪之时，周室大坏，诸侯不朝，力政争权，相擒以兵，并为十二国，未有雌雄。②得士者强，失士者亡，故说得行焉。③身处尊位，珍宝充内，外有仓廪，泽及后世，子孙长享。④今则不然，圣帝德流，天下震慑，诸侯宾服，连四海之外以为带，安于覆盂，天下平均，合为一家。⑤动发举事，犹运之掌，贤与不肖，何以异哉？遵天之道，顺地之理，物无不得其所。故绥之则安，动之则苦；尊之则为将，卑之则为虏；抗之则在青云之上，抑之则在深渊之下；用之则为虎，不用则为鼠。虽欲尽节效情，安知前后？⑥夫天地之大，士民之众，竭精驰说，并进辐凑者不可胜数。⑦悉力慕之，困于衣食，或失门户。使苏秦、张仪与仆并生于今之世，曾不得掌故，安敢望侍郎乎？⑧传曰：'天下无害，虽有圣人无所施才；上下和同，虽有贤者无所立功。'故曰时异事异。

〔注释〕

①备：备知，竭尽，这里作完全知晓讲。

②力政：以力为政。并：兼。十二国：指鲁、卫、齐、宋、楚、郑、燕、赵、韩、魏、秦、中山。雌雄：胜败。

③说（shuì）：劝说别人听从自己的意见。此指游说之士。

④仓廪（lǐn）：粮仓。李善注引蔡邕《月令章句》："谷藏曰仓，米藏曰廪。"

⑤"连四海之外以为带"句:四周就像绳带一样紧密相连。安于覆盂:就像倒扣着的盆盂一样平稳。

⑥尽节效情:竭尽操守,倾注情感。

⑦竭精驰说:穷尽精力,驰骋游说。

⑧曾不得掌故:连掌故之职且不得。曾,乃,且。掌故,汉代官名,属太常,主管礼乐制度等故事。

〔译文〕

东方先生喟然长叹,抬头回应道:"这其中的缘故不是您能详知的。彼一时,此一时,岂能同日而语?苏秦、张仪所处的时代,周天子的威严大不如前,诸侯不再甘心朝拜,各凭实力,争夺政权,以致互相攻伐,兼并成了十二国,一时间不分胜负。在这种形势下,得士者强,失士者亡,所以游说之士能够通行天下。他们身处高位,珍宝充塞私囊,粮仓里堆满了粮食,恩泽能够惠及后代,子孙能够长享其福祉。现在就不一样了,圣上的恩德流布天下,威震八方,诸侯宾服,四海之外连成一片,天下安定稳固,人人公平均正,好比是一家。国家的事务,处理起来简直是易如反掌,这时圣贤与庸人,还有什么差别呢?尊崇天道,顺从地理,普天之下的事物,全都各得其所。因此,稳定就安乐,动荡就忧苦;推崇你时便是军将,贬斥你时就是囚犯;被人提拔就能够青云直上,被人打压就会如在深渊;重用你时像老虎一样威风,弃用你时如老鼠一样卑贱。即便想尽心报效国家,但又如何知道结果会怎样呢?天地广大,人民众多,竭尽其力,前来游说的人简直难以胜数。美慕高官厚禄,竭力追求,但结果却可能缺衣少食,甚至还会招来灭门之祸。假使苏秦、张仪与我一起生在当世,恐怕他们做到掌故这样的小官都不容易,又怎么敢妄想侍郎之职呢?古书有言:'天下太平,纵然是圣人也不能施展才干;上下和谐,即便是贤人也难建功立业。'所以,时代不同,事情也不一样。

"虽然,安可以不务修身乎哉。《诗》曰:'鼓钟于宫,声闻于外。''鹤鸣九皋,声闻于天。'①苟能修身,何患不荣。太公体行仁义,七十有二乃设用于文武,得信厥说,封于齐,七百岁而不绝。②此士所以日夜孳孳,修学敏行而不敢怠也。③譬若鹡鸰,飞且鸣矣。④传曰:'天不为人之恶寒而辍其冬,地不为人之恶险而辍其广,君子不为小人之匈匈而易其行。''天有常度,地有常形,君子有常行。君子道其常,小人计其功。'⑤诗云:'礼义之不愆,何恤人之言?'⑥'水至清则无鱼,人至察则无徒。冕而前旒,所以蔽明。黈纩充耳,所以塞聪。'⑦明有所不见,聪有所不闻。举大德,赦小过,无求备于一人之义也。'枉而直之,使自得之;优而柔之,使自求之;揆而度之,使自索之。'⑧盖圣人之教化如此,欲其自得之;自得之,则敏且广矣。

〔注释〕

①"鼓钟于宫"二句:见《诗经·小雅·白华》。"鹤鸣九皋"二句:见《诗经·小雅·鹤鸣》。

②体行:身体力行。设用:重用。文武:指周文王、周武王。得信

(shēn)厥说:得以施展他的才能。信,通"伸",施展。厥,代词。

③孳(zī)孳:通"孜孜",勤勉不懈。敏行:勤于修身,致力品德。敏,勉励。

④鹡(jí)鸰(líng):鸟名。

⑤"传曰"以下八句:引自《荀子·天论》。

⑥"礼义之不愆"二句:不见于今本《诗经》,是所谓的"逸诗"。大意是说,如果能坚持自己的操守,又怎么会担心别人的闲言碎语呢?

⑦"水至清则无鱼"六句:见《大戴礼记·子张问入官》。冕、旒:古代礼冠中最尊贵的一种。外面黑色,里面朱红色,冠顶有板,称为延,后高前低,略向前倾。延的前端垂有组缨,挂着珠玉,叫作旒。天子的冕十二旒,诸侯九旒,上大夫七旒,下大夫五旒。黈(tǒu)纩(kuàng),黄色丝绵。古之冕制,以黄色丝绵大如丸,悬于冕之两旁,以示不听谗言。

⑧枉而直之:弯曲的就把它变直。枉,弯曲。直,作动词用,使之变直。揆(kuí):揣度、判断。

[译文]

"虽说如此,难道就可以不注重修身进业了吗?《诗经》说:'在宫中撞钟,声闻于宫外。'又说:'鹤在沼泽中鸣叫,声闻九天之外。'倘若能修身,又何必担心得不到荣华富贵呢?姜太公身体力行仁义之道,七十二岁终于为文王和武王所重用,得以伸张其学说,受封于齐地,七百年绵绵不绝。这就是士人夜以继日,孳孳不倦,修身养性而不敢松懈的原因所在。就好比鹡鸰,虽然很小,但尚能高飞鸣叫。《荀子·天论》说:'天不会因为人们讨厌寒冷而取消冬季,地不会因为人们畏惧艰难险阻而缩小幅员,君子不会因为小人的喧闹而改变正道直行的品质。''天有常规,地有常形,君子也有常行。君子会始终遵循仁义之道,小人

杂 文 | 237

却只顾蝇头小利。'《诗经》说：'遵按礼义行事不犯过错，又何必担心别人说长道短。'所以说：'水太清澈了就会无鱼，人太明察秋毫了就会无友。冕冠前面的悬旒，用来掩蔽光线，以免看得太清楚。冕冠左右的黄色丝绵，用来阻塞耳朵，以免听得太分明。'眼睛再明亮也有看不见的，耳朵再聪敏也有听不到的。一定要看到别人大的美德，原谅人家小的过错，就是不要对人求全责备的意思。'弯的使它变直，使人自得其所；不要太过决断，使人自觉改过；揣度判断但不急着决定，让人自觉反思过错。'圣人如此教化，大概是想要使人们寻得善良的本性；寻得善良的本性，自己就会勤奋努力，进一步将之发扬光大。

"今世之处士，时虽不用，块然无徒，廓然独居，上观许由，下察接舆，计同范蠡，忠合子胥，天下和平，与义相扶，寡偶少徒，固其宜也，子何疑于予哉？①若夫燕之用乐毅，秦之任李斯，郦食其之下齐，说行如流，曲从如环，所欲必得，功若丘山，海内定，国家安，是遇其时者也，子又何怪之邪？②语曰：'以管窥天，以蠡测海，以莛撞钟。'③岂能通其条贯，考其文理，发其音声哉。犹是观之，譬由鼱鼩之袭狗，孤豚之咋虎，至则靡耳，何功之有？④今以下愚而非处士，虽欲勿困，固不得已，此适足以明其不知权变而终惑于大道也。"

〔注释〕

①处士：未出仕或未显达的读书人。时虽不用：不为时所用。块然：

独立的样子。廓然:空旷的样子。许由:上古高士,尧让天下而不受。接舆:春秋时楚国的隐士,佯狂避世。范蠡:辅佐越王勾践发奋图强,战灭吴国。后功成身退,靠经商致富。子胥:即伍子胥,春秋楚人。逃奔吴国,因封于申地,故又称申胥。吴王夫差战败越国,越国请和,子胥谏阻,吴王不从,反信伯嚭谗言,迫使子胥自杀。

②乐毅:战国时期燕国的将领。曾联合赵、楚、韩、魏伐齐,攻占七十余城。因功封于昌国,号昌国君。李斯:战国末期楚国上蔡(今河南上蔡)人。入秦辅佐秦始皇统一六国,被拜为丞相。郦食其:汉陈留高阳人。楚汉相争时的著名说客。曾为刘邦说服齐王臣服归降。计议已定,韩信却从蒯通之计袭齐,齐王以为郦食其出卖了自己,遂烹之。

③"以管窥天"三句:用竹管望天,用瓠瓢量海,用小木枝击钟。管:竹管。蠡(lí):瓠瓢。筳(tíng):小木枝。

④鼱(jīng)鼩(qú):一种小鼠,又称地鼠、奚鼠。豚:小猪。咋(zé):咬。靡耳:意为被咬死。

[译文]

"那些现在还未出仕的读书人,当下虽不被重用,孤独无友,避世而居,上比许由,下仿接舆,计谋好比范蠡,忠贞如同伍子胥,天下和平的时候,他们虽与道义相扶,但却没有什么知心的友人,这是很自然的事情,先生为什么反而对我有疑惑呢?当年燕昭王重用乐毅,秦王重用李斯,郦食其劝说齐王归汉,他们的游说之辞如流水一般顺畅,让人言听计从如同圆环一般顺溜,想要得到的就一定能得到,功高如山丘一般,平定四海,安定国家,那是他们刚好遇到了那个时代,您又有什么好奇怪的呢?古人曾言:'用竹管来窥天,用瓠瓢来量海,用小木条撞钟。'怎么能贯通其内在、考察它的文理、敲得出声音呢?由此看来,好比让小老鼠去袭击大狗，叫小猪去咬老虎，它们刚到跟前就被咬死了，怎么可能会成功呢？现在，以愚下之见来否定尚未显贵的读书人，想要不陷入窘困的境地是不可能的，这正好说明先生不懂得变通而始终惑于大道。"

辞

归去来并序

陶渊明

〔题解〕

"辞"作为一种文体名，源于《楚辞》，《文选》将"辞"单列一类，以区别"骚"跟"赋"，共收录汉武帝刘彻《秋风辞》、陶渊明《归去来》两篇。

《归去来》又作《归去来兮辞》。"归去来"是六朝习语，如"绿丝何葳蕤，逐郎归去来"（《乐府诗集》卷二五）。"归去来"重在一个"归"字，去跟来的方向性已经淡化，只是为了表示一种强调或呼唤的语气。陶渊明被钟嵘推为"古今隐逸诗人之宗"，沈约的《宋书》也将其收入《隐逸传》。其实陶渊明的思想，既有"悠然见南山"的一面，又有"金刚怒目"的一面。他摆脱"尘网"，是在宦海挣扎之后的决定。他几次做官，几次辞官。最初怀着济世之心出仕，后来见事不可为，仕宦还拘束了他的形迹，所以才要回家隐居。这篇《归去来》便是他与官场诀别的宣言。一代文宗欧阳修曾盛赞："晋无文章，唯陶渊明《归去来兮辞》一篇而已。"

序曰①：余家贫，又心惮远役，彭泽县去家百里，故便求之。及少日，眷然有归与之情，自免去职。②因事顺心，命篇曰《归去来》。

〔注释〕

①按，下面的这段序在袁行霈《陶渊明集笺注》卷五的《归去来兮辞并序》中作："余家贫，耕植不足以自给。幼稚盈室，瓶无储粟，生生所资，未见其术。亲故多劝余为长吏，脱然有怀，求之靡途。会有四方之事，诸侯以惠爱为德，家叔以余贫苦，遂见用为小邑。于时风波未静，心惮远役，彭泽去家百里，公田之利，足以为酒，故便求之。及少日，眷然有归与之情。何则？质性自然，非矫厉所得。饥冻虽切，违己交病。尝从人事，皆口腹自役。于是怅然慷慨，深愧平生之志。犹望一稔，当敛裳宵逝。寻程氏妹丧于武昌，情在骏奔，自免去职。仲秋至冬，在官八十余日。因事顺心，命篇曰《归去来兮》。乙巳岁十一月也。"

②眷然：思恋的样子。归与：归乡。归，回家。与，表语气，同"欤"。

〔译文〕

序曰：我家贫，又怕去远处供职，彭泽县离家百里，所以便求去那里做事。上任不多时，有想回家的情绪，于是便自己辞去了官职。因为这件事顺遂了自己的心意，所以就给这篇文章起名叫《归去来》。

归去来兮，田园将芜胡不归！①既自以心为形役，奚惆怅而独悲?②悟已往之不谏,知来者之可追。③实迷途其未远,觉今是而昨非。④舟遥遥以轻飏,风飘飘而吹衣。问征夫以前路,恨晨光之熹微。⑤乃瞻衡宇,载欣载奔。⑥僮仆欢迎,稚子候门。三径就荒,松菊犹存。⑦携幼入室,有酒盈樽。引壶觞以自酌,眄庭柯以怡颜。⑧倚南窗以寄傲,审容膝之易安。⑨园日涉以成趣,门虽设而常关。策扶老以流憩,时矫首而遐观。⑩云无心以出岫,鸟倦飞而知还。⑪景翳翳以将入,抚孤松而盘桓。⑫

〔注释〕

①归去来:犹言归去或归来。去、来,皆语助词,无意义。胡:何。
②奚:何,为何。
③"悟已往之不谏"二句:《论语·微子》:"往者不可谏,来者犹可追。"谓今将归去,是追改前非。谏,止,挽救。
④迷途:喻趋向谬误,指出仕。
⑤熹微:微明。熹,同"熙",光明。
⑥衡宇:横木为门的房子,言其简陋。衡,同"横"。
⑦三径:院内小路,言隐士深居简出,交游很少。
⑧眄(miàn):闲观。庭柯:庭院中的树枝。
⑨寄傲(ào):寄托孤傲之志。傲,同"傲"。审:明白。容膝:言居室狭小,仅可容膝。
⑩策:持。扶老:手杖。矫首:举头。遐观:远望。
⑪岫(xiù):山峰。
⑫景:日光,指太阳。翳(yì)翳:晦暗不明。

〔译文〕

　　回去吧,田园都要荒芜了,为什么还不回去?既然让自己的心灵受到形体奴役,为什么还要惆怅而独自伤悲呢?我想明白了,以往的错失已经不能挽救,但以后的事情还是可以补救。走入迷途还不算远,我觉得今是而昨非。船儿轻轻地摇荡着,风儿悠悠地吹着我的上衣。向行人打听前面的路程,恨晨光还不太明亮。终于看到了家里的屋檐,怀着满腔的喜悦奔跑着回家。僮仆跑出来迎接,小儿子等候在家门口。园子里象征隐逸生活的小路已经荒废,可是松菊却还依然幸存。拉着幼子的手走进屋门,家里的酒樽已经盛满了美酒。高高地举杯自酌自饮,悠闲地看着庭园的树枝露出了笑颜。依靠着南窗寄托自己孤傲的情怀,感觉即便是仅可容膝的狭小空间也可以使人心安。每天在园里散步也是一种乐趣,虽然有门但却常常关着。拄着拐杖走走停停,不时昂首观看远方的青天。白云自然从山峰飘出山去,鸟儿疲倦了也知道飞回巢穴。日光暗淡将要落山,我抚摸着孤松流连盘桓不忍离去。

　　归去来兮,请息交以绝游。世与我而相遗,复驾言兮焉求?①悦亲戚之情话,乐琴书以消忧。农人告余以春及,将有事乎西畴。②或命巾车,或棹孤舟。既窈窕以寻壑,亦崎岖而经丘。③木欣欣以向荣,泉涓涓而始流。善万物之得时,感吾生之行休。

杂　文　｜　243

〔注释〕

　　①遗:或作"违"。驾言:指出游。驾,驾车。言,语助词。
　　②春及:或作"春兮"。有事:指即将春耕。畴:田亩。
　　③窈窕:指山路幽深。

〔译文〕

　　回去吧,请息交绝游。既然眼下的社会和我的内心相违,再驾车出游追求什么呢?我以亲戚间的知心交谈为乐,借弹琴读书来消解忧愁。农人告诉我春天要来了,将要去西边的田里耕种。有时我赶着车,有时我划着桨。有时沿着曲折的溪水探寻幽深的山谷,有时走过高低不平的山丘。树木啊开始欣欣向荣,泉水啊开始涓涓流淌。我赞美万物生逢其时,感慨自己的一生快要走到尽头。

　　已矣乎,寓形宇内复几时,曷不委心任去留。①胡为遑遑欲何之?②富贵非吾愿,帝乡不可期。③怀良辰以孤往,或植杖而耘耔。④登东皋以舒啸,临清流而赋诗。聊乘化以归尽,乐夫天命复奚疑!

〔注释〕

　　①已矣乎:算了吧。曷(hé):何。委心:随心。
　　②遑遑:心神不定的样子。
　　③帝乡:指仙乡。
　　④植杖:把手杖插在田边。耘耔(zǐ):除草培苗。

〔译文〕

算了吧,寄身天地之间还会有多久,为什么不听任自己的心愿决定去留呢?整日栖栖惶惶的,还想要追求什么呢?富贵非我愿,仙乡又不可追寻。趁着风和日丽独自去耕种,把手杖插在田边,亲自下地除草培苗。登上东边的高地尽情地长啸,靠近清澈的溪水随心赋诗。姑且顺遂大化走到生命的尽头,欢快地接受天命还有什么好疑虑的。

序

毛诗序

卜　商

〔题解〕

《文选》卷四五至四六"序"类共收录九位作者的九篇作品。"序",指序文,主要介绍书或诗文的创作缘由、内容或体例等。需要注意的是,一开始书序通常都是放在文末的,直到魏晋以后才逐渐出现在正文之前。汉代传授《诗经》的有鲁、齐、韩、毛四家。后来三家诗亡佚,独《毛诗》大行于世。《毛诗》于《诗经》各篇均有序,称为小序,独在《关雎》的小序下面,有一段较长的文字,对诗的内容、分类、表现手法等问题作了较为全面的阐释。这段文字被称之为"诗大序",即《毛诗序》。该序的作者目前尚有争议,郑玄认为是孔子的弟子子夏所作。

卜商(前507—?)，字子夏，春秋末期卫国人，一说晋国人。子夏是孔子的弟子，比孔子小四十四岁，以文章博学著称。精研《诗》教，曾与孔子讨论《诗》，在《论语·八佾》里，孔子曾赞赏道："起予者商也。始可与言《诗》已矣。"孔子去世之后，子夏在西河讲学。著名的李悝、吴起皆出自子夏门下。魏文侯也曾咨以国政，待以师礼。其《毛诗序》是对先秦以来儒家诗论的总结，无论是在《诗经》研究，还是在古代文论的发展历程中，都具有重要的地位和影响。

《关雎》，后妃之德也，风之始也。① 所以风天下而正夫妇也。② 故用之乡人焉，用之邦国焉。③ 风，风也，教也，风以动之，教以化之。

〔注释〕

①《关雎》：《诗经·国风·周南》的第一篇，写青年男子对淑女的热恋。后妃：天子的妻妾。风：此指《诗经》当中的十五《国风》。
②风：此指教化。
③乡人：指乡中的百姓，周代以一万二千五百家为一乡。邦国：指诸侯国。

〔译文〕

《关雎》，歌咏后妃的美德，是《国风》的第一篇。是用来教化天下的百姓，匡正夫妇伦理的。所以，乡大夫教化乡中的百姓使用它，诸侯国在宴饮宾客时也使用它。风，就是讽喻，就是教化，用讽喻来打动人，用教化来感化人。

诗者,志之所之也。^①在心为志,发言为诗。情动于中而形于言,言之不足故嗟叹之,嗟叹之不足故永歌之,永歌之不足,不知手之舞之,足之蹈之也。^②情发于声,声成文谓之音。^③治世之音安以乐,其政和;乱世之音怨以怒,其政乖;亡国之音哀以思,其民困。故正得失,动天地,感鬼神,莫近于诗。^④先王以是经夫妇,成孝敬,厚人伦,美教化,移风俗。^⑤

〔注释〕

①志:情志。
②形:表现,表达。永:通"咏",唱。《尚书·舜典》:"诗言志,歌永言。"
③文:这里指宫、商、角、徵、羽五声交织成的乐曲。
④莫近:莫过之。
⑤经:治理。

〔译文〕

诗是用来表达情志的,在内心里是情志,用语言表现出来就是诗。感情在内心里面涌动,进而表现在语言上,语言不能够表达所以发出嗟叹,嗟叹还不足以表达所以歌之咏之,歌咏还不足以表达,就在不自觉间手舞足蹈了。情感一旦抒发出来成为声音,五声交织成的乐曲叫作音乐。盛世的音乐安宁而欢乐,这是因为盛世的政治平和;乱世的音乐充满哀怨与愤恨,这是因为乱世的政治不和谐;亡国的音乐充满悲伤与哀思,这是因为亡国的人非常困苦。因此，纠正政治得失，感动天地、鬼神，没有能比过诗的。先王用它来治理夫妇之道，成孝敬，厚人伦，美教化，移风易俗。

故诗有六义焉：一曰风，二曰赋，三曰比，四曰兴，五曰雅，六曰颂。①上以风化下，下以风刺上，主文而谲谏，言之者无罪，闻之者足以戒，故曰风。至于王道衰，礼义废，政教失，国异政，家殊俗，而变风、变雅作矣。国史明乎得失之迹，伤人伦之废，哀刑政之苛，吟咏情性，以风其上，达于事变，而怀其旧俗者也。故变风发乎情，止乎礼义。发乎情，民之性也；止乎礼义，先王之泽也。②是以一国之事，系一人之本，谓之风；言天下之事，形四方之风，谓之雅。雅者，正也，言王政之所由废兴也。政有小大，故有小雅焉，有大雅焉。颂者，美盛德之形容，以其成功告于神明者也。是谓四始，诗之志也。③

〔注释〕

①"故诗有六义焉"七句：六义中的风、雅、颂是诗歌的体裁，也有人认为是一种音乐上的分类。赋、比、兴则是三种艺术表现手法。风，指教化、讽喻。赋，即铺陈直叙。比，比喻。兴，即起的意思，兼有发端、比喻等多种作用。雅，是正的意思，是用来谈王政废兴的。颂，有周颂、鲁颂、商颂，是用于宗庙祭祀的乐歌。

②泽：德泽，教化。

③四始:《史记·孔子世家》:"《关雎》之乱以为《风》始,《鹿鸣》为《小雅》始,《文王》为《大雅》始,《清庙》为《颂》始。"

[译文]

　　因此诗有六义:一是"风",二是"赋",三是"比",四是"兴",五是"雅",六是"颂"。统治者用诗歌来教化臣民,臣民则用诗歌来讽喻统治者。通过文辞,委婉地进行劝谏,言者无罪,闻者可以引之为戒,所以叫"风"。至于王道的衰微,礼义的废弃,政教的丧失,使得国家政治发生变化,小家庭的风俗也不一样了,变风、变雅于是就产生了。国家的史官明了得失的痕迹,感伤人伦之道的废弃,哀痛刑法政令非常繁苛,于是他们吟咏自己内心的感受,讽喻天子诸侯,使之明白时世的变迁,从而激起统治者对以往盛世的怀念。因此,变风虽然发于情,但又不超出礼义的范围。发于情,是民众的本性;不超越礼义,则是先王德泽教化的影响。因此,一个国家的事,通过个人的抒怀表现出来,就叫"风";而抒写天下的事情,表现四方的风俗,就叫作"雅"。雅,就是正,是言说政教盛衰之缘由的。政教有小大,所以有"小雅""大雅"之分。"颂",是赞美天子盛大功德的,将其成功报告给神明。这就叫四始,是诗所要表达的情志。

　　然则《关雎》《麟趾》之化,王者之风,故系之周公。①南,言化自北而南也。《鹊巢》《驺虞》之德,诸侯之风也,先王之所以教,故系之召公。②《周南》《召南》,正始之道,王化之基。③是以《关雎》乐得淑女,以配君子,忧在进贤,不淫其色,哀窈窕,思贤才,而无伤善之心焉,是《关雎》之义也。④

[注释]

①《麟趾》:即《麟之趾》,是《诗经·国风·周南》的最后一篇。周公:即周文王之子姬旦,被封于鲁。周公曾辅佐其兄周武王灭殷,武王死后,成王年幼,周公摄政,为周代礼乐制度的建立做出了重要的贡献。

②《鹊巢》《驺虞》:《诗经·国风·召南》的首篇和末篇。召(shào)公:即姬奭,因封地在召,故称召公或召伯。曾佐武王灭殷,支持周公东征平乱,受命营建洛邑,镇守东都,是周公的得力助手。

③正始:端正其始。儒家学者认为《周南》《召南》二十五篇诗是正风,故云。

④淑:善,好。淫:迷恋。哀:怜爱。窈窕:善良美好之意。

[译文]

既然这样,那么从《关雎》到《麟之趾》所呈现出来的教化,有王者之风,所以系之周公。南,就是说天子的教化是从北方扩展至南方的。从《鹊巢》到《驺虞》,所表现出来的道德,有诸侯之风,以及先王之所以能进行教化的原因,都得记在周公名下。《周南》《召南》当中的诗,是正始的王道,是王者教化的基础。所以《关雎》很高兴能够以贤良淑德的女子,来匹配君子,思虑的是进用贤才,而不迷恋其美色。怜爱美女,思念贤才,而没有损害善良的意图,这就是《关雎》篇的要义。

颂

酒德颂

刘　伶

〔题解〕

"颂"作为一种文体,其意即赞颂。《毛诗序》云:"颂者,美盛德之形容,以其成功告于神明者也。"作为文体意义的"颂",尽管在发展过程中产生了某些变化,但其核心却没有脱离《毛诗序》的概念。颂体创作的主流,内容并不外乎"美盛德"。刘勰《文心雕友·颂赞》:"颂主告神,义必纯美。鲁国以公旦次编,商人以前王追录,斯乃宗庙之正歌,非燕飨之常咏也。"《文选》卷四七共收录"颂"类作品五篇。

《酒德颂》,顾名思义是赞颂酒德的作品。文章中的"大人先生",是作者刘伶的自我写照。虽然文章的篇幅短小,但却气势宏伟,爱憎分明,充分体现了魏晋名士的风度与文采。

刘伶(约 221—300),字伯伦,沛国(今安徽宿州西北)人。西晋文学家,"竹林七贤"之一。曾官至建威参军,后与阮籍、嵇康等共同隐居。刘伶深受老庄的影响,崇尚自然,追求精神自由。其代表作便是这篇《酒德颂》。

有大人先生,以天地为一朝,万期为须臾,日月为扃

杂　文　│　251

牖,八荒为庭衢。①行无辙迹,居无室庐,幕天席地,纵意所如。②止则操卮执觚,动则挈榼提壶,唯酒是务,焉知其余。③有贵介公子,搢绅处士,闻吾风声,议其所以。④乃奋袂攘襟,怒目切齿,陈说礼法,是非锋起。⑤先生于是方捧罂承槽,衔杯漱醪,奋髯踑踞,枕曲藉糟,无思无虑,其乐陶陶。⑥兀然而醉,豁尔而醒,静听不闻雷霆之声,熟视不睹泰山之形,不觉寒暑之切肌,利欲之感情。⑦俯观万物,扰扰焉,如江汉之载浮萍。二豪侍侧焉,如蜾蠃之与螟蛉。⑧

〔注释〕

①万期(jī):万年。期,周年。扃(jiōng):门。牖(yǒu):窗。庭衢(qú):这里偏指庭院。

②行无辙迹:《老子》第二十七章:"善行无辙迹。"幕天:以天为幕。席地:以地为席。纵意:随意。如:往。

③止:指休息。卮(zhī):盛酒的酒器。觚(gū):饮酒的酒器。挈(qiè):提。榼(kē):盛酒的酒器。唯酒是务:只忙着喝酒。务,勉力从事。

④贵介:犹言尊贵。介,大。公子:古代本指诸侯的儿子,后泛指官宦子弟。搢(jìn)绅:官宦或儒者的代称。处士:古时称有才德而隐居不仕的人,这里指为统治集团服务的文人。

⑤奋袂(mèi)攘襟:揎起袖子撩起衣襟。切齿:咬牙。锋:通"蜂"。

⑥于是:在这时。罂(yīng):瓮。指酒瓮。槽:即酒槽。漱:犹言含着。醪(láo):浊酒。奋髯:摆动胡子,表示自得的样子。髯,两颊上的胡子。踑(jī)踞:箕踞,坐时两脚张开,形似簸箕,表示放纵自在不守礼法。曲:酒母。藉:垫着。糟:酒糟。陶陶:和乐的样子。

⑦兀(wù)然:昏沉的样子。豁尔:开通的样子,引申为爽朗的样子。

⑧扰扰焉:纷乱的样子。二豪:两位权贵,这里指前文提到的公子与处士。豪,豪门,这里含有讥刺的意味。蜾(guǒ)蠃(luǒ):一种寄生蜂。螟(míng)蛉(líng):一种绿色的小虫。《诗经·小雅·小宛》:"螟蛉有子,蜾蠃负之。"古人认为蜾蠃养螟蛉为子,所以用螟蛉比喻义子。

〔译文〕

有这样一位大人先生,他把开天辟地以来看作是一天,将一万年看作是一个瞬间,认为太阳和月亮好像是门窗,四海八荒只是一个小小的庭院。这位大人先生行走没有车轮的痕迹,居住也没有房屋,他以天为幕,以地为席,随着自己的心意想去哪儿就去哪儿。先生休息的时候拿着酒卮和酒觚,活动的时候则提着酒榼和酒壶,只知道忙着饮酒,哪里知道其他的繁杂琐事。有贵介公子,以及搢绅处士,听到了先生嗜酒如命的传闻,议论起了先生为什么会这样。他们激动得挽起衣袖、撩起衣襟,怒目而视,恨得简直是咬牙切齿,到处宣讲所谓的名教礼法,于是乎,是非纷起。但先生这时却正捧着酒瓮在酒槽之下接酒,口衔酒杯痛饮浊酒,悠然摆动着胡子,两脚岔开放肆不羁地坐在地上,头枕酒母,身垫酒糟,无思无虑,其乐陶陶。先生晕晕乎乎地醉去,爽爽朗朗地醒来,静听不闻雷霆的声响,仔细观看也好像看不见泰山的形状,肌肤好像也感觉不到寒暑之变,情志更是不为利欲所扰动。先生俯观这世上的万物,纷纷扰扰,就像长江、汉水漂载着的浮萍一般。两位权贵在先生旁边侍立,就像干儿子见到干爹似的。

史述赞

史述赞三首

班　固

[题解]

　　史述赞，文体名。其体为四言韵语。《史记·太史公自序》撮述每篇大意，云"作《五帝本纪》第一""作《夏本纪》第二"等，其语或四言，或杂言，多不押韵。班固《汉书·叙传》仿之，但谦不言"作"，而是改称"述"，且均为四言韵语。至范晔《后汉书》乃分散于诸篇之末，而名之曰"赞"，亦皆四言韵语。《文选》卷五十收录班固、范晔二人"史述赞"作品共四篇。其中班固《述高纪第一》主要赞颂了汉高祖刘邦的功绩。文章虽然篇幅短小，但却结构谨严，内容丰富而有层次，是难得的佳作。

　　班固生平简介见前文《两都赋序》。

述高纪第一

　　皇矣汉祖，纂尧之绪。①寔天生德，聪明神武。②秦人不纲，网漏于楚。③爰兹发迹，断蛇奋旅。④神母告符，朱旗乃举。⑤粤蹈秦郊，婴来稽首。⑥革命创制，三章是纪。⑦应天顺民，五星同晷。⑧项氏畔换，黜我巴汉。⑨西土宅心，战士愤怨。⑩乘衅而运，席卷三秦。割据河山，保此怀民。股肱萧曹,社稷是经。⑪爪牙信布,腹心良平。⑫恭行天罚,赫赫明明。⑬

〔注释〕

①皇:大。汉祖:汉高祖刘邦。纂:继也。绪:业绩。
②寔:通"是",此。
③秦人:指秦朝。不纲:不遵纲常法度。
④爰:由,于。兹:此。
⑤神母:指被刘邦所斩的白蛇之母。
⑥粤:始。蹈:踏。婴:秦王子婴。稽首:行叩拜之礼,此指投降。
⑦三章:指汉高祖与关中父老约定的三章法纪,即:"杀人者死,伤人及盗抵罪。"
⑧五星同晷:金、木、水、火、土五星的光影同聚一处的天象。
⑨项氏:指项羽。畔换:跋扈。黜:贬斥。我:指我主,即刘邦。
⑩宅心:归心。
⑪萧曹:指萧何、曹参。
⑫爪牙:喻君王得力的武臣。信布:韩信、英布。良平:张良、陈平。
⑬恭行:奉行。赫赫:显耀、盛大。

〔译文〕

伟大的汉朝高祖皇帝,您继承了尧帝的业绩。此乃上天授予仁德,聪敏智慧、神明威武。秦朝的国政不遵循法度,法网疏漏引起楚地的叛乱。高祖于此立功扬名,拔剑斩白蛇奋激军旅。神母述说赤帝子斩杀白帝子,是祥瑞的征兆,作为沛公的高祖于是举起了红旗。刚踏入秦都近郊灞上,秦王子婴就来行礼投降。应天命做变革创建新的法制,"约法三章"来取代秦朝苛政的法令。顺应天意民心，才有"五星同晷"的祥瑞出现。项羽飞扬跋扈，不守约定，把我高祖贬为汉王，管领巴蜀、汉中之地。可是长安父老皆有归附之心，士兵对项羽也有怨恨之意。高祖乘衅举兵，席卷了三秦之地。占据秦国的一方河山，守卫着归顺的民众。股肱之臣有萧何、曹参，他们为国家订立了纲常法纪。得力的武将有韩信、英布，心腹则有张良、陈平。奉行天意惩罪罚恶，如太阳一般盛大光明。

论

过秦论（节选）

贾　谊

〔题解〕

《文选》卷五一至五五所收"论"类作品共九篇。"论，"是一种论文文体。论，即议也，大致可分为史论与政论两种。《过秦论》属于政论文，其内容主要是议论古今的时世、人物、经史等。本文的内容主要是总结秦朝灭亡的历史教训，分析秦朝所犯的错误，所以名为"过秦"。贾谊认为，"仁义不施，而攻守之势异也"，是秦朝迅速覆灭的主要原因。本文对秦朝灭亡的分析，其实也算是在提醒汉文帝，打天下可以用权谋和武力，但治天下则要靠施行仁义。《过秦论》也开创了"史论"的先河，文章纵横恣肆，分析深刻，对后世的影响非常深远。鲁迅在《汉文学史纲要》中说："其《治安策》《过秦论》，与晁错之《贤良对策》

《言兵事疏》《守边劝农疏》,皆西汉鸿文,沾溉后人,其泽远矣。"

贾谊(前200—前168),洛阳人,西汉初年著名的政论家、文学家,与屈原并称为"屈贾"。贾谊少有才名,文帝时任博士,迁太中大夫。因受贵族排挤,被贬出京城,任长沙王太傅,故后世亦称其为贾长沙、贾太傅。后被召回,改任梁怀王太傅。梁怀王坠马而死,贾谊深感歉疚,抑郁而亡。贾谊的著作主要有散文和辞赋两大类,散文的主要成就是政论文,代表作有《过秦论》《论积贮疏》《陈政事疏》等。其辞赋皆为骚体,形式趋于散文化,是汉赋发展的先声,其中以《吊屈原赋》《鵩鸟赋》最为著名。《史记》卷八四、《汉书》卷四八有传。

秦孝公据殽函之固,拥雍州之地,君臣固守,以窥周室,有席卷天下,包举宇内,囊括四海之意,并吞八荒之心。① 当是时也,商君佐之,内立法度,务耕织,修守战之具,外连衡而斗诸侯。② 于是秦人拱手而取西河之外。③

〔注释〕

① 秦孝公:名渠梁,公元前361年至公元前338年在位。殽(xiáo)函:殽山、函谷关。殽山,也作"崤山",在今河南洛宁县北。关在西殽山谷中,深险如函,在今河南宝应县西南。雍州:古代九州之一,包括今甘肃、陕西和青海的部分地区。窥:暗中察看而有所图谋。周室:指衰弱的东周王朝。席卷:像卷席子一样占领土地。包举:像打包裹一样全部包进去,比喻全部占有。囊括:像装口袋里一样给全部装进去。八荒:四方及四隅称为八荒,意谓天下。

② 商君:商鞅。卫国人,故又称卫鞅。《史记》卷六八有传。务:致力

于。修守战之备：整治攻守用的军备。修，整治。连衡：即连横，指秦国与东方的齐国或楚国结成联盟，打击其他诸侯国的策略。这是战国时期著名的政治外交策略之一，由纵横家张仪倡行，目的是使六国之间彼此不信任，互相争斗。

③拱手：指轻易。西河之外：西河，指陕西、山西界上自北而南的一段黄河。西河之外，即这段黄河以西的魏国土地。

〔译文〕

秦孝公依靠殽山与函谷关的险要地势，拥有雍州的土地，君臣们牢固防守，而暗中图谋东周的政权，有席卷天下，包裹宇内，囊括四海，吞并八荒的意图。在这个时候，商鞅辅佐秦孝公，对内建立法度，致力于耕织，兴修进攻与防守的器具，对外采取连横的策略，使各诸侯国之间争斗不休。于是秦人轻而易举地取得了黄河以西的大片土地。

孝公既没，惠文、武、昭，蒙故业，因遗策，南取汉中，西举巴蜀，东割膏腴之地，收要害之郡。①诸侯恐惧，会盟而谋弱秦，不爱珍器重宝肥饶之地，以致天下之士，合从缔交，相与为一。②当此之时，齐有孟尝，赵有平原，楚有春申，魏有信陵，此四君者，皆明智而忠信，宽厚而爱人，尊贤而重士，约从离横，兼韩、魏、燕、赵、宋、卫、中山之众。③于是六国之士，有宁越、徐尚、苏秦、杜赫之属为之谋；齐明、周最、陈轸、召滑、楼缓、翟景、苏厉、乐毅之徒通其意；吴起、孙膑、带佗、兒良、王廖、田忌、廉颇、赵奢之伦制其兵。④尝以十倍之地,百万之众,叩关而攻秦。秦人开关而延敌,九国之师遁逃而不敢进。⑤秦无亡矢遗镞之费,而天下诸侯已困矣。于是从散约解,争割地而赂秦。⑥秦有余力而制其弊,追亡逐北,伏尸百万,流血漂橹;因利乘便,宰割天下,分裂河山,强国请伏,弱国入朝。⑦施及孝文王、庄襄王,享国之日浅,国家无事。⑧

〔注释〕

①没:通"殁",死。惠文、武:秦孝公以后的两代秦国君王。蒙:继承。因:因袭。汉中:今陕西南部,原属楚,后为秦所占。巴蜀:今四川一带。膏腴:肥沃。

②谋弱秦:密谋削弱秦国势力。爱:爱惜。致:招致。合从缔交:即合纵结成同盟,联合六国共同抗秦。缔:缔结。相与为一:相互联合成为一体。

③孟尝:孟尝君田文,曾任齐相,《史记》卷七五有传。平原:平原君赵胜,曾任赵相,《史记》卷七六有传。春申:春申君黄歇,曾任楚相,《史记》卷七八有传。信陵:信陵君魏无忌,魏国公子,《史记》卷七七有传。约从离衡:从,通"纵"。离,分离。大意是说,缔结六国联合的约定,破坏秦国的连横政策。

④宁越:赵人。徐尚:宋人。苏秦:东周洛阳人,战国时期著名的谋臣之一,是合纵策略的制订者。杜赫:周人。齐明:东周臣。周最:东周成君之子。陈轸:曾出仕楚、秦两国。召滑:楚臣。楼缓:魏相。翟景:魏人。苏厉:苏秦之弟,齐臣。乐(yuè)毅:燕国名将。吴起:军事家,曾出仕魏、楚。孙膑:孙武之后,齐国名将。带佗:楚将。兒良:战国名将,军事家、兵法家,与孙膑齐名。王廖:战国时的兵家或豪士。田忌:齐将。廉颇、赵

奢:赵国的名将。

⑤遁逃:《史记》作"逡巡遁逃"。逡巡,迟疑不敢前进的样子。

⑥赂(lù)秦:《史记》作"奉秦"。讨好侍奉秦国。

⑦制其弊:利用九国的弱点加以控制。追亡逐北:追杀节节败退的敌人。亡,逃亡。北,败退。入朝:入秦朝拜,表示臣服。

⑧孝文王:昭襄王之子,即位三天就死了。庄襄王:孝文王之子,在位三年。享国:执掌国政。浅:短。

[译文]

孝公死后,惠文王、武王、昭襄王,继承了秦国原有的基业,遵循秦孝公的遗策,南攻取汉中,西占巴蜀,东割肥沃的土地,收取地势险要的郡县。诸侯们恐惧,会盟谋求削弱秦国,他们不惜使用珍贵的器具和重要的宝物,以及富饶的土地,来招揽天下英才,用合纵的策略,缔结盟约,相互联合成为一体。当时齐有孟尝君,赵有平原君,楚有春申君,魏有信陵君,这四位都是明智忠信,宽厚爱人,尊贤重士的君子。他们采用合纵的策略,来打破秦国的连横策略,并且还兼有韩、魏、燕、赵、宋、卫、中山等国的众多力量。于是六国的士人当中,有宁越、徐尚、苏秦、杜赫等人为他们出谋划策;有齐明、周最、陈轸、召滑、楼缓、翟景、苏厉、乐毅等人为他们通达意见;有吴起、孙膑、带佗、倪良、王廖、田忌、廉颇、赵奢等人为他们率领军队。各诸侯国以比秦国大十倍的土地,百万的雄师,攻打函谷关剑指秦国。秦人开关迎敌,九国的军队却畏畏缩缩不敢前进。秦国没有消耗箭镞,天下的诸侯就已经陷入了困境。于是,合纵的盟约解除,合纵分崩离散,各国争相割让土地贿赂秦国。秦国就有余力来利用诸侯的弱点去制伏他们，追赶四散逃亡的部队，杀得他们横尸百万，流淌的鲜血甚至都能漂浮起盾牌来了。秦人趁着便利的形势，宰割天下，分裂诸侯们的河山。于是，强国请求归服，弱国则入秦朝拜。接下来的孝文王、庄襄王，因为在位时间都很短，所以国家太平无事。

及至始皇，奋六世之余烈，振长策而御宇内，吞二周而亡诸侯，履至尊而制六合，执敲扑以鞭笞天下，威振四海。①南取百越之地，以为桂林、象郡；百越之君，俯首系颈，委命下吏。②乃使蒙恬北筑长城而守藩篱，却匈奴七百余里，胡人不敢南下而牧马，士不敢弯弓而报怨。③于是废先王之道，燔百家之言，以愚黔首。④隳名城，杀豪俊，收天下之兵，聚之咸阳，销锋镝，铸以为金人十二，以弱天下之民。⑤然后践华为城，因河为池，据亿丈之城，临不测之溪以为固。⑥良将劲弩，守要害之处；信臣精卒，陈利兵而谁何。⑦天下已定，始皇之心，自以为关中之固，金城千里，子孙帝王万世之业。

〔注释〕

①始皇：《史记》作"秦王"，指秦始皇。六世：指秦孝公、惠文王、武王、昭襄王、孝文王、庄襄王。烈：功业。策：鞭。御：驾驭。二周：指西周君和东周君。东周末年，周王室所辖之地一分为二，一个以巩县（今河南巩义）为中心，称"东周君"，另一个则以王城（今河南洛阳）为中心，称"西周君"。六合：天地四方，此指天下。敲扑：都是木杖之类的刑具，短的叫敲，

长的叫扑。这里喻指秦朝之严刑峻法。鞭笞:鞭打。这里指秦朝奴役天下。

②百越:战国时越人分布很广,建立了许多小国,统称为百越。桂林、象郡:秦国在南方设置的两个郡,在今广西一带。俯首系颈:俯首把绳子系在脖子上,表示认罪或投降屈服。颈,脖颈。

③蒙恬(tián):秦国名将。秦灭六国后,曾率三十万大军击退匈奴,并修筑长城。《史记》卷八九有传。蕃篱:篱笆,这里指边疆的屏障。蕃,通"藩"。

④燔(fán):焚烧。《史记》作"焚"。百家之言:指诸子百家的著作。黔首:百姓。

⑤隳(huī):毁坏。《史记》作"堕"。豪俊:豪杰之士。兵:兵器。镝:箭头。金人:即铜人。

⑥华:指西岳华山,以险峻著称。溪:此指黄河。

⑦谁何:《史记集解》引如淳曰:"何犹问也。"即盘查过往的行人。

〔译文〕

等到了秦始皇时,在六代先祖的基础上奋发图强,挥动着长鞭驾驭天下,吞并东西二周,消灭诸侯各国,登上至尊之位掌控天下,使用严刑峻法奴役天下臣民,权威震慑四海。向南攻取了百越之地,改设了桂林郡和象郡。百越的首领,低着头,用绳索套在脖子上,以示臣服,并且还把自己的性命交给秦国的下级官吏。秦始皇又派蒙恬去北方修筑长城,作为边疆的防守屏障,把匈奴赶退了七百多里,使胡人不敢南下牧马,胡兵也不敢张弓报怨。于是,秦始皇废弃了先王的治国之道,焚烧了诸子百家的著作,想以此愚弄天下的百姓。毁坏名城,屠杀豪俊,收集天下的兵器,全都集中到咸阳,然后将刀剑和箭头熔化,铸成十二铜人,以此削弱天下民众的反抗力量。然后据守险要的华山作为城墙,凭借奔涌的黄河作为护城河,据守着高高的城墙,下临着深不可测的护城河,以此作为守卫帝都的坚固屏障。精兵良将手持着劲弩,防守在各要害之地;可信的臣子率领着精兵,陈列着锋利的武器盘问过往的行人。天下已经平定,在秦始皇心中,自以为关中非常牢固,城墙绵延千里固若金汤,可以成就子子孙孙的万世基业。

始皇既没,余威震于殊俗。① 然而陈涉瓮牖绳枢之子,氓隶之人,而迁徙之徒也。② 材能不及中庸,非有仲尼、墨翟之贤,陶朱、猗顿之富,蹑足行伍之间,俯起阡陌之中,率罢散之卒,将数百之众,转而攻秦。③ 斩木为兵,揭竿为旗,天下云集而响应,赢粮而景从,山东豪俊遂并起而亡秦族矣。④

〔注释〕

①殊俗:不同的风俗习惯,借指边远的地区。
②陈涉:秦末农民起义的领袖。瓮牖(yǒu):以破瓦罐的口当窗户。绳枢:用绳子系门,代替转轴的门枢。形容极其贫穷的人家。氓(méng):一作"氓",指种田的人。《史记·陈涉世家》:"陈涉少时,尝与人佣耕。"隶:贱者之称。迁徙之徒:被征发服役的人。陈涉曾被征发去戍守渔阳(今北京密云)。详见《史记·陈涉世家》。
③中庸:中等的平庸之人。《史记》作"中人"。陶朱:即范蠡,春秋时越国人,本是越国的谋臣,后功成身退,以经商致富,号陶朱公。猗(yī)顿:春秋时鲁人,曾到猗氏从事畜牧业致富。猗氏,地名。一说是战国时的大

富商,以经营盐业致富。蹑足行伍:指在军队中行走奔跑的小兵。俯起:《史记》作"倔起",《史记·陈涉世家》作"俯仰"。俯起,意同"俯仰",指在田间劳作。阡陌:田间纵横的小路,泛指田野。罢(pí)散:疲惫散漫。

④斩木为兵:砍断树枝作为兵器。揭:高举。竿:竹竿。云集:像云彩一样集结。赢粮而景从:背负粮食,像影子一样随从。赢,担负。景,通"影"。山东:指崤山以东的地区,泛指秦朝东部的诸侯之国。

〔译文〕

秦始皇死了以后,余威还震慑着不同风俗习惯的边远地区。然而,陈涉只是一个穷苦的社会地位极其低下的人,原本是被征去服役的。陈涉的才能不及普通资质的人,没有孔子、墨子的贤才,也没有陶朱、猗顿的财富,只是在队伍当中行走奔跑,在田野之间俯仰劳作,带领着疲惫松散的兵士,统率着数百人,转而攻打秦国。他们砍伐树枝作为自己的兵器,高举竹竿作为自己的旗帜,但天下人却像浮云似的汇聚,像回声似的响应,带着粮食像影子一般追随,于是崤山以东的豪杰也一同奋起,推翻了秦朝的统治。

且夫天下非小弱也,雍州之地、殽函之固,自若也。①陈涉之位,非尊于齐、楚、燕、赵、韩、魏、宋、卫、中山之君也;锄耰棘矜,非铦于钩戟长铩也;谪戍之众,非抗于九国之师也;深谋远虑,行军用兵之道,非及曩时之士也。②然而成败异变,功业相反。试使山东之国,与陈涉度长絜大,比权量力,则不可同年而语矣。③然秦以区区之地,致万乘之权,招八州而朝同列,百有余年矣。然后以六合为家,殽函为宫。一夫作难而七庙隳,身死人手,为天下笑者,何也?④仁义不施,而攻守之势异也。

〔注释〕

①自若:像以前一样。
②櫌(yōu):碎土的农具。棘矜(jīn):用棘木做的矛柄。矜,矛。铦(xiān):锋利。钩戟:有钩的戟。长铩(shā):长矛。谪(zhé)戍之众:指跟随陈涉起义的都是被罚去守边的人。抗:或作"亢",作高亢解,引申为强盛。曩(nǎng):以前,往昔。
③度(duó)长:量长短。絜(xié)大:比大小。同年而语:指相提并论。
④七庙:即祖庙。天子庙中供奉七代祖先,故称七庙。《礼记·礼器》:"天子七庙。"

〔译文〕

天下并没有变小与变弱,雍州的地势,殽山、函谷关的牢固,也是一如既往。陈涉的社会地位,不比齐、楚、燕、赵、韩、魏、宋、卫、中山的国君尊贵;锄头、铁耙、棘木制作的矛柄,并不比钩戟、长矛锋利;去服役的民众,并不比九国的军队强大;深谋远虑,以及行军用兵的道理,也不如过去的名士。然而,成功与失败却发生了变化,功业的成就与否也与过去相反。如果将殽山以东的诸侯国,与陈涉比较一下长短、大小,以及权势与力量的话,根本是不能同日而语的。然而,秦国以很小的地盘,逐渐获得万乘之国的权势,攻占了八州的土地,迫使同列的诸侯前来朝拜,已经有百余年的历史了。然后把天下并为一家,将殽山与函谷关当作宫室。然而陈涉一人起义发难,秦国宗庙社稷便毁于一旦，秦王子婴更是死在他人之手，成为天下的笑柄，这是为什么呢？秦王朝不施行仁义，不懂得攻天下与守天下的形势是不一样的。

典论·论文

曹　丕

〔题解〕

据《三国志·魏书·文帝纪》记载："初，帝好文学，以著述为务，自所勒成垂百篇。"明帝太和四年（230），曾将曹丕的《典论》刻石六碑。可惜《典论》的全书约在宋代亡佚，所存《论文》一篇，因《文选》而得以传世。《典论·论文》是我国最早的一篇文学批评专论，对后世产生了深远的影响。儒家虽然重视《诗》教，但却过于强调教化，而忽视了诗歌的文学性。曹丕则将文学创作提升到了"经国之大业，不朽之盛事"的高度，提高了文学家的社会地位，促进了文学事业的发展。

曹丕简介见前文《燕歌行》。

文人相轻，自古而然。① 傅毅之于班固，伯仲之间耳，而固小之。② 与弟超书曰："武仲以能属文，为兰台令史，下笔不能自休。"③ 夫人善于自见，而文非一体，鲜能备善，是以各以所长，相轻所短。④ 里语曰："家有弊帚，享之千金。"⑤ 斯不自见之患也。⑥

〔注释〕

①轻:轻视。

②傅毅:字武仲,东汉文学家。班固:字孟坚,东汉史学家、文学家。伯仲之间:难分上下。古代以伯、仲、叔、季表示兄弟之间的顺序。小之:小看,轻视。

③超:指班固的弟弟班超。书:书信。属(zhǔ)文:作文。兰台:汉代宫中藏书之处,由御史中丞兼管。休:止。

④鲜能备善:谓文章体裁甚多,很少有人能全部擅长。鲜,少。备,全。

⑤享:当,值。

⑥斯:这。不自见:看不到自己的短处。

〔译文〕

文人互相轻视,自古以来就是这样。傅毅和班固相比,两人不分高下,但是班固却小看傅毅。在给他弟弟班超的信中说:"傅毅因为会写文章,出任了兰台令史,但是他的文笔冗散拖沓。"人们通常善于发现自己的特长,然而文章却并不只有一种体裁,很少有人能全部擅长,所以,他们就以自己的长处来贬斥别人的短处。谚语说:"家里有把破扫帚,也能价值千金。"这就是没有自知之明的弊病了。

今之文人,鲁国孔融文举,广陵陈琳孔璋,山阳王粲仲宣,北海徐幹伟长,陈留阮瑀元瑜,汝南应场德琏,东平刘桢公幹。①斯七子者,于学无所遗,于辞无所假,咸以自骋骥䮡于千里,仰齐足而并驰。^②以此相服,亦良难矣。盖君子审己以度人,故能免于斯累而作论文。

[注释]

①孔融:字文举。《后汉书·孔融传》:"魏文帝深好融文辞,每叹曰:'扬、班俦也。'募天下有上融文章者,辄赏以金帛。"陈琳:字孔璋。曹丕《与吴质书》云:"孔璋章表殊健,微为繁富。"王粲:字仲宣。曹丕《与吴质书》:"仲宣独自善于词赋,惜其体弱,不足起其文。至于所善,古人无以远过。"徐幹:字伟长,北海人。阮瑀:字元瑜。应玚:字德琏。刘桢:字公幹。曹丕《与吴质书》称:"公幹有逸气,但未遒耳。其五言诗之善者,妙绝时人。"

②七子:即前文提到的七人,后代所谓的"建安七子"。于学无所遗:犹言无所不学。于辞无所假:犹言能自创新词。假,借。骥䮡(lù):千里马。齐足:犹言并驾齐驱。

[译文]

当今的文人,主要有鲁国的孔融,广陵的陈琳,山阳的王粲,北海的徐幹,陈留的阮瑀,汝南的应玚,以及东平的刘桢。这七位于学问兼收并蓄,没有什么遗漏,于文辞善于创新,不借用他人,各自像驾着千里马驰骋在广袤的原野上,并驾齐驱。但要想让他们相互钦佩,也是十分困难的。德行高尚的君子,严格审视自己,客观评价别人,所以能免除文人相轻的恶习,进而写作讨论文学问题的文章。

王粲长于辞赋,徐幹时有齐气,然粲之匹也。^①如粲之《初征》《登楼》《槐赋》《征思》，幹之《玄猿》《漏卮》《团扇》《橘赋》，虽张、蔡不过也。② 然而他文，未能称是。琳、瑀之章、表、书、记，今之隽也。③ 应玚和而不壮，刘桢壮而不密。④ 孔融体气高妙，有过人者，然不能持论。⑤ 理不胜词，以至乎杂以嘲戏。⑥ 及其所善，扬、班俦也。⑦

〔注释〕

①齐气：李善注曰："言齐俗文体舒缓，而徐幹亦有斯累。"粲之匹：言徐幹虽有齐气，然仍可与王粲匹敌。

②张、蔡：指汉代著名的辞赋家张衡和蔡邕。

③"琳、瑀"：曹丕《与吴质书》："孔璋章表殊健，微为繁富。""元瑜书记翩翩，致足乐也。"隽，俊，杰出。

④和而不壮：指作品风格和谐，但缺少雄奇之气。壮而不密：指作品风格雄奇，但不够柔和细密。

⑤体气：气质，才气。持论：立论，提出自己的论点。

⑥嘲戏：嘲讽戏谑。《后汉书·孔融传》："曹操攻屠邺城，袁氏妇子，多见侵略，而操子丕私纳袁熙妻甄氏。融乃与操书称武王伐纣，以妲己赐周公。操不悟，后问出何经典，对曰：'以今度之，想当然耳。'"

⑦扬、班俦也：与扬雄、班固为伴。因为扬雄有《解嘲》、班固有《答宾戏》，皆类似"嘲戏"的风格。

〔译文〕

王粲擅长创作辞赋，徐幹的文章时常带有风格舒缓的齐地之气，不过仍然可以与王粲匹敌。如王粲的《初征》《登楼》《槐赋》《征思》，徐幹的《玄猿》《漏卮》《团扇》《橘赋》等作品，即便

杂 文 | 269

是张衡、蔡邕也很难超越。但是，他们写作的其他文章，就没有这么让人称道了。陈琳、阮瑀写作的章、表、书、记，是当代最出色的。应玚的文风和谐但不雄奇，刘桢的文风雄奇但不够柔和细密。孔融的气质才情出类拔萃，这一点有过人之处，但是不善于立论。以至于辨析道理不能胜过华美的文辞，甚至还会夹杂着嘲讽戏谑的成分。他所擅长的那一方面，可匹敌扬雄、班固。

　　常人贵远贱近，向声背实。① 又患暗于自见，谓己为贤。夫文，本同而末异。② 盖奏议宜雅，书论宜理，铭诔尚实，诗赋欲丽。此四科不同，故能之者偏也，唯通才能备其体。③

〔注释〕

　　①向声背实：崇尚虚名，背离实际。
　　②本：指文章的共性。末：指文章的个性。
　　③偏：不全面，偏于一端。通才：全才，大才。

〔译文〕

　　常人总是厚古薄今，崇尚虚名而不重实际。又看不到自身的不足，总以为自己胜过别人。文章有共同性，各种文体也有其特殊性。奏议类文体应该典雅，书论类文体重在说理清晰，铭诔类文体崇尚真实，诗赋类文体需要文辞华美。这四种文章各不相同，一般写文章的人只擅长某一方面，唯有通才方能擅长各类文体。

文以气为主,气之清浊有体,不可力强而致。①譬诸音乐,曲度虽均,节奏同检,至于引气不齐,巧拙有素,虽在父兄,不能以移子弟。②

〔注释〕

①文以气为主:《孟子·公孙丑上》:"我知言,我善养吾浩然之气。"至曹丕,则将气与文相关联。曹丕所谓的气偏重于先天的气质个性,而孟子所谓的气则是后天的道德修养。

②素:本,这里指本性。

〔译文〕

文章以人内在的气质个性为主,文气有清浊的不同,不能靠外力强行改变。好比音乐,曲调是同一种曲调,节奏也是同一种节奏,因为演奏者运气的长短、强弱不同,加上天生有巧有拙,(表现出来的音效肯定有所不同)。所以,即使是父亲也不能传给儿子,哥哥也不能教给弟弟。

盖文章经国之大业,不朽之盛事。①年寿有时而尽,荣乐止乎其身,二者必至之常期,未若文章之无穷。是以古之作者,寄身于翰墨,见意于篇籍,不假良史之辞,不托飞驰之势,而声名自传于后。故西伯幽而演《易》,周旦显而制礼,不以隐约而弗务,不以康乐而加思。②夫然则古人贱尺璧而重寸阴,惧乎时之过已。而人多不强力,贫贱则慑于饥寒,富贵则流于逸乐。③遂营目前之务,而遗千载之功。④日月逝于上,体貌衰于下,忽然与万物迁化,斯志士之大痛也。融等已逝,唯幹著论,成一家言。⑤

[注释]

①经国:治理国家。不朽之盛事:《春秋左传·襄公二十四年》:"太上有立德,其次有立功,其次有立言,虽久不废,此之谓不朽。"文章属立言,亦云不朽。

②西伯:指周文王。周旦:周公。隐约:穷困。弗务:不努力。加思:转移著述之志。

③愓:恐惧。流:放纵。

④千载之功:指著书立说。

⑤唯幹著论:徐幹著有《中论》二十卷。

[译文]

　　文章是治理国家的大业,留芳百世的不朽盛事。人的寿命总有穷尽,荣宠安乐也止于自身,二者都有必然的期限,不像文章一样可以永久地流传下去。所以,古代的作者投身于笔墨之中,寄意于篇章书籍,不借助优秀史官的文辞,不凭显赫权势,其声名就可以自然地流传于后世。所以,周文王被囚禁的时候演绎了《周易》,周公显达时制定了礼乐,他们不因处境窘迫而放弃著述,也不因沉湎逸乐而改变写作的志向。正因为如此,古人轻视璧玉珍视光阴,就是担心时不我待。但是,大多数人并不努力,他们在贫穷之时害怕饥寒,富贵之时则恣意享乐。于是,他们只追求近在眼前的利益,而忘记了著述的千秋大业。光阴在不停地流逝,身体在不断地衰老,忽然之间就将与万物同归大化,这真是有志之士的最大哀痛啊。孔融等人已逝,唯有徐幹写下了《中论》,成了一家之言。

箴

女史箴

张　华

〔题解〕

"箴",是一种以规诫为主的文体。刘勰在《文心雕龙》中说:"箴者,所以攻疾防患,喻针石也。"《文选》"箴"类,仅收录张华《女史箴》。女史,是官名,为周代的天官、春官所属。属天官者,掌王后礼仪,佐内治,为内官;属春官者,掌文书,为府史之属。在这篇《女史箴》中,作者阐述了后妃应遵循的原则,规诫她们要加强品德修养,不要恃宠而骄,要恭敬地侍奉君王。《晋书·张华传》记载张华写作此文的动机道:"华惧后族之盛,作《女史箴》以为讽。"晋惠帝即位之后,贾后专权,其亲族皆掌大权,干预国政。张华写作此文,盖意有所指。

张华(232—300),字茂先。范阳郡方城县(今河北固安)人。西晋时期的政治家、文学家、藏书家,西汉留侯张良的十六世孙。曹魏时,张华历任太常博士、河南尹丞、佐著作郎、中书郎等职。西晋建立后,拜黄门侍郎,封关内侯。后拜中书令,加散骑常侍。支持晋武帝伐吴,吴国灭亡后,因功封广武县侯。永康元年(300),赵王司马伦发动政变,张华惨遭杀害。太安二年(303),获平反,追复官爵。张华工于诗赋,辞藻华丽,又雅爱书籍,精于目录学,编纂了中国第一部博物学著作《博物志》。《隋书·经籍志》载有《张华集》十卷,已佚。明人辑有《张茂先集》。

茫茫造化,二仪既分。①散气流形,既陶既甄。②在帝庖羲,肇经天人。③爰始夫妇,以及君臣。家道以正,王猷有伦。④妇德尚柔,含章贞吉。⑤婉嫕淑慎,正位居室。⑥施衿结缡,虔恭中馈。⑦肃慎尔仪,式瞻清懿。⑧樊姬感庄,不食鲜禽。⑨卫女矫桓,耳忘和音。⑩志厉义高,而二主易心。⑪玄熊攀槛,冯媛趋进。⑫夫岂无畏,知死不吝。班妾有辞,割欢同辇。⑬夫岂不怀,防微虑远。⑭

〔注释〕

①造化:指自然界的创造者。二仪:即两仪,指天地或阴阳。《周易·系辞》:"是故易有太极,是生两仪。"

②陶:制造陶器。甄:制造瓦器。

③庖羲:即伏羲。肇(zhào):开始。经:治理。天人:指天与人。

④王猷(yóu):王道。猷,道,法则。

⑤含章:含美于内。

⑥婉嫕(yì):柔顺。淑慎:贤良谨慎。

⑦施衿(jīn)结缡(lí):整理衣领,佩戴胸巾。古代嫁女的仪式,母亲为女儿"施衿结缡",以示女儿至男家后应尽力操持家务。中馈:指妇女在家操持饮食之事。

⑧肃慎:恭敬谨慎。式:助词,有"应""当"的意思。清懿(yì):高洁的美德。

⑨"樊姬感庄"二句:刘向《列女传·楚庄樊姬》:"庄王即位,好狩猎。樊姬谏,不止,乃不食禽兽之肉,王改过……使人迎孙叔敖而进之,王以为令尹。治楚三年,而庄王以霸。"

⑩"卫女矫桓"二句:李善注:"齐侯卫姬者,卫侯之女,齐桓公之夫人。桓公好淫乐,卫姬为不听郑卫之声。曹大家曰:'卫国作淫洙之音,卫姬疾桓公之好,是故不听,以厉桓公也。'"

⑪厉:坚定。二主:指楚庄王、齐桓公。

⑫"玄熊攀槛"二句:据《汉书·外戚传》载,冯奉世之女,汉元帝即位二年选入后宫,后为婕妤。"建昭中,上幸虎圈斗兽,后宫皆坐。熊佚出圈,攀槛欲上殿。左右贵人傅昭仪等皆惊走,冯婕妤直前当熊而立,左右格杀熊。上问:'人情惊惧,何故前当熊?'婕妤对曰:'猛兽得人而止,妾恐熊至御坐,故以身当之。'元帝嗟叹,以此倍敬重焉。"冯媛,冯婕妤,或称冯昭仪,后尊为冯太后。

⑬"班妾有辞"二句:《汉书·外戚传》:"孝成班婕妤,帝初即位选入后宫。始为少使,蛾(俄)而大幸,为婕妤……成帝游于后庭,尝欲与婕妤同辇载,婕妤辞曰:'观古图画,贤圣之君皆有名臣在侧,三代末主乃有嬖女,今欲同辇,得无近似之乎。'上善其言而止。"

⑭怀:念,想。防微:防止微小的错误。

[译文]

混沌的大自然,化育了天和地。阴阳之气流转,培育陶冶了万物。至庖羲帝时,开始治理天人之道,才开始有了夫妇和君臣。治家必循正道,治国必有常规。妇德崇尚温柔,内心善良忠贞不渝。对人贤淑谨慎,在家处于正位。嫁到夫家后,要操持家务,恭敬地做饭侍奉公婆。仪表要严肃庄重,以具有高尚品德的前人为榜样。樊姬为了劝阻楚庄王狩猎,便不吃禽兽之肉。卫女为了齐桓公好淫乐,便不听郑卫靡靡之音,连中和的音乐都不听了。她们立志坚毅,品德高尚,终于使二位君主改变了想法。当黑熊逃出兽圈,攀缘栅栏,威胁到汉元帝生命的时候,冯婕妤快跑着迎上前去。难道她不怕死吗?是为了元帝而宁肯牺牲自己。当汉成帝想同班婕妤同车游览时,班婕妤婉言拒绝。难道她不希望与成帝在一起欢乐吗?是为了预防微小的错误而做长远的考虑。

  道罔隆而不杀,物无盛而不衰。日中则昃,月满则微。崇犹尘积,替若骇机。① 人咸知饰其容,而莫知饰其性。性之不饰,或愆礼正。斧之藻之,克念作圣。出其言善,千里应之。苟违斯义,则同衾以疑。② 夫出言如微,而荣辱由兹。勿谓幽昧,灵监无象。③ 勿谓玄漠,神听无响。④ 无矜尔荣,天道恶盈。无恃尔贵,隆隆者坠。鉴于小星,戒彼攸遂。⑤ 比心螽斯,则繁尔类。⑥ 欢不可以黩,宠不可以专。⑦ 专实生慢,爱极则迁。致盈必损,理有固然。美者自美,翩以取尤。⑧ 冶容求好,君子所仇。结恩而绝,职此之由。故曰:"翼翼矜矜,福所以兴。⑨ 靖恭自思,荣显所期。⑩"女史司箴,敢告庶姬。

〔注释〕

  ①崇:高,指地位高。替:废弃。骇机:突然触发弩机,比喻猝发的

祸难。

②同衾(qīn)：同盖一条被子，指夫妇。衾，被子。
③幽昧：幽暗。灵监：天神在监视。灵，神。无象：犹"无形"。
④玄漠：寂静。无响：无声。
⑤小星：指帝王的妃嫔。
⑥螽(zhōng)斯：蝗类昆虫，即蚱蜢。《诗经·周南·螽斯》："螽斯羽，诜诜兮。宜尔子孙，振振兮。"《毛诗序》曰："螽斯，后妃子孙众多也。言若螽斯不妒忌，则子孙众多也。"
⑦黩(dú)：轻慢不敬。
⑧翩：轻率，轻薄。尤：罪过，过失。
⑨翼翼：恭敬小心。矜矜：犹"兢兢"，小心谨慎。
⑩靖恭：恭谨。

〔译文〕

天道是没有只隆盛而不灭杀的，万事万物没有只兴盛而不衰败的。太阳到了正午就要向西偏斜，月亮圆满了就要慢慢亏缺。修养高尚的品德，就像将尘土一天天堆积起来一样艰难，但品德的败坏却像扣动弩机，将弩箭射出去一样快。人们都知道修饰自己的容貌，却不知道修养自己的品德。不修饰品德，就会违背礼法正道。要努力改正错误，加强自身的修养，克制住欲念，做圣贤之人。说话和善，千里之外的人也会应和。如果违背了道义，就是夫妻之间也会猜疑。说话好像是小事，然而荣辱却都由此而来。不要认为在幽暗的地方就可以为所欲为，神灵在无形之中监视着你的行为。不要认为寂无人声的地方就可以出言放肆，神灵在无声之中监听着你的言论。不要炫耀自己的荣宠，天道厌恶自满。不要依恃你的显贵，地位过高的人是会跌下来的。以《诗经·小星》为鉴,众姬妾依次侍奉君王,戒除只让自己遂心如愿的妄想。施恩惠于姬妾就会永远顺利。按照《诗经·螽斯》所说的没有妒忌之心,你的子孙就会有很多。承欢时不可轻慢不敬,受宠时不能独专。独占宠爱就会变得傲慢,爱到极点就会见异思迁。满必招损,道理本来就是这样。美的人,天生丽质,但为人轻薄就会犯错遭罪。靠打扮得妖艳来讨别人喜欢,这正是君子所厌恶的。结下情义却又断绝,主要原因就在于此。所以说:"小心谨慎,是招致幸福的根源。恭敬严肃地反思自己的不足和过错,光荣显赫的地位就可以期望。"女史是主管规谏告诫,敢烦告诉宫中的众姬妾。

铭

座右铭

崔　瑗

[题解]

"铭"最初是刻在器物、碑碣上的文字,后来发展成为一种文体。铭主要用来记述事实、功德,有时也用来警诫自己。《文选》"铭"类共收录四位作者五篇作品。

"座右",即铭刻在座右。崔瑗虽然锐志好学,才能出众,但却不得施展,一生坎坷,饱经沧桑。这首《座右铭》,文句工整,语言简练,饱含了儒道合一的深刻人生体悟。时至今日,仍有很大的启迪意义。

崔瑗(77—142),字子玉,涿郡安平(今河北安平)人。崔骃次子。东汉文学家、书法家,工于文辞,尤善书记箴铭。《后汉书》记载道:"崔瑗,字子玉,涿郡人也。早孤,锐志好学,尽能传其父业。举茂才,为汲令,迁济北相,疾卒。"

无道人之短,无说己之长。施人慎勿念,受施慎勿忘。世誉不足慕,唯仁为纪纲。①隐心而后动,谤议庸何伤。②无使名过实,守愚圣所臧。③在涅贵不淄,暧暧内含光。④柔弱生之徒,老氏诫刚强。⑤行行鄙夫志,悠悠故难量。⑥慎言节饮食,知足胜不祥。行之苟有恒,久久自芬芳。

〔注释〕

①纪纲:典章法度。

②隐:审度。谤议:诽谤,非议。

③臧(zāng):善。圣:指孔子。

④涅(niè):黑泥,可作染料。淄:通"缁",黑色。这里用作动词,染黑。暧暧:昏暗的样子。

⑤"柔弱生之徒"二句:《老子》第七十六章:"人之生也柔弱,其死也坚强。万物草木之生也柔脆,其死也枯槁。故坚强者死之徒,柔弱者生之徒。"老氏:指老子。

⑥行(hàng)行:刚强的样子。《论语·先进》记载:"子路行行如也。"孔子见子路刚强的样子,便感慨道:"若由(子路)也,不得其死然。"鄙夫:鄙陋浅薄之人。悠悠:遥远,无穷无尽。

杂 文 | 279

〔译文〕

　　不要论说别人的短处,也不要显摆自己的长处。施恩不要总是记在心里,但受了别人的施舍一定不能忘记。世人的赞誉没有什么可羡慕的,只有心存仁爱才是为人的根本。先要隐忍,等考虑好了之后再去行动,别人的诽谤和非议对自己又有什么损伤呢。不要使名声超过自己的才能,大智若愚才是圣人所提倡的。身处污秽,贵在不被沾染,外表昏昧,内心却充满光明。老子教我们坚守"柔弱"的生之美德,戒除逞强的恶习。太过刚强的人往往鄙陋浅薄,他的灾祸将难以估量。说话要谨慎,饮食要有节制,知足的人才会远离不祥。若有恒心坚持去奉行,德才功业必定有所成就。

诔

阳给事诔并序

颜延之

〔题解〕

　　"诔(lěi)",主要用来表彰死者德行并表达哀思,是哀祭文体的一种。创作中以抒发真情实感为特质,曹丕《典论·论文》言"铭诔尚实",陆机《文赋》云"诔缠绵而凄怆"。《文选》卷五六、五七共收四位作者"诔"类作品八篇。

　　《阳给事诔并序》主要赞颂了给事阳瓒临危不惧、勇赴国难的献身精神。给事是给事中官职的简称。本文所称的阳给事,即阳瓒。据《宋书》记载,宋武帝永初三年(422)十月,北魏大军进犯滑台城。十一月,滑台城东北崩坏,主将出逃,副将阳瓒却坚守不降,最终被杀。后来朝廷追赠阳瓒为给事中。

颜延之(384—456),字延年,琅玡临沂(今山东临沂)人。南朝宋文学家、文坛领袖人物、元嘉三大家之一。颜延之和谢灵运齐名,并称"颜谢"。颜延之与陶渊明交好,陶渊明死后,他还写了《陶徵士诔》。原有集,已佚。明人辑有《颜光禄集》。《宋书》卷六三有传。

惟永初三年十一月十一日,宋故宁远司马、濮阳太守彭城阳君卒。①呜呼哀哉!瓒少禀志节,资性忠果。奉上以诚,率下有方。朝嘉其能,故授以边事。永初之末,佐守滑台。②值国祸荐臻,王略中否。③獯虏间衅,劘剥司兖。④幽并骑弩,屯逼巩洛。⑤列营缘戍,相望屠溃。⑥瓒奋其猛锐,志不违难。立乎将卒之间,以缉华裔之众。⑦罢困相保,坚守四旬。⑧上下力屈,受陷勍寇。⑨士师奔扰,弃军争免。⑩而瓒誓命沉城,佻身飞镞,兵尽器竭,毙于旗下。⑪非夫贞壮之气,勇烈之志,岂能临敌引义,以死徇节者哉。

[注释]

①永初三年:即公元422年。永初是宋武帝刘裕的年号(420—422)。濮阳:郡名,今河南滑县、濮阳、范县,以及山东郓城、鄄城等地。彭城:今

江苏徐州。

②滑台:今河南滑县。

③值国祸:指武帝去世、北魏侵犯等事。荐臻:接连到来。中否:中断。

④獯(xūn)虏:指北魏的鲜卑族人。间:伺机。劘(mó)剥:摧残伤害。司兖:司州、兖州。司州在今河南洛阳东北一带,兖州在今山东西南一带。

⑤幽并:幽州、并州。骑弩:骑兵、弓箭手。巩洛:巩县、洛阳,刘宋时期与北魏接壤。

⑥列营缘戍:沿着边境地带列营防卫。屠:屠杀。溃:溃逃。

⑦缉:聚。

⑧罢(pí):疲劳。

⑨勍(qíng)寇:强敌。

⑩士师:此指军官。

⑪誓命沉城:发誓为了保卫城池而献出自己的生命。佻(tiāo)身飞镞:轻装简行,出城射杀敌人。佻,轻。

[译文]

　　永初三年十一月十一日,宋原宁远司马、濮阳太守彭城阳君去世。真是悲痛啊!阳瓒年少时就有大志和节操,性情忠贞且果断。对朝廷非常忠诚,率领下属也很有方法。朝廷赞赏他的才干,因此任命他负责边防事务。永初末年,他奉命辅助主将守卫滑台。那时,国家接连遭祸,朝廷治边的谋略也暂时停顿了下来。北方的敌人瞅准了空子,进犯我们的司州、兖州地区。从幽州、并州赶来的敌兵,聚集在一起,逼近我方的巩县、洛阳一带。我方虽然沿着边境驻军防守,但却眼睁睁地被敌人给击溃。危难之际,阳瓒鼓起勇气和锐志,决心不逃离此次国难。他毅然挺立于军士中间,聚集起一支由华人组成的队伍。为了保卫滑台,他们虽然疲惫困乏,但却依然坚守了四十天。最后,将领士兵们都耗尽了最后的精力,被强敌攻破了城池。军官们四散而逃,离开军队,争相逃命。阳瓒却誓要与这座沦陷的城池共存亡,他轻装出战,用飞箭射击敌人,直到箭用完了,英勇牺牲在战旗之下。如果没有忠贞豪壮之气,以及勇猛壮烈的昂扬斗志,怎么能够在面对强敌时大义凛然,最后以死殉节呢?

景平之元,朝廷闻而伤之,有诏曰:"故宁远司马濮阳太守阳瓒,滑台之逼,厉诚固守,投命徇节,在危无挠。古之烈士,无以加之。可赠给事中,振恤遗孤,以慰存亡。"①追宠既彰,人知慕节,河汴之间,有义风矣。逮元嘉廓祚,圣神纪物,光昭茂绪,旌录旧勋,苟有概于贞孝者,实事感于仁明。②末臣蒙固,侧闻至训,敢询诸前典,而为之诔。③其辞曰:

[注释]

①景平:南朝宋少帝的年号。逼:危急。厉:奋发。挠:曲。振恤:赈济抚恤。振,同"赈"。

②元嘉:南朝宋文帝的年号。廓:开。祚:福,谓国运。宋少帝荒淫失政,在位二年即废,文帝即位,故云重开国运。圣神:谓文帝圣明如神。纪:理。光昭:显耀。茂绪:盛业。昭,明。绪,业。旌录:旌表,载录。

③蒙固:蒙昧。侧闻:侧耳聆听,谓恭听皇上训教的样子。至训:指文帝关于表彰功臣的命令。

杂 文 | 283

〔译文〕

　　景平元年,朝廷听闻阳瓒的事迹之后十分哀痛,下达了一份诏书说:"故宁远司马濮阳太守阳瓒,在滑台危急之时,奋发忠诚,坚守城池,舍身殉节,在危难中毫不屈服。古代的节士,也没有超过他的。可以追赠他为给事中,并赈济抚恤他的遗孤,以此慰藉阳瓒及他的家属。"追赠阳瓒的殊荣传扬开后,人们都知道爱慕节操了,黄河、汴河地区有了尚义之风。至元嘉时国运重开,圣明的天子亲理政务,光耀盛业,记载、表彰以往的功臣,如果其事迹属于忠贞、孝道的,就能感动皇上的仁慈圣明之心。微臣虽然蒙昧固陋,但在恭听皇上的训诲之后,冒昧以从前的典章为依据,为阳瓒写作诔文。其辞曰:

　　贞不常祐,义有必甄。①处父勤君,怨在登贤。②苦夷致果,题子行间。③忠壮之烈,宜自尔先。旧勋虽废,邑氏遂传。④惟邑及氏,自温徂阳。⑤狐续既降,晋族弗昌。⑥之子之生,立绩宋皇。⑦拳猛沉毅,温敏肃良。如彼竹柏,负雪怀霜。如彼骐骊,配服骖衡。边兵丧律,王略未恢。函陕堙阻,瀍洛蒿莱。⑧朔马东骛,胡风南埃。路无归辙,野有委骸。⑨帝图斯艰,简兵授才。⑩实命阳子,佐师危台。憬彼危台,在滑之坰。⑪周卫是交,郑翟是争。昔惟华国,今实边亭。⑫凭巘结关,负河萦城。⑬金柝夜击,和门昼扃。⑭料敌厌难,时惟阳生。

〔注释〕

①贞:忠贞。甄:表明。

②"处父勤君"二句:阳处父勤勉于君,在选贤问题上与人结下仇怨而遭杀害。处父,阳处父,春秋时晋国太傅。

③"苫(shān)夷致果"二句:苫夷在阳州取得了战果,在行伍间为儿子取名为"阳州"。苫夷,即苫越,春秋时鲁国季氏家臣。致果,取得战果。题子,为儿子取名。

④"旧勋虽废"二句:虽然阳处父、苫夷的功业其子孙后代没有承袭延续,但他们的姓氏却流传了下来。邑氏,古人以封地、封邑为氏,发展成为后来的姓。

⑤自温徂(cú)阳:吕向注:"晋封处父于温,后改封阳。"徂,往。

⑥"狐续既降"二句:自从狐射姑指使续鞫居杀了阳处父之后,阳氏在晋国就不昌盛了。狐、续,狐射姑和续鞫居。

⑦之子:指阳瓒。

⑧函:指函谷关。堙(yīn):塞。瀍(chán)洛:瀍河和洛河,均在河南,代指河南一带。

⑨辌(wèi):通"槥",小而薄的棺材。委骸:委弃的尸骸。

⑩简:选。

⑪憬:悟,此处意思为"遥想"。坰(jiōng):遥远的郊野。

⑫边亭:犹边城。

⑬凭巘(yǎn)结关:依凭山势设下关隘。巘,山峰。

⑭金柝(tuò):金,即刁斗,古时军用铜器,白天用以做饭,夜晚敲击用以打更。柝,即木柝,古时打更用的木梆子。和门:军队的营门。扃(jiōng):关闭。

〔译文〕

忠贞之人并非总能得到上天的保佑,但他们的大义却必须得到表彰。阳处父勤勉于君,因为选贤而招致怨恨。苦夷获得了战果,在行伍之中为自己的儿子取名为阳州。阳瓒忠贞壮烈的行为,源自他的先人。阳处父、苦夷的勋业虽然未绵延,但他们的姓氏却流传了下来。由封邑而来的姓氏,可追溯到阳处父从温地改封到阳地的时候。自从狐射姑指使续鞫居杀害了阳处父,阳氏在晋国就不昌盛了。到了阳瓒出生后,又于宋皇之世建立功勋。阳瓒勇猛、沉毅,温敏达理,恭敬奉上。就像竹柏一般,经得住霜雪的考验而不凋零;就像那些车驾边上的良马,默默辅助着,把车给驾好。边军失利,王朝的治边谋略不能施展。关陕地区遭兵乱阻塞不通,瀍洛地区的田野长满野草。北魏军队向东南进犯,战马奔驰尘埃四起。路上见不到装载阵亡战士的棺材归来,他们的尸骨暴露在旷野之上。大宋帝业艰难,朝廷挑选精兵委任贤才。任命阳瓒为宁远司马,辅助大军守卫危险的滑台。遥想那孤危的滑台,周代时期它是滑国的郊野。周国、卫国曾为了它交战,郑国、翟国为了它也发生过战争。往昔,它曾是中原国家,而如今却成了一座边城。凭着山势设下关卡,同时还有河流环绕着城池。夜里,刁斗、木柝之声不断传来,就算白天营门也是紧紧地关闭着。分析敌情平定战乱,那就要数阳瓒了。

凉冬气劲,塞外草衰。遏矣獯虏,乘障犯威。①鸣骥横厉,霜镝高翚。②轶我河县,俘我洛畿。③攒锋成林,投鞍为围。翳翳穷垒,嗷嗷群悲。④师老变形,地孤援阔。⑤卒无半菽,马实拑秣。⑥守未焚冲,攻已濡褐。⑦烈烈阳子,在困弥达。勉慰瘝伤,拊巡饥渴。⑧力虽可穷,气不可夺。义立边疆,身终锋铦。⑨呜呼哀哉!贲父殒节,鲁人是志。⑩汧督效贞,晋策攸记。⑪皇上嘉悼,思存宠异。于以赠之,言登给事。疏爵纪庸,恤孤表嗣。嗟尔义士,没有余喜。呜呼哀哉!

〔注释〕

①逖(tì):远。障:小城。

②横厉:恣意奔驰。翚(huī):飞。

③轶:侵犯。河县:黄河岸边之县。俘:掳掠。洛畿(jī):洛阳。

④翳(yì)翳:遮蔽。

⑤"师老变形"二句:军队被围了很久,孤单无援,形势发生了变化。老,久。阔,远。

⑥菽(shū):豆类的总称。这里代指粮食。拑(qián)秣(mò):用木横塞进马口中。这里是说连草料也没有了。

⑦"守未焚冲"二句:守城的士兵还没有焚烧敌人攻城的战车,对方就已经用水打湿了马衣。言敌军早有准备。冲,攻城时用来冲撞城墙的战车。濡,用水沾湿。褐,指粗麻布做成的马衣。

⑧痍(yí)伤:创伤。拊巡:抚慰巡视。拊,同"抚"。

⑨锋铦(guā):指刀箭。李周翰注曰:"锋,刃也;铦,矢也。"

⑩贲(bēn)父:即县贲父,春秋时鲁庄公御者。殒节:为守节操而死。李善注引《礼记》:"鲁庄公及宋人战于乘丘,县贲父御。马惊败绩,公坠。县贲父曰:'他日不败绩,而今败绩,是无勇也。'遂死之。圉人(养马的人)浴马,有流矢在白肉。公曰:'非其罪也。'遂诔之。士之有诔,自此始也。"

⑪汧(qiān)督:汧城督军,此指马敦。

〔译文〕

当时正值寒冬,塞外的野草一派枯萎。僻远地区的胡虏,攻打我边界小城，冒犯我大宋国威。战马鸣叫，恣意横行，冷冽的羽箭漫天高飞。侵入我黄河沿岸的县境，甚至掳掠到了我洛阳地区。敌人众多，兵器聚集如同树林，马鞍堆叠像城墙一样。众多敌人包围了孤危的滑台，城中百姓悲号连天。军队久被围困，日渐疲惫，滑台孤悬，没有援兵来救。士兵们没有半点粮食充饥，战马也断绝了草料。敌军用冲车冲撞我们的城墙，守卫兵还没来得及焚烧敌军的车辆，敌人就已经打湿了车马。刚烈的阳君，在困危之中越发显得乐观旷达。安慰伤员，抚慰饥渴的战士。虽有精疲力竭之时，但永远不改变忠贞的气概。在边疆显扬凛然大义，最后死在敌人的刀箭之下。多么悲壮啊！贲父以身殉节，鲁国人因此纪念他。汧督忠贞报国，晋帝下令表彰他。现在皇上夸赞、哀悼阳瓒，想赐予特殊的恩宠。于是追赠阳瓒为给事中，并抚恤、表彰阳瓒的后代。哎呀，像阳瓒这样的义士，虽然身死，尚有荣宠福泽后代。沉痛地哀悼！

碑　文

郭有道碑文并序

蔡　邕

〔题解〕

"碑文"，即刻于碑上之文，专为立碑而作，大致可分为纪功碑、宫室庙宇碑和墓碑三类。"碑文"作为一种文体，常题名为"某某碑"或"碑铭"或"某碑并序"等。《文选》卷五八、五九共收录四人碑文作品五篇。蔡邕是汉代碑文创作的集大成者。刘勰《文心雕龙·诔碑》云:"自后汉以来,碑碣云起,才锋所断,莫高蔡邕。"

《郭有道碑文并序》是蔡邕碑文中较为出色的一篇。郭有道,即郭泰(128—169),东汉名士,字林宗,太原介休(今山西介休)人,人称有道先生,被太学生推为精神领袖。

蔡邕(133—192),字伯喈,陈留圉(今河南杞县)人。东汉末年的著名文学家、书法家、学者。少博学,师事太傅胡广,精通音律,好辞章、天文、数术。《隋书·经籍志》著录有集十二卷,今已散佚。后人曾辑有《蔡中郎集》。《后汉书》卷六十有传。

先生讳泰,字林宗,太原界休人也。①其先出自有周,王季之穆,有虢叔者,实有懿德,文王咨焉。②建国命氏,或谓之郭,即其后也。③先生诞应天衷,聪睿明哲,孝友温恭,仁笃慈惠。夫其器量弘深,姿度广大,浩浩焉,汪汪焉,奥乎不可测已。若乃砥节厉行,直道正辞,贞固足以干事,隐括足以矫时。④遂考览六经,探综图纬,周流华夏,随集帝学。⑤收文武之将坠,拯微言之未绝。⑥于时缨緌之徒,绅佩之士,望形表而影附,聆嘉声而响和者,犹百川之归巨海,鳞介之宗龟龙也。⑦尔乃潜隐衡门,收朋勤诲,童蒙赖焉,用祛其蔽。⑧州郡闻德,虚己备礼,莫之能致。群公休之,遂辟司徒掾,又举有道,皆以疾辞。⑨将蹈鸿涯之遐迹,绍巢许之绝轨,翔区外以舒翼,超天衢以高峙。⑩禀命不融,享年四十有二,以建宁二年正月乙亥卒。⑪

〔注释〕

①太原:郡名。界休:县名,在今山西介休东南。

②王季:周文王之父季历。穆:指季历之子。古代宗庙或墓地按辈份排列,始祖居中,二世、四世、六世居左,称昭;一世、三世、五世居右,称穆。王季于周为昭,故其子为穆。虢(guó)叔:虢国的开国之祖,季历的第三子,周文王的弟弟。懿德:美德。咨:征询。

③命氏:赐氏。上古时期,同一姓贵族的分支各有称号,叫作"氏"。后来姓和氏逐渐不分。郭:《战国策》高诱注:"郭,古文虢字也。"

④若乃:至于。砥节厉行:砥砺节操和德行。贞固:固守正道。隐括:矫正弯曲竹木的工具,这里比喻匡正时弊的意见。

⑤考览:考察阅览。六经:指《诗》《书》《礼》《乐》《易》《春秋》。探综:探求综合。图:《河图》。纬:纬书。周流:周行于各地。集:止于。帝学:国学,即国家所设立的最高学府。

⑥文武:指文武王之道。文,周文王。武,周武王。坠:坠落,此处借指失传。微言:精微之言,指《春秋》的微言大义。

⑦缨绥(ruí):帽带及其末梢,借指在朝百官及儒学诸生。鳞介:泛指有鳞和甲的水生动物。

⑧尔乃:至于。衡门:横木为门,比喻简陋的房屋。《诗经·陈风·衡门》:"衡门之下,可以栖迟。"袪:去。

⑨休:美,褒美。辟:征召。司徒掾:司徒的属官。

⑩鸿涯:传说中的仙人名。遐:远。绍:继。巢许:巢父、许由,相传为尧时的隐士。绝:远。

⑪融:长。

〔译文〕

　　先生名泰,字林宗,太原界休人。其先辈出自周代,王季的儿子虢叔,颇具美德,文王常向他征询意见。建国之后赐给他氏,有人说郭姓就是郭氏的后代。先生顺应天心,生来就聪明睿智,孝顺友善,温良谦恭,仁爱笃厚。他气量宏大深广,姿态与气度宽博,犹如浩浩的汪洋之水,深不可测。同时还能砥砺节操和德行,坚持正直之道,以及公正的言辞,固守正道足以非常干练地办事,胸中之隐括则足以矫正时弊。于是,先生考览儒家六经,探索《河图》纬书,行走各地,最后将精力聚集在国学之上。收集将要失传的文武之道,挽救尚未断绝的《春秋》微言。当时的百官,以及儒生,望着先生高大的形象,如影相附,听着先生美好的音声,不觉应和,就像是百川归海,或者鳞介类的动物尊崇龟龙一般。此后先生隐居陋屋,集合友朋,勤于教诲,童蒙全赖先生,才得以去其蒙昧。州郡长官听闻了先生的高尚德行,以非常谦逊的态度,备礼相邀,但却没有谁能请动先生。朝廷百官褒美先生,于是征召先生为司徒掾,又推举先生为有道,但先生都以疾病为由推辞了。先生将要跟随仙人鸿涯的足迹,继承隐士巢父、许由快要消散的行迹,翱翔到俗世之外舒展羽翼,超越传说中的天路,高高地耸立在无人企及的云端。可惜先生寿命不长,享年四十二岁,于建宁二年正月乙亥去世。

　　凡我四方同好之人,永怀哀悼。靡所置念,乃相与惟先生之德,以谋不朽之事。^①金以为先民既没,而德音犹存者,亦赖之于见述也。^②今其如何,而阙斯礼。^③于是

树碑表墓,昭铭景行,俾芳烈奋于百世,令问显于无穷。④其辞曰:

[注释]

①惟:思。不朽之事:谓立碑。
②佥(qiān):都。德音:美好的名声。
③阙:同"缺"。斯:此。
④表:立。景行:高尚的德行。俾(bǐ):使。芳烈:美好的事迹。奋:发扬。令问:即美好的名声。

[译文]

凡我四方志同道合之人,都永怀哀悼之情。因为无处寄托我们的思念,于是便一起追思先生的美德,谋划立碑这样的不朽之事。都以为先贤离世之后,美好的声名还能留存下来,是依赖碑文作了记述。我们今天又将怎样呢,难道要缺少这一礼仪。于是就树碑表墓,昭示并铭刻先生的光辉德行,使先生美好的事迹流芳百世,美好的声名显扬无穷。其辞曰:

於休先生,明德通玄。①纯懿淑灵,受之自天。崇壮幽浚,如山如渊。礼乐是悦,《诗》《书》是敦。匪惟摭华,乃寻厥根。②宫墙重仞,允得其门。懿乎其纯,确乎其操。③洋洋搢绅,言观其高。栖迟泌丘,善诱能教。④赫赫三事,几行其招。⑤委辞召贡,保此清妙。⑥降年不永,民斯悲悼。爰勒兹铭,摘其光耀。⑦嗟尔来世,是则是效。

[注释]

①於(wū):赞叹词。休:美善。
②摭(zhí):拾。华:花。
③确乎:坚固,坚贞。
④诱:劝导。
⑤赫赫:显赫的样子。三事:即司徒、司马与司空三司。这里则指司徒黄琼。招:征召。
⑥委辞:推辞。召贡:征召推举。清妙:清高美妙。
⑦勒:雕刻。摛(chī):传扬。

[译文]

先生何其美善啊,高尚的德行几乎达于神妙。纯洁美好的性灵,全是上天所赐。德行崇高伟大,幽深莫测,如高山,似深渊。雅好礼乐,崇尚《诗》《书》。不仅拾取精华,而且还寻到了它的本根。儒学高深莫测,门径高达数仞,先生刻苦钻研确实迈进了大门。美好纯正的品德,坚贞不移的操守。众多搢绅之士,观仰其崇高的品德。他们游息于泌丘,先生循循善诱,善于因材施教。身份显赫的三司官员,多次前来征召。先生一概予以拒绝,保持清高美好的品德。可惜先生天命不长,人们全都无比哀悼。他们刻下这篇碑铭,传布先生的光耀行迹。后世的人啊,一定要效法先生这样光辉的榜样。

墓　志

刘先生夫人墓志

任　昉

〔题解〕

《文选》的"墓志"类仅收录这一篇,本文也赖《文选》的选录得以传世。墓志,是墓中石刻上的志文。墓志的形制,以东汉墓砖铭为滥觞。魏晋之世,禁止厚葬,墓碑消失而墓志盛行,墓志这一文体,也臻于成熟。墓志一般兼有散体的叙和韵体的铭。本文只有铭文,有可能是节选。刘先生,名瓛,字子珪,是南朝宋齐时期的名儒,被誉为"关西孔子"。梁初,谥曰贞简先生。《南齐书》有传。

任昉(460—508),字彦升,乐安博昌(今山东寿光)人。南朝梁代的著名文学家、方志学家、藏书家,"竟陵八友"之一。任昉幼年刻苦好学,才华横溢,闻名乡里。据《梁书》记载:"昉雅善属文,尤长载笔,才思无穷,当世王公表奏,莫不请焉。昉起草即成,不加点窜。沈约一代词宗,深所推挹。"任昉的主要著述有《述异记》《杂传》《地理书钞》《地记》《文章缘起》等。此外,任昉还有诗、赋传世。《文选》收录任昉的作品也较多,主要有《宣德皇后令》《为卞彬谢修卞忠贞墓启》《刘先生夫人墓志》《齐竟陵文宣王行状》等。《梁书》卷十四有传。

既称莱妇,亦曰鸿妻。复有令德,一与之齐。①实佐君子,簪蒿杖藜。欣欣负戴,在冀之畦。②居室有行,亟闻义让。禀训丹阳,弘风丞相。③籍甚二门,风流远尚。肇允才淑,阃德斯谅。④芜没郑乡,寂寥扬冢。参差孔树,毫末成拱。⑤暂启荒埏,长扃幽陇。夫贵妻尊,匪爵而重。⑥

〔注释〕

①莱妇:春秋时楚国老莱子的妻子。李善注引《列女传》曰:"老莱子逃世,耕于蒙山之阳。或言之楚王,楚王遂驾车至老莱之门。楚王曰:'守国之孤,原变先生。'老莱曰:'诺。'妻曰:'妾闻之,居乱世为人所制,此能免于患乎?妾不能为人所制者。'投其畚而去。老莱乃随之。"鸿妻:东汉梁鸿的妻子孟光。李善注引《列女传》曰:"梁鸿妻者,同郡孟氏之女也。德行甚修。鸿纳之,共逃遁霸陵山中。后复相将至会稽,赁舂为事。虽杂佣保之中,妻每进食,常举案齐眉,不敢正视。以礼修身,所在敬而慕之。"一与之齐:《礼记·郊特牲》:"信,妇德也。一与之齐,终身不改。"齐,犹同,谓结为夫妻。

②簪(zān)蒿(hāo):以蒿草为簪。杖藜:以藜茎为杖。负戴:指从事劳作。畦:田垄。

③亟(qì):屡次。丹阳:郡名,今江苏南京。刘瓛是东晋丹阳尹刘惔的六世孙,所以此指刘惔。丞相:东晋名相王导。刘瓛之妻王氏是王家后人。

④二门:指刘、王二大家族。风流:犹遗风。肇(zhào)允:允,信,肇为发语词。阃(kǔn)德:妇德。阃,门槛,此指闺门之内。谅:信。

⑤芜没:没于杂草之中。郑乡:指郑玄墓。寂寥:孤单冷清。扬冢:指扬雄墓。孔树:孔子家茔中的树。李善注引《皇览圣贤冢墓志注》曰:"孔

子冢在鲁城北泗水南。冢茔中树以百数,皆异种。人传言孔子弟子异国,人各持其国树来种之。其树柞枌雒离五味櫲檀之树,鲁人莫之识。"毫末:喻树之小。《老子》第六十四章:"合抱之木,生于毫末。"拱:两手合抱。

⑥埏(yán):墓道。扃(jiōng):关闭。幽陇:墓。

〔译文〕

　　既被人称作是老莱之妇,又被人比成是梁鸿之妻,加上夫人王氏具有美好的品德,结为夫妇终身不改。诚心佐助刘先生,蒿草为簪,藜茎为杖,欢心喜悦地在田间劳作。居家时有德行,常常听闻有奉义礼让之事,先生禀受了刘惔的家训,夫人则弘扬了王导的家风。两家的门风非常值得称道,其遗风至今还受人崇尚,夫人真正是德才兼备的淑女,恪守妇德是如此的诚信。先生草葬在"郑玄之乡",像扬雄之墓一样寂寥,树木参差如同孔子的坟茔,它们如今已经由毫末长成合抱的大树。暂时打开荒凉的墓道,永远关闭合葬的墓门,夫妻二人身份尊贵,不依靠爵位就被人敬重。

哀

哀永逝文

潘　岳

〔题解〕

　　《文选》共收录潘岳《哀永逝文》、颜延之《宋文皇帝元皇后哀策文》以及谢朓《齐敬皇后哀策文》三篇"哀"类作品。作为一种文体,"哀"与"诔"相近,主要用来哀吊死者。哀辞最初是用于少年早逝的人,后也用于年长但不以寿终的人。刘勰在《文心雕龙·哀吊》中说:"赋宪之谥,短折曰哀。哀者,依也。悲实依心,故曰哀也。以辞遣哀,盖下流之悼,故不在黄发,必施夭昏……原夫哀辞大体,情主于痛伤,而辞穷乎爱惜。"《哀永逝文》主要叙述了妻子逝世后的安葬过程,抒发了作者深切的哀思。全篇感情真挚,文辞凄婉。潘岳以擅长哀、诔之文著称,其悼念亡妻之作,另有名篇《悼亡诗三首》。

潘岳简介见前文《悼亡诗三首》。

启夕兮宵兴,悲绝绪兮莫承。① 俄龙辁兮门侧,嗟俟时兮将升。② 嫂侄兮惮惶,慈姑兮垂矜。③ 闻鸣鸡兮戒朝,咸惊号兮抚膺。④ 逝日长兮生年浅,忧患众兮欢乐鲜。彼遥思兮离居,叹河广兮宋远。⑤ 今奈何兮一举,邈终天兮不反。⑥

〔注释〕

① 启夕:出殡的前夕。宵兴:夜起。绝绪:断绝后代。李善注:"绪,胤绪也。"此指人死不可复生。
② 俄:倾斜。龙辁(ér):亦作"龙輴"。绘有龙纹的丧车。
③ 惮惶:彷徨,慌乱。慈姑:婆母。垂矜:赐予哀怜。
④ 抚膺:抚胸,表示悲恸。
⑤ 河广:《诗经·卫风》:"谁谓河广?一苇杭之。谁谓宋远?跂予望之。"《毛诗序》曰:"《河广》,宋襄公母归于卫,思而不止,故作此诗也。"

⑥举:去,谓逝世。反:同"返"。

〔译文〕

妻子临出殡的前夕,我半夜起床,哀其永别不可复生。绘有龙纹的灵车斜停在门边,等时辰到的时候升上灵柩。嫂嫂和侄儿心中凄惶,慈祥的婆婆也心怀哀怜。听到鸡鸣惊觉天已破晓,全都手抚胸膛号啕大哭。你逝去的日子很长,而生年却很短暂,一辈子多遭忧患鲜少欢乐。你往昔思念娘家的双亲,常常叹河水宽广乡关遥远。今天怎么撒手人寰,远逝天边再也不回返。

尽余哀兮祖之晨,扬明燎兮援灵辁。①彻房帷兮席庭筵,举酹觞兮告永迁。②凄切兮增欷,俯仰兮挥泪。③想孤魂兮眷旧宇,视倏忽兮若仿佛。徒仿佛兮在虑,靡耳目兮一遇。停驾兮淹留,徘徊兮故处。周求兮何获?引身兮当去。④

〔注释〕

①祖:祖祭,古代出行时祭路神的仪式。燎:大烛。援灵辁(chūn):手握绳索牵引灵车。
②彻房帷:撤去房中的丧幛。彻,通"撤"。席庭筵:在庭院中铺上席子。
③欷(xī):哀叹。
④周求:遍寻。

〔译文〕

在清晨祭祀路神之礼上我尽吐哀情,高举明烛牵挽着灵车。

撤下房帷、铺上席子在庭院当中祭奠,举起酒杯浇酒在地上,和你永远告别。心中凄切之情更增加了我的抽泣,俯仰不止挥着悲痛的眼泪。想到你的孤魂一定眷恋旧居,眼前似乎倏忽闪过你的身影。但这只不过是心中想念的缘故,你何尝真的出现在我的眼前。暂时停下车驾,徘徊在你往昔经常出现的地方。四下寻找却毫无所获,只得引身继续前行。

去华辇兮初迈,马回首兮旋辔。①风泠泠兮入帷,云霏霏兮承盖。②鸟俯翼兮忘林,鱼仰沫兮失濑。③怅怅兮迟迟,遵吉路兮凶归。思其人兮已灭,览余迹兮未夷。昔同涂兮今异世,忆旧欢兮增新悲。谓原隰兮无畔,谓川流兮无岸。④望山兮寥廓,临水兮浩汗。⑤视天日兮苍茫,面邑里兮萧散。匪外物兮或改,固欢哀兮情换。嗟潜隧兮既敞,将送形兮长往。⑥委兰房兮繁华,袭穷泉兮朽壤。⑦

〔注释〕

①华辇(niǎn):指丧车。旋辔(pèi):打着旗帜等回还。泠(líng)泠:清凉的样子。

②承盖:云层低压,如在车盖之上。

③仰沫:仰游出于水面。失濑(lài):鱼忘了吸水。濑,湍急之水,此指水。

④原隰(xí):低洼之地。

⑤浩汗:同"浩瀚"。

⑥潜隧:墓道。送形:谓送死者入墓。形,形骸。

⑦委：弃。

[译文]

　　灵柩从丧车卸下，刚刚踏上归途，马儿回首不忍离去，旌旗纷纷掉头。微风清冷吹进车帷，阴云沉沉压着车盖。鸟儿低飞忘了旧林，鱼儿仰浮忘了吸水。惆怅不已，慢慢行走，往昔平安的道路竟然也充满着危险。想着你已逝去，看着你留下的遗迹却还在。往昔与你同路，而今却分属两个世界，回忆旧时的欢乐更增添我心中的悲哀。我的悲哀就像是沼泽没有边缘，就像是河流没有涯岸。望山，山是那样的空旷，看水，水是那样的浩瀚。望高天啊，苍苍茫茫，望乡里啊，萧条暗淡。不是外在的景物发生了什么变化，而是自己内心的哀乐之情已经转换了。墓道已经打开，我叹息悲伤，将要把你的遗体长埋地下。你舍弃了华丽的兰房，进入九泉之下的朽土之中。

　　中慕叫兮擗摽，之子降兮宅兆。①抚灵榇兮诀幽房，棺冥冥兮埏窈窕。②户阖兮灯灭，夜何时兮复晓？③归反哭兮殡宫，声有止兮哀无终。④是乎非乎何皇？趣一遇兮目中。⑤既遇目兮无兆，曾寤寐兮弗梦。既顾瞻兮家道，长寄心兮尔躬。⑥

[注释]

　　①擗（pǐ）摽（biào）：抚心，拍胸。之子：这个人，指其妻。
　　②灵榇（chèn）：棺材。埏（yán）：墓道。
　　③户：指墓门。阖（hé）：闭。

④反哭:古代的丧礼,葬礼完成之后丧主奉神主归来再次痛哭。《礼记集解》:"既葬,则反于庙而哭,以致其哀也。"殡宫:指临时停放灵柩的地方。

⑤皇:同"遑"。

⑥尔躬:指亡妻。躬,身。

〔译文〕

我心中哀哭,捶胸顿足,多么希望你能突然降临在墓地的四周。抚摸灵柩与你在墓室诀别,棺木沉沉,墓道幽深。墓门关闭灯盏熄灭,墓中长夜漫漫何时才能天明?归来之后在先前停灵的地方再次痛哭,哭声虽有终止,但哀思却没有穷尽。是真是幻无法辨识,只望你的形影能稍现在我眼中。盼望你的形影出现却毫无迹象,就是在睡梦中也未能再次与你相逢。我既要照料家庭的生计,又要牵肠挂肚把你怀念。

重曰:①已矣!②此盖新哀之情然耳。渠怀之其几何?③庶无愧兮庄子。④

〔注释〕

①重曰:结尾再次诉说。

②已矣:算了吧。

③渠:发声词。

④庶无愧兮庄子:典故出自《庄子·至乐》,其言"庄子妻死,惠子吊之,庄子则方箕踞鼓盆而歌。惠子曰:'与人居,长子、老、身死,不哭亦足矣,又鼓盆而歌,不亦甚乎?'庄子曰:'不然。是其始死也,我独何能无概然!察其始而本无生,非徒无生也而本无形,非徒无形也而本无气。杂乎

杂 文 | 301

芒芴之间,变而有气,气变而有形,形变而有生,今又变而之死,是相与为春秋冬夏四时行也。人且偃然寝于巨室,而我噭噭然随而哭之,自以为不通乎命,故止也"。庶,希冀。

〔译文〕

　　结尾再次诉说:过去的就让它过去了吧。大约是新遭丧亡的悲哀之情就是这样吧。怀念妻子的悲伤之情没有终极,希望能够像庄子那样超脱达观,从忧伤中解脱出来。

吊　文

吊屈原文并序

贾　谊

〔题解〕

　　"吊"是一种追悼死者的文体。"吊"的对象:"或骄贵而殒身,或狷忿而乖道,或有志而无时,或美才而兼累,后人追而慰之,并名为吊。"(《文心雕龙》)《吊屈原文》是现存最早的汉代"士不遇"主题作品,且在《文选》当中被列为"吊"文类的第一篇。刘勰《文心雕龙·哀吊》说:"贾谊浮湘,发愤吊屈,体同而事核,辞清而理哀,盖首出之作也。"

　　《吊屈原文》一作《吊屈原赋》,《史记》《汉书》之《贾谊传》都有收录。朱熹的《楚辞集注》作《吊屈原》。文前的序是后人所加,各版本大同小异。这是一首仿骚体的抒情短赋,文章仿楚辞而趋于散文化,是汉赋形成阶段的重要代表作之一。《吊屈原文》继承了《楚辞》"香草美人"的传统,接连使用比喻,对屈原的不幸遭遇表示深切的同情。贾谊与屈原有许多相似之处,所以才会触景生情,吊念屈原。贾谊才华横溢,博通诸子百家,二十余岁即被汉文帝征为博士。针对时弊,贾谊提出了一系列的改革建议,因此深受汉文帝的器重,一年内由博士升任太中大夫。但是在天子"议以谊任公卿之位"时,朝中的元老和新贵却群起而攻之,毁谤他"洛阳之人年少初学,专欲擅权,纷乱诸事"。于是天子疏远贾谊,将之贬出京城,去做长沙王的太傅。长沙地方偏远,低洼潮湿,长沙王又是仅存的异姓王,贾谊被贬到此地,其心情可想而知。贾谊赴任途中,经过湘水,凭吊屈原的自沉之处,不禁悼古伤今,写下了这篇作品。

贾谊简介见前文《过秦论》。

谊为长沙王太傅,既以谪去,意不自得,及渡湘水,为赋以吊屈原。①屈原,楚贤臣也,被谗放逐,作《离骚赋》,其终篇曰:"已矣哉! 国无人兮莫我知也。"②遂自投汨罗而死。③谊追伤之,因自喻。其辞曰:

[注释]

①长沙王:汉初所封的异姓王之一。所辖之地为今湖南东部,都临湘,在今长沙附近。太傅:官名,诸侯王太傅,对诸侯王尽辅导之责,与三公之一的太傅不同,没有实际权力。以:通"已"。谪:贬官。长沙王太傅,与贾谊原任的太中大夫为同一级,然而由中央到地方,实为被贬。去:离去,此指离开长安。湘水:又名湘江,在今湖南境内,北流入洞庭湖。

杂 文 | 303

②已矣哉:犹言"算了吧"。莫我知:即莫知我,没有人理解我。《离骚》的原文为"国无人莫我知兮"。

③汨(mì)罗:水名,为湘江支流。汨水发源于江西修水,西南流入湖南,与发源于岳阳的罗水合流,故称汨罗江。《史记·屈原贾生列传》:"(屈原)于是怀石,遂自投汨罗以死。"

〔译文〕

贾谊被贬为长沙王太傅,离京之后心中郁郁不乐,等到渡湘水时,作了一篇吊念屈原的辞赋。屈原是楚国的贤臣,被别人说了坏话后,遭到放逐,创作了《离骚》赋。屈原在赋的结尾写道:"算了吧!国内没有头脑清醒的人啊,没有人能够理解我。"于是屈原自投汨罗江而死。贾谊追伤屈原的往事,借以自喻。吊辞说:

恭承嘉惠兮,俟罪长沙。①侧闻屈原兮,自沉汨罗。②造托湘流兮,敬吊先生。③遭世罔极兮,乃殒厥身。④呜呼哀哉!逢时不祥!⑤鸾凤伏窜兮,鸱枭翱翔。⑥阘茸尊显兮,谗谀得志。⑦贤圣逆曳兮,方正倒植。⑧世谓随夷为溷兮,谓跖蹻为廉。⑨莫邪为钝兮,铅刀为铦。⑩吁嗟默默,生之无故兮!⑪斡弃周鼎,宝康瓠兮。⑫腾驾罢牛,骖蹇驴兮。⑬骥垂两耳,服盐车兮。⑭章甫荐履,渐不可久兮。⑮嗟苦先生,独离此咎兮!⑯

〔注释〕

①恭:敬。承:承受,接受。嘉惠:美好的恩惠,这里指皇帝的任命。

俟罪:待罪,这里指被贬官。

②侧闻:从旁闻知,谦辞,含有对屈原恭敬的意思。

③造:到。托湘流:谓把吊文托付湘流,即将吊文投入湘水之中。先生:指屈原。

④罔极:混乱无常。罔,无。极,准则。殒厥身:谓丧命,指屈原之死。厥,其。

⑤呜呼哀哉:祭文中常用的感叹之辞,表示对死者的悲悼。

⑥伏窜:逃避隐匿。鸱(chī)枭(xiāo):猫头鹰之类的猛禽,古人以为是不祥之鸟,这里与鸾凤相对,用以比喻恶人。

⑦阘(tà)茸:比喻不才之人,无能之辈。阘,小门。茸,小草。谗谀:进谗言的人与阿谀奉承的人。

⑧逆曳:倒拖着走,即不能顺正道而行。方正:品行方正的人。倒植:同"倒置",指本末倒置,应居高位者反而屈居下位。

⑨随:卞随,夏末商初人。传说商汤想要把天下让给卞随,卞随竟然认为这是很可耻的,遂投水而死。夷:伯夷,商末孤竹国君长子。因与弟叔齐互让君位而出逃。后反对周武王发兵灭商,武王不听,遂愤而不食周粟,饿死于首阳山。古人认为他们二人是高尚的人。溷(hùn):污浊。跖(zhí):柳跖,春秋时鲁国人。蹻:庄蹻,战国时楚人。跖、蹻都是反抗当时统治者的平民领袖,在古代被诬为盗,是坏人的代名词。

⑩莫邪(yé):宝剑名,传为干将与其妻莫邪所铸。铅刀:普通铅质的刀,与莫邪对举。铦(xiān):锋利。

⑪吁嗟:叹词。默默:不得意也。生:即先生,这里指屈原。无故:谓无故而遇祸。

⑫斡(wò)弃:抛弃。周鼎:相传夏禹铸九鼎,以像九州,后来成为周的传国之宝。康瓠(hù):破漏的瓦器。

⑬腾驾:即驾。罢(pí):同"疲",疲劳,衰弱。骖(cān):车辕之外的马。古代车辕内套两马,车辕外再加马匹曰骖,这里是驾车之意。蹇

(jiǎn)驴:瘸驴。

⑭骥:良马。垂两耳:吃力的样子。服盐车:《战国策·楚策四》:"夫骥之齿至矣,服盐车上太行。蹄申膝折,尾湛胕溃,漉汁洒地,白汗交流,中坂迁延,负辕不能上。"后用"骥服盐车"比喻有才能的人不被重视,遭到抑制。服,拉车。

⑮章甫:殷代的一种礼帽。《仪礼》:"士冠章甫,殷道也。"荐履:草鞋。冠当加首,而以荐履,比喻不肖在上而贤人在下。

⑯离:同"罹",遭受。咎:灾祸。

〔译文〕

　　承蒙皇恩啊,待罪长沙。听闻屈原啊,自投汨罗。把吊文托付给湘流啊,恭敬地吊念先生。生逢混乱无常的世道啊,才失去了生命。呜呼哀哉!碰上了个不吉祥的时候。鸾凤隐匿啊,猫头鹰漫天翱翔。无能之辈尊显啊,进谗阿谀的人昂扬得志。贤圣被倒拖着走啊,贤与不肖位置颠倒。世人以为卞随、伯夷污浊,说盗跖、庄蹻是廉洁之士。说莫邪宝剑不快,说普通的铅刀很锋利。哎呀真是不得意啊,先生竟然无故遭此灾祸。传国之宝周鼎被抛弃,破瓦罐被当成了宝物。驾起了疲惫的牛车,套起了瘸腿的驴。千里马低垂着两耳,吃力地拉着盐车。礼帽被当成了草鞋,这样本末倒置不可能长久。哎呀真是苦了先生啊,怎么就遭受了这样的灾祸。

　　讯曰:①已矣!国其莫我知兮,独壹郁其谁语?②凤漂漂其高逝兮,固自引而远去。③袭九渊之神龙兮,沕深潜以自珍。④偭蟂獭以隐处兮,夫岂从虾与蛭螾?⑤所贵圣人之神德兮,远浊世而自藏。使骐骥可得系而羁兮,岂云异夫犬羊?⑥般纷纷其离此尤兮,亦夫子之故也。⑦历九州而相其君兮,何必怀此都也?⑧凤凰翔于千仞兮,览德辉而下之。⑨见细德之险征兮,遥曾击而去之。⑩彼寻常之污渎兮,岂能容夫吞舟之巨鱼?⑪横江湖之鳣鲸兮,固将制于蝼蚁。⑫

〔注释〕

①讯曰:篇末总括之词。类似《离骚》的"乱曰"。
②其:语助词。壹郁:意同"抑郁",忧闷之意。谁语:对谁说。
③漂漂:同"飘飘",高飞的样子。自引:自己引退。
④袭:深藏。九渊:九重之渊。《庄子·列御寇》:"夫千金之珠,必在九重之渊,而骊龙颔下。"沕(mì):潜藏的样子。
⑤俪(miǎn):背离,远离。蝹(xiāo):一种像鳄鱼的水中动物。獭(tǎ):水獭,一种食鱼的小兽。隐处:隐居。虾:指蛤蟆。蛭(zhì):蚂蟥,一种吸血动物。螾:同"蚓",蚯蚓。
⑥使:假使。骐骥:骏马。系:拴住。羁:马笼头。云:语助词。
⑦般:通"斑",纷乱的样子。尤:过失。夫子:指屈原。
⑧历:走遍。九州:指各国。相:辅佐。君:指贤君。此都:指楚国的郢都。
⑨千仞:指高空。仞,七尺(一说八尺)。德辉:德政的光辉。
⑩细德:卑劣的品德。险征:危险的征兆。曾:高高上飞。击:双翅击空,即腾飞之意。
⑪寻常:八尺为寻,十六尺为常。这里形容短小。污渎(dú):浊水沟。吞舟:形容鱼大,能吞下船。
⑫鳣(zhān):一种大鱼。制:受制,被欺负。蝼蚁:蝼蛄和蚂蚁。《庄

杂 文 | 307

子·庚桑楚》:"吞舟之鱼,砀而失水,则蚁能苦之。"

[译文]

　　尾声:还是算了吧!国内没人能够理解我啊,独自抑郁又能向谁倾诉呢?凤凰已经展翅高飞了,本来就是它自己想引退远去。藏在九渊深处的神龙啊,深潜以自珍。远离蝼獭以隐居啊,哪还会同蛤蟆,以及蚂蟥、蚯蚓为伍?可贵的是圣人的德政啊,远离这污浊的世界而善自潜藏。假如良马可以拴起来并套上笼头,那岂不是和猪羊没什么两样了吗?盘桓于乱世遭此灾祸,也怨屈原自己。走遍九州去辅佐贤君,何必苦苦恋着郢都?凤凰翱翔在千仞高空,见到圣德的光辉才肯下来。见到德行卑劣有危险的征兆,就搏击长空高飞远去。那狭窄的臭水沟啊,岂能容得下吞舟大鱼?横行在江湖之中的鳣鲸啊,在这里自然要受制于蝼蛄和蚂蚁。

祭　文

祭古冢文并序

谢惠连

[题解]

　　"祭文"是一种追悼死者的文体,一般在祭奠时宣读。《文选》收录"祭文"类作品凡三篇,分别为谢惠连《祭古冢文并序》、颜延年《祭屈原文》、王僧达《祭颜光禄文》。

《祭古冢文》作于宋文帝元嘉七年(430),彭城王刘义康在修治东府城时,在护城壕当中发现了一座古墓,于是将之重新安葬,并命谢惠连写作了这篇祭文。这篇祭文感情真挚,古朴自然,因此古来就有"简而有意""其文甚美"的赞誉。

谢惠连,南朝宋阳夏(今湖北汉阳夏口)人。少时即以善属文知名于世,深得尚书仆射殷景仁,以及族兄谢灵运的赏识。后人将谢惠连与谢灵运、谢朓合称为"三谢"。《雪赋》与《祭古冢文》是其代表作。其中《雪赋》还与谢庄《月赋》并称,为六朝抒情咏物类小赋的代表作。

东府掘城北堑,入丈余,得古冢。①上无封域,不用砖甓,以木为椁,中有二棺,正方,两头无和。②明器之属,材瓦铜漆,有数十种,多异形,不可尽识。③刻木为人,长三尺,可有二十余头。初开见,悉是人形,以物柺拨之,应手灰灭。④棺上有五铢钱百余枚,水中有甘蔗节,及梅李核瓜瓣,皆浮出,不甚烂坏。⑤铭志不存,世代不可得而知也。公命城者改埋于东冈,祭之以豚酒。⑥既不知其名字远近,故假为之号曰冥漠君云尔。⑦

〔注释〕

①东府:在今江苏南京东,东晋时为扬州刺史的治所。这里指彭城王刘义康。堑(qiàn):壕沟,这里指护城河。冢(zhǒng):坟墓。

②封域:封界。甓(pì):砖。椁(guǒ):套在棺材外面的大棺。和:棺材两头的短木板。

③明器:指随葬品。属:类。材:指木器。漆:指漆器。

④㭬(chéng):拿东西触碰。李善注曰:"南人以物触物为㭬也。"应手灰灭:谓触手即破犹如灰灭。

⑤五铢钱:汉武帝时期铸造的一种钱币,后来魏晋六朝也有铸造。瓣:指瓜籽。浮出:指漂浮在水面上。

⑥公:这里指彭城王刘义康。城者:这里指挖掘护城河的工匠。豚(tún):小猪。

⑦冥漠:指无名死者。

[译文]

彭城王刘义康在东府城北挖掘护城河,挖下了大概一丈多之后,发现了一座古墓。古墓上方没有封土界限,没用砖瓦砌,以木头为椁,当中有两口棺材,摆放得很方正,两头也没有木板。陪葬的器物当中,有木器、瓦器、铜器、漆器等数十种,很多东西形状奇异,不能一一识别。里面还有木头雕刻的人,长三尺,一共有二十多个。刚刚打开棺椁看见这些木头人时,全都是人形,拿东西一拨动,随手即破就像灰尘一样散灭。棺材上有一百多枚五铢钱,水中还有甘蔗节,以及梅李核、瓜籽,这些全都漂在水面上,还没有完全朽坏。墓志铭已经找不到,死者的年代也不可得知。刘公命挖掘护城河的工匠改埋到东冈,还用猪和酒祭奠亡灵。既然不知道死者的名字和死亡时间的远近,所以姑且替他们取了个名号叫冥漠君。

元嘉七年九月十四日,司徒御属领直兵令史、统作城录事、临漳令、亭侯朱林,具豚醪之祭,敬荐冥漠君之灵。①

〔注释〕

①御属、令史、录事：皆司徒属官。领：兼任。统：统摄。亭侯：列侯名。朱林：主祭之人名。具：备办。醪(láo)：浊酒，泛指酒。荐：献。

〔译文〕

元嘉七年九月十四日，司徒御属兼领直兵令史、统作城录事、临漳令、亭侯朱林，准备了猪和酒作为祭品，敬献冥漠君之灵。

忝总徒旅，板筑是司。①穷泉为堑，聚壤成基。②一椁既启，双棺在兹。舍畚凄怆，纵锸涟洏。③刍灵已毁，涂车既摧。④几筵糜腐，俎豆倾低。⑤盎或梅李，盦或醯醢。⑥蔗传余节，瓜表遗犀。⑦追惟夫子，生自何代？⑧曜质几年？潜灵几载？⑨为寿为夭？宁显宁晦？⑩铭志湮灭，姓字不传。⑪今谁子后？曩谁子先？⑫功名美恶，如何蔑然？⑬

〔注释〕

①忝(tiǎn)：愧，谦辞。总：统领。徒旅：徒众。板筑：筑墙时先用两板相夹，以泥置其中，再用杵春实。这里即指筑墙。板，筑墙的夹板。筑，春土用的杵。司：主管。
②穷泉：掘地及泉，言其深。
③畚(běn)：畚箕，用竹篾或蒲草编织的盛物工具。纵：放下。锸

杂 文 | 311

(chā):铁锹。涟而:泪流。

④刍灵:用茅草扎的人马。涂车:泥塑之车。《礼记·檀弓》:"涂车刍灵,自古有之,明器之道也。"

⑤几筵:几,小矮桌。筵,竹制的席垫。俎(zǔ):放肉的几。豆:盛干肉一类食物的器皿。

⑥盎(àng):一种腹大口小的容器。醢(hǎi):肉酱。醯(xī):醋。

⑦表:显露。犀:即瓜瓣。

⑧惟:思。夫子:指墓中的死者。

⑨曜质:显耀其形体,谓生。潜灵:潜藏其灵魂,谓死去。

⑩夭:短命。显:谓在世时声名显赫。晦:谓在世时默默无闻。

⑪姓字:姓名和表字。

⑫曩(nǎng):从前。先:祖先。

⑬蔑然:没有,无。

[译文]

统领一群工人,管理修筑城墙的事。深挖护城壕,堆土夯筑成为墙基。一个棺椁已经打开,两口棺材出现在眼前。丢下畚箕,放下铁锹,此情此景,让人无限凄怆,不觉流下眼泪。草做的假人假马已经腐朽,涂着花纹的泥车也已经毁坏。几筵腐朽糜烂,俎豆低坠倾斜。有的盘里放着梅子、李子,有的盎中盛着肉酱、酸醋。甘蔗留下来了几节,瓜籽剩下一些。追思这位先生,不知道生活在哪个朝代?活了几年?死了几载?是寿长还是寿短? 生前是显耀还是隐晦? 墓志碑铭湮灭不见,名和字都没有留传下来。现在,谁会是你的后代? 过去,谁又是你的祖先? 功名如何,美恶怎样,为何全部不可考见?

百堵皆作,十仞斯齐。①堙不可转,堑不可回。②黄肠既毁,便房已颓。③循题兴念,抚俑增哀。④射声垂仁,广汉流渥。⑤祠骸府阿,掩骼城曲。仰羡古风,为君改卜。轮移北隍,窀穸东麓。⑥圹即新营,棺仍旧木。合葬非古,周公所存。敬遵昔义,还祔双魂。⑦酒以两壶,牲以特豚。幽灵仿佛,歆我牺樽。⑧呜呼哀哉!

〔注释〕

　　①百:泛指,言多。堵:五板为堵。作:建起来。仞:古以七尺或八尺为仞。斯:皆。
　　②堙不可转,堑不可回:城墙与护城河皆已完成,不可弯曲回转,以回避此古冢。堙,墙。堑,指护城河。
　　③黄肠:以柏木黄心制作的外棺装饰物。便房:古代帝王或贵族墓中象征生前起居之处的小室。
　　④题:棺木两头。俑:殉葬的木偶或陶偶。
　　⑤射声:指射声校尉曹褒。生平事迹详见《后汉书·曹褒传》。广汉:指广汉太守陈宠。生平事迹详见《后汉书·陈宠传》。渥:沾润,此指恩泽。
　　⑥隍(huáng):没有水的护城壕。窀(zhūn)穸(xī):这里即安葬之意。窀,长埋。穸,长夜。
　　⑦祔(fù):合葬。
　　⑧歆(xīn):指鬼神来享受祭品的香气。牺樽:酒杯,这里代指祭品。

〔译文〕

　　十仞高的城墙已经筑好,整整齐齐。城墙不可转,护城河也不可回。棺材上的装饰物已经毁坏,象征生前起居的便房也已经坍颓。摸着棺材涌起无数的念想,抚摸着陪葬的木俑增加悲哀。射声校尉和广汉太守留下了礼葬陌生死者的美名。在官署旁边为遗骸祈祷,在城墙弯曲处掩埋暴露的枯骨。仰羡古人掩埋遗骨的风俗,为君重新改葬。用葬车将枯骨移出北边的城壕,安葬在东边的山脚下。墓穴是新挖的,棺材则仍用旧木。合葬并非古已有之,是周公所留存的礼制。恭敬地遵奉过去的礼仪,合葬两位的亡魂。用两壶酒,一头猪作为祭品。幽魂似乎降临,来享用我们奉上的祭品。呜呼哀哉!